JN191474

# 愛蔵版
# 宮沢賢治童話集

Fairy Tales Collection
Kenji Miyazawa

絵　日下明
監修　小埜裕二

## この本について

・この本は『新校本　宮澤賢治全集』（筑摩書房）を底本とし、適宜校訂を行いました。

・旧字・旧仮名づかいは、新字・新仮名づかいとし、現代送りがなを使用しています。

・小学生の児童にも読みやすいように、原文を尊重しながら校訂を行うなかで、一部漢字表記や改行、文頭、句読点の位置を変えています。また本文の漢字には、すべてふりがなをつけています。

・難しい言葉や語句、方言については＊をつけ、428ページから説明を入れています。

・現在の人権を守る立場からすると、適切でないと思われる表現がありますが、作品の書かれた時代背景、作者に人権侵害の意図がなかったことをふまえ、できる限り、原文のまま掲載しています。

目次

I.
一

# どんぐりと山猫

おかしなはがきが、ある土曜日の夕がた、一郎のうちにきました。

かねた一郎さま　九月十九日

あなたは、ごきげんよろしいほで、けっこです。
あした、めんどなさいばんしますから、おいでんなさい。*とびどぐもたないでくなさい。

山猫　拝

こんなのです。字はまるでへたで、すみもがさがさして指につくくらいでした。けれども一郎はうれしくてうれしくてたまりませんでした。はがきをそっと学校のかばんにしまって、うちじゅうとんだりはねたりしました。

ねどこにもぐってからも、山猫のにゃあとした顔や、そのめんどうだという裁判のけしきなどを考えて、おそくまでねむりませんでした。

けれども、一郎が目をさましたときは、もうすっかり明るくなっていました。おもてにでてみると、まわりの山は、みんな、たったいまできたばかりのように、うるうるもりあがって、まっ青なそらのしたにならんでいました。一郎はいそいでごはんをたべて、ひとり谷川にそったこみちを、かみの方へのぼって行きました。

すきとおった風がざあっとふくと、くりの木はばらばらと実をおとしました。一郎はくりの木をみあげて、

「くりの木、くりの木、山猫がここを通らなかったかい。」

とききました。くりの木はちょっとしずかになって、

「山猫なら、けさはやく、馬車で東の方へ飛んで行きましたよ。」

と答えました。

「東ならぼくの行く方だねえ、おかしいな、とにかくもっと行ってみよう。くりの木ありがとう。」

くりの木はだまってまた実をばらばらとおとしました。

一郎がすこし行きますと、そこはもう笛ふきのたきでした。笛ふきのたきというのは、まっ白な岩のがけのなかほどに、小さなあながあいていて、そこから水が笛のように鳴って飛び出し、

すぐたきになって、ごうごう谷におちているのをいうのでした。

一郎はたきに向いてさけびました。

「おいおい、笛ふき、山猫がここを通らなかったかい。」

たきがぴーぴー答えました。

「山猫は、さっき、馬車で西の方へ飛んで行きましたよ。」

「おかしいな、西ならぼくのうちの方だ。けれども、まあも少し行ってみよう。笛ふき、ありがとう。」

たきはまたもとのように笛をふきつづけました。

一郎がまたすこし行きますと、一本のぶなの木のしたに、たくさんの白いきのこが、どってこどってこどってこと、変な楽隊をやっていました。

一郎はからだをかがめて、

「おい、きのこ、山猫が、ここを通らなかったかい。」

とききました。するときのこは、

「山猫なら、けさはやく、馬車で南の方へ飛んで行きましたよ。」

とこたえました。一郎は首をひねりました。

「南ならあっちの山のなかだ。おかしいな。まあもすこし行ってみよう。きのこ、ありがとう。」

きのこはみんないそがしそうに、どってこどってこと、あの変な楽隊をつづけました。

一郎はまたすこし行きました。すると一本のくるみの木のこずえを、りすがぴょんととんでいました。一郎はすぐ手まねきしてそれをとめて、

「おい、りす、山猫がここを通らなかったかい。」

とたずねました。するとりすは、木の上から、ひたいに手をかざして、一郎を見ながらこたえました。

「山猫なら、けさまだくらいうちに馬車で南の方へ飛んで行きましたよ。」

「南へ行ったなんて、二とこでそんなことを言うのはおかしいなあ。けれどもまあ、もすこし行ってみよう。りす、ありがとう。」

りすはもういませんでした。ただくるみのいちばん上のえだがゆれ、となりのぶなの葉がちらっとひかっただけでした。

一郎がすこし行きましたら、谷川にそったみちは、もう細くなって消えてしまいました。そして谷川の南の、まっ黒なかやの木の森の方へ、あたらしいちいさなみちがついていました。一郎はそのみちをのぼって行きました。かやのえだはまっくろに重なりあって、青ぞらは一きれも見えず、みちは大へん急な坂になりました。一郎が顔をまっかにして、あせをぽとぽとおとしながら、その坂をのぼりますと、にわかにぱっと明るくなって、目がちくっとしました。そこはうつくしい黄金いろの草地で、草は風にざわざわ鳴り、まわりはりっぱなオリーヴいろのかやの木の

もりでかこまれてありました。

その草地のまん中に、せいの低いおかしな形の男が、ひざを曲げて手にかわむちをもって、だまってこっちをみていたのです。

一郎はだんだんそばへ行って、びっくりして立ちどまってしまいました。その男は、かた目で、見えない方の目は、白くびくびくうごき、上着のような半天のようなへんなものを着て、だいいち足が、ひどくまがってやぎのよう、ことにそのあしさきときたら、ごはんをもるへらのかたちだったのです。一郎は気味が悪かったのですが、なるべく落ちついてたずねました。

「あなたは山猫をしりませんか。」

するとその男は、横目で一郎の顔を見て、口をまげてにやっとわらって言いました。

「山猫さまはいますぐに、ここにも*どってお出やるよ。おまえは一郎さんだな。」

一郎はぎょっとして、一あしうしろにさがって、

「え、ぼく一郎です。けれども、どうしてそれを知ってますか。」

と言いました。するとその*きたいな男はいよいよにやにやしてしまいました。

「そんだら、はがき見だべ。」

「見ました。それで来たんです。」

「あのぶんしょうは、ずいぶん下手だべ。」

と男は下をむいてかなしそうに言いました。一郎はきのどくになって、

「さあ、なかなか、ぶんしょうがうまいようでしたよ。」

と言いますと、男はよろこんで、息をはあはあして、耳のあたりまでまっ赤になり、きもののえりをひろげて、風をからだに入れながら、

「あの字もなかなかうまいか。」

とききました。一郎は、おもわず笑いだしながら、へんじしました。

「うまいですね。五年生だってあのくらいには書けないでしょう。」

すると男は、急にまたいやな顔をしました。

「五年生っていうのは、尋常五年生だべ。」

その声が、あんまり力なくあわれに聞こえましたので、一郎はあわてて言いました。

「いいえ、大学校の五年生ですよ。」

すると、男はまたよろこんで、まるで、顔じゅう口のようにして、にたにたにたにた笑ってさけびました。

「あのはがきはわしが書いたのだよ。」

一郎はおかしいのをこらえて、

「*ぜんたいあなたはなにですか。」

とたずねますと、男は急にまじめになって、

「わしは山猫さまの*馬車別当だよ。」

と言いました。

　そのとき、風がどうとふいてきて、草はいちめん波だち、別当は、急にていねいなおじぎをしました。

　一郎はおかしいとおもって、ふりかえって見ますと、そこに山猫が、黄いろな*じんばおりのようなものを着て、緑いろの目をまん円にして立っていました。やっぱり山猫の耳は、立ってとがっているなと、一郎がおもいましたら、山猫はぴょこっとおじぎをしました。一郎もていねいにあいさつしました。

「いや、こんにちは、きのうははがきをありがとう。」

　山ねこはひげをぴんとひっぱって、はらをつき出して言いました。

「こんにちは、よくいらっしゃいました。じつはおとといから、めんどうなあらそいがおこって、ちょっと裁判にこまりましたので、あなたのお考えを、うかがいたいとおもいましたのです。まあ、ゆっくり、おやすみください。じき、どんぐりどもがまいりましょう。どうもまい年、この裁判でくるしみます。」

　山猫は、ふところから、まきたばこの箱を出して、じぶんが一本くわえ、

「いかがですか。」

と一郎に出しました。一郎はびっくりして、

「いいえ。」

と言いましたら、山猫は*おおようにわらって、

「ふふん、まだおわかいから。」

と言いながら、マッチをしゅっとすって、わざと顔をしかめて、青いけむりをふうとはきました。

山猫の馬車別当は、気を付けのしせいで、しゃんと立っていましたが、いかにも、たばこのほしいのをむりにこらえているらしく、なみだをぼろぼろこぼしました。

そのとき、一郎は、足もとでパチパチ塩のはぜるような、音をききました。びっくりしてかがんで見ますと、草のなかに、あっちにもこっちにも、黄金いろの円いものが、ぴかぴかひかっているのでした。よくみると、みんなそれは赤いずぼんをはいたどんぐりで、もうその数ときたら、三百でもきかないようでした。わあわあわあわあ、みんななにか言っているのです。

「あ、来たな。ありのようにやってくる。おい、さあ、早くベルを鳴らせ。今日はそこが日当たりがいいから、そこのとこの草をかれ。」

山猫はまきたばこを投げすてて、大いそぎで馬車別当にいいつけました。馬車別当もたいへんあわてて、こしから大きなかまをとりだして、ざっくざっくと、山猫の前のとこの草をかりまし

た。そこへ四方の草のなかから、どんぐりどもが、ぎらぎらひかって、飛び出して、わあわあわあわあ言いました。

馬車別当が、こんどはすずをがらんがらんがらんがらんとふりました。音はかやの森に、がらんがらんがらんがらんとひびき、黄金のどんぐりどもは、すこししずかになりました。見ると山猫は、もういつか、黒い長い*しゅすの服を着て、もったいらしく、どんぐりどもの前にすわっていました。まるで奈良のだいぶつさまにさんけいするみんなの絵のようだと一郎はおもいました。別当がこんどは、かわむちを二、三べん、ひゅうぱちっ、ひゅう、ぱちっと鳴らしました。

空が青くすみわたり、どんぐりはぴかぴかしてじつにきれいでした。

「裁判ももう今日で三日目だぞ、いいかげんに仲なおりをしたらどうだ。」

山猫が、すこし心配そうに、それでもむりにいばって言いますと、どんぐりどもは口ぐちにさけびました。

「いえいえ、だめです、なんといったって頭のとがってるのがいちばんえらいんです。そしてわたしがいちばんとがっています。」

「いいえ、ちがいます。円いのがえらいのです。いちばん円いのはわたしです。」

「大きなことだよ。大きなのがいちばんえらいんだよ。わたしがいちばん大きいからわたしがえらいんだよ。」

「そうでないよ。わたしのほうがよほど大きいと、きのうも判事さんがおっしゃったじゃないか。」

「だめだい、そんなこと。せいの高いのだよ。せいの高いことなんだよ。」

「押*しっこのえらいひとだよ。押しっこをしてきめるんだよ。」

もうみんな、がやがやがやがや言って、なにがなんだか、まるではちの巣をつついたようで、わけがわからなくなりました。そこで山猫がさけびました。

「やかましい。ここをなんとこころえる。しずまれ、しずまれ。」

別当がむちをひゅうぱちっとならしましたので、どんぐりどもは、やっとしずまりました。山猫は、ぴんとひげをひねって言いました。

「裁判ももう今日で三日目だぞ。いいかげんに仲なおりしたらどうだ。」

すると、もうどんぐりどもが、くちぐちに言いました。

「いいえ、いいえ、だめです。なんといったって、頭のとがっているのがいちばんえらいのです。」

「いいえ、ちがいます。まるいのがえらいのです。」

「そうでないよ。大きなことだよ。」

がやがやがやがや、もうなにがなんだかわからなくなりました。山猫がさけびました。

「だまれ、やかましい。ここをなんとこころえる。しずまれしずまれ。」

別当がむちをひゅうぱちっと鳴らしました。山猫がひげをぴんとひねって言いました。

「裁判もう今日で三日目だぞ。いいかげんに仲なおりをしたらどうだ。」

「いえ、いえ、だめです。あたまのとがったものが……。」

がやがやがやがや。

山猫がさけびました。

「やかましい。ここをなんとこころえる。しずまれ、しずまれ。」

別当が、むちをひゅうぱちっと鳴らし、どんぐりはみんなしずまりました。山猫が一郎にそっと申しました。

「このとおりです。どうしたらいいでしょう。」

一郎はわらってこたえました。

「そんなら、こう言いわたしたらいいでしょう。このなかでいちばんばかで、めちゃくちゃで、まるでなっていないようなのが、いちばんえらいとね。ぼくお説教できいたんです。」

山猫はなるほどというふうにうなずいて、それからいかにも気取って、しゅすのきもののえりを開いて、黄いろのじんばおりをちょっと出してどんぐりどもに申しわたしました。

「よろしい。しずかにしろ。申しわたしだ。このなかで、いちばんえらくなくて、ばかで、めちゃくちゃで、てんでなっていなくて、あたまのつぶれたようなやつが、いちばんえらいのだ。」

どんぐりは、しいんとして、それはそれはしいんとして、かたまってしまいました。

そこで山猫は、黒いしゅすの服をぬいで、ひたいのあせをぬぐいながら、一郎の手をとりました。別当も大よろこびで、五、六ぺん、むちをひゅうぱちっ、ひゅうぱちっ、ひゅうひゅうぱちっと鳴らしました。山猫が言いました。

「どうもありがとうございました。これほどのひどい裁判を、まるで一分半でかたづけてくださいました。どうかこれからわたしの裁判所の、名誉判事になってください。これからも、はがきが行ったら、どうか来てくださいませんか。そのたびにお礼はいたします。」

「しょうちしました。お礼なんかいりませんよ。」

「いいえ、お礼はどうかとってください。わたしのじんかくにかかわりますから。そしてこれからは、はがきにかねた一郎どのと書いて、こちらを裁判所としますが、ようございますか。」

一郎が「ええ、かまいません。」と申しますと、山猫はまだなにか言いたそうに、しばらくひげをひねって、目をぱちぱちさせていましたが、とうとう決心したらしく言い出しました。

「それから、はがきの文句ですが、これからは、用事これありにつき、明日出頭すべしと書いてどうでしょう。」

一郎はわらって言いました。

「さあ、なんだか変ですね。そいつだけはやめた方がいいでしょう。」

山猫は、どうも言いようがまずかった、いかにも残念だというふうに、しばらくひげをひねったまま、下を向いていましたが、やっとあきらめて言いました。

「それでは、文句はいままでのとおりにしましょう。そこで今日のお礼ですが、あなたは黄金のどんぐり一升と、塩ざけのあたまと、どっちをおすきですか。」

「黄金のどんぐりがすきです。」

山猫は、しゃけの頭でなくて、まあよかったというように、口早に馬車別当に言いました。

「どんぐりを一升早くもってこい。一升にたりなかったら、めっきのどんぐりもまぜてこい。はやく。」

別当は、さっきのどんぐりをますに入れて、はかってさけびました。

「ちょうど一升あります。」

山猫のじんばおりが風にばたばた鳴りました。そこで山猫は、大きくのびあがって、目をつぶって、半分あくびをしながら言いました。

「よし、はやく馬車のしたくをしろ。」

白い大きなきのこでこしらえた馬車が、ひっぱりだされました。そしてなんだかねずみいろの、おかしな形の馬がついています。

「さあ、おうちへお送りいたしましょう。」

山猫が言いました。二人は馬車にのり別当は、どんぐりのますを馬車のなかに入れました。

ひゅう、ぱちっ。

馬車は草地をはなれました。木ややぶがけむりのようにぐらぐらゆれました。一郎は黄金のどんぐりを見、山猫はとぼけたかおつきで、遠くを見ていました。

馬車が進むにしたがって、どんぐりはだんだん光がうすくなって、まもなく馬車がとまったときは、あたりまえの茶いろのどんぐりに変わっていました。そして、山猫の黄いろなじんばおりも、別当も、きのこの馬車も、一度に見えなくなって、一郎はじぶんのうちの前に、どんぐりを入れたますを持って立っていました。

それからあと、山猫拝というはがきは、もうきませんでした。やっぱり、出頭すべしと書いてもいいと言えばよかったと、一郎はときどき思うのです。

Ⅱ.　一

# 注文の多い料理店

二人のわかい紳士が、すっかりイギリスの兵隊のかたちをして、ぴかぴかする鉄ぽうをかついで、白くまのような犬を二ひきつれて、だいぶ山おくの、木の葉のかさかさしたとこを、こんなことを言いながら、あるいておりました。

「ぜんたい、ここらの山はけしからんね。鳥もけものも一ぴきもいやがらん。なんでもかまわないから、早くタンタアーンと、やって見たいもんだなあ。」

「しかの黄いろな横っぱらなんぞに、二、三発お見まいもうしたら、ずいぶんつうかいだろうねえ。くるくるまわって、それからどたっとたおれるだろうねえ。」

それはだいぶの山おくでした。案内してきたせんもんの鉄ぽう打ちも、ちょっとまごついて、どこかへ行ってしまったくらいの山おくでした。

それに、あんまり山が物すごいので、その白くまのような犬が、二ひきいっしょにめまいを起こして、しばらくうなって、それからあわをはいて死んでしまいました。

「じつにぼくは、二千四百円のそんがいだ。」

と一人の紳士が、その犬のまぶたを、ちょっとかえしてみて言いました。

「ぼくは二千八百円のそんがいだ。」

と、もひとりが、くやしそうに、あたまをまげて言いました。はじめの紳士は、すこし顔いろを悪くして、じっと、もひとりの紳士の、顔つきを見ながら言いました。

「ぼくはもうもどろうとおもう。」

「さあ、ぼくもちょうど寒くはなったし、はらはすいてきたし、もどろうとおもう。」

「そいじゃ、これで切りあげよう。なあにもどりに、昨日の宿屋で、山鳥を十円も買って帰ればいい。」

「うさぎもでていたねえ。そうすれば結局おんなじこった。では帰ろうじゃないか。」

ところがどうもこまったことは、どっちへ行けばもどれるのか、いっこう見当がつかなくなっていました。

風がどうとふいてきて、草はざわざわ、木の葉はかさかさ、木はごとんごとんと鳴りました。

「どうもはらがすいた。さっきから横っぱらがいたくてたまらないんだ。」

「ぼくもそうだ。もうあんまりあるきたくないな。」

「あるきたくないよ。ああこまったなあ、何か食べたいなあ。」

「食べたいもんだなあ。」

二人の紳士は、ざわざわ鳴るすすきの中で、こんなことを言いました。

そのときふとうしろを見ますと、りっぱな一けんの西洋づくりの家がありました。

そしてげんかんには

RESTAURANT
西洋料理店
WILDCAT HOUSE
山猫軒

という札がでていました。

「君、ちょうどいい。ここはこれでなかなか開けてるんだ。入ろうじゃないか。」

「おや、こんなとこにおかしいね。しかしとにかく何か食事ができるんだろう。」

「もちろんできるさ。かんばんにそう書いてあるじゃないか。」

「はいろうじゃないか。ぼくはもう何か食べたくてたおれそうなんだ。」

二人はげんかんに立ちました。げんかんは白いせとのれんがで組んで、実にりっぱなもんです。そしてガラスの開き戸がたって、そこに金文字でこう書いてありました。

「どなたもどうか
　お入りください。
　けっして
　ごえんりょはありません」

二人はそこで、ひどくよろこんで言いました。

「こいつはどうだ、やっぱり世の中はうまくできてるねえ、きょう一日なんぎしたけれど、こんどはこんないいこともある。このうちは料理店だけれども、ただでごちそうするんだぜ。」

「どうもそうらしい。けっしてごえんりょはありませんというのはその意味だ。」

二人は戸をおして、中へ入りました。そこはすぐろうかになっていました。そのガラス戸のうら側には、金文字でこうなっていました。

「ことにふとったお方やわかいお方は、
　大かんげいいたします」

二人は大かんげいというので、もう大よろこびです。

「君、ぼくらは大かんげいにあたっているのだ。」

「ぼくらは両方かねてるから。」

ずんずんろうかを進んで行きますと、こんどは水いろのペンキぬりの扉がありました。

「どうも変な家だ。どうしてこんなにたくさん戸があるのだろう。」

「これはロシア式だ。寒いとこや山の中はみんなこうさ。」

そして二人はその扉をあけようとしますと、上に黄いろな字でこう書いてありました。


「当軒は注文の多い料理店ですから、どうかそこはごしょうちください」

「なかなかはやってるんだ。こんな山の中で。」

「それあそうだ。見たまえ、東京の大きな料理屋だって大通りにはすくないだろう。」

二人は言いながら、その扉をあけました。するとそのうら側に、

「注文はずいぶん多いでしょうが、どうかいちいちこらえてください」

「これはぜんたいどういうんだ。」

ひとりの紳士は顔をしかめました。

「うん、これはきっと注文があまり多くてしたくが手間取るけれどもごめんくださいとこういうことだ。」

「そうだろう。早くどこか室の中にはいりたいもんだな。」

「そしてテーブルにすわりたいもんだな。」

ところがどうもうるさいことは、また扉が一つありました。そしてそのわきに鏡がかかって、その下には長い柄のついたブラシが置いてあったのです。

扉には赤い字で、

「お客さまがた、ここでかみをきちんとして、
それからはきもののどろを落としてください」

と書いてありました。

「これはどうも、もっともだ。ぼくもさっきげんかんで、山の中だとおもって見くびったんだよ。」

「作法のきびしい家だ。きっとよほどえらい人たちが、たびたび来るんだ。」

そこで二人は、きれいにかみをけずって、くつのどろを落としました。

そしたら、どうです。ブラシを板の上に置くやいなや、そいつがぼうっとかすんで無くなって、風がどうっと室の中に入ってきました。

二人はびっくりして、たがいによりそって、扉をがたんと開けて、次の室へ入って行きました。早く何かあたたかいものでも食べて、元気をつけておかないと、もうとほうもないことになってしまうと、二人とも思ったのでした。

扉の内側に、また変なことが書いてありました。

「鉄ぽうとたまをここへ置いてください」

見るとすぐ横に黒い台がありました。

「なるほど、鉄ぽうを持ってものを食うという法はない。」

「いや、よほどえらいひとが始終来ているんだ。」

二人は鉄ぽうをはずし、帯皮をといて、それを台の上に置きました。

また黒い扉がありました。

「どうかぼうしと外*とうとくつをおとりください」

「どうだ、とるか。」

「しかたない、とろう。たしかによっぽどえらいひとなんだ。奥に来ているのは。」

二人はぼうしとオーバコートをくぎにかけ、くつをぬいでぺたぺたあるいて扉の中にはいりました。

扉のうら側には、

「ネクタイピン、カフスボタン、めがね、さいふ、その他金物類、ことにとがったものは、みんなここに置いてください」

と書いてありました。扉のすぐ横には黒ぬりのりっぱな金庫も、ちゃんと口を開けて置いてありました。かぎまでそえてあったのです。

「ははあ、何かの料理に電気をつかうと見えるね。金気のものはあぶない。こと

にとがったものはあぶないとこう言うんだろう。」

「そうだろう。して見ると、かんじょうは帰りにここではらうのだろうか。」

「どうもそうらしい。」

「そうだ。きっと。」

二人はめがねをはずしたり、カフスボタンをとったり、みんな金庫の中に入れて、ぱちんとじょうをかけました。

すこし行きますとまた扉があって、その前にガラスのつぼが一つありました。扉にはこう書いてありました。


「つぼの中のクリームを顔や手足にすっかりぬってください」


みるとたしかに、つぼの中のものは牛乳のクリームでした。

「クリームをぬれというのはどういうんだ。」

「これはね、外がひじょうに寒いだろう。室の中があんまりあたたかいとひびがきれるから、その予防なんだ。どうも奥には、よほどえらいひとがきている。こんなとこで、案外ぼくらは、貴族とちかづきになるかも知れないよ。」

二人はつぼのクリームを、顔にぬって手にぬって、それからくつ下をぬいで足にぬりました。それでもまだ残っていましたから、それは二人ともめいめいこっそり顔へぬるふりをしながら食べました。

それから大急ぎで扉をあけますと、そのうら側には、

「クリームをよくぬりましたか、耳にもよくぬりましたか」

と書いてあって、ちいさなクリームのつぼがここにも置いてありました。

「そうそう、ぼくは耳にはぬらなかった。あぶなく耳にひびを切らすところだった。ここの主人はじつに用意周到だね。」

「ああ、細かいとこまでよく気がつくよ。ところでぼくは早く何か食べたいんだが、どうも、こうどこまでもろうかじゃしかたないね。」

するとすぐその前に次の戸がありました。

「料理はもうすぐできます。
　十五分とお待たせはいたしません。
　すぐたべられます。
　早くあなたの頭にびんの中のこうすいをよくふりかけてください」

そして戸の前には金ピカのこうすいのびんが置いてありました。

二人はそのこうすいを、頭へぱちゃぱちゃふりかけました。

ところがそのこうすいは、どうも酢のようなにおいがするのでした。

「このこうすいはへんに酢くさい。どうしたんだろう。」

「まちがえたんだ。下女がかぜでもひいてまちがえて入れたんだ。」

二人は扉をあけて中にはいりました。

扉のうら側には、大きな字でこう書いてありました。

「いろいろ注文が多くてうるさかったでしょう。お気の毒でした。
もうこれだけです。どうかからだじゅうに、つぼの中の塩をたくさん
　よくもみこんでください」

なるほどりっぱな青いせとの塩つぼは置いてありましたが、こんどというこんどは二人とも
ぎょっとして、おたがいにクリームをたくさんぬった顔を見合わせました。

「どうもおかしいぜ。」

「ぼくもおかしいとおもう。」

「たくさんの注文というのは、向こうがこっちへ注文してるんだよ。」

「だからさ、西洋料理店というのは、ぼくの考えるところでは、西洋料理を、来た人に食べさせ
るのではなくて、来た人を西洋料理にして、食べてやる家とこういうことなんだ。これは、その、
つ、つ、つ、つまり、ぼ、ぼ、ぼくらが……。」

がたがたがたがた、ふるえだして、もうものが言えませんでした。

「その、ぼ、ぼくらが、……うわあ。」

がたがたがたがたふるえだして、もうものが言えませんでした。

「にげ……。」

がたがたしながら一人の紳士はうしろの戸をおそうとしましたが、どうです、戸はもう一分も動きませんでした。

奥の方にはまだ一まい扉があって、大きなかぎあなが二つつき、銀いろのホークとナイフの形が切りだしてあって、

「いや、わざわざごくろうです。

大へんけっこうにできました。

さあさあ、

おなかにおはいりください」

と書いてありました。おまけにかぎあなからは、きょろきょろ二つの青い目玉がこっちをのぞいています。

「うわあ。」

がたがたがたがた。

「うわあ。」

がたがたがたがた。

ふたりは泣き出しました。

すると戸の中では、こそこそこんなことを言っています。

「だめだよ。もう気がついたよ。塩をもみこまないようだよ。」

「あたりまえさ。親分の書きようがまずいんだ。あすこへ、いろいろ注文が多くてうるさかったでしょう、お気の毒でしたなんて、間ぬけたことを書いたもんだ。」

「どっちでもいいよ。どうせぼくらには、ほねも分けてくれやしないんだ。」

「それはそうだ。けれども、もしここへあいつらがはいって来なかったら、それはぼくらのせきにんだぜ。」

「よぼうか、よぼう。おい、お客さんがた、早くいらっしゃい。いらっしゃい。いらっしゃい。お皿もあらってありますし、菜っ葉ももうよく塩でもんでおきました。あとはあなたがたと、菜っ葉をうまくとりあわせて、まっ白なお皿にのせるだけです。早くいらっしゃい。」

「へい、いらっしゃい、いらっしゃい。それともサラドはおきらいですか。そんならこれから火を起こしてフライにしてあげましょうか。とにかく早くいらっしゃい。」

二人はあんまり心をいためたために、顔がまるでくしゃくしゃの紙くずのようになり、おたがいにその顔を見合わせ、ぶるぶるふるえ、声もなく泣きました。

中ではふっふっとわらって、またさけんでいます。

「いらっしゃい、いらっしゃい。そんなに泣いてはせっかくのクリームが流れるじゃありませんか。へい、ただいま。じきもってまいります。さあ、早くいらっしゃい。」

「早くいらっしゃい。親方がもうナフキンをかけて、ナイフをもって、したなめずりして、お客さまがたを待っていられます。」

二人は泣いて泣いて泣いて泣いて泣きました。

そのときうしろからいきなり、

「わん、わん、ぐわあ。」

という声がして、あの白くまのような犬が二ひき、扉をつきやぶって室の中に飛びこんできまし

た。かぎあなの目玉はたちまちなくなり、犬どもはううとうなって、しばらく室の中をくるくる回っていましたが、また一声、

「わん。」

と高くほえて、いきなり次の扉に飛びつきました。戸はがたりとひらき、犬どもはすいこまれるように飛んで行きました。

その扉の向こうのまっくらやみの中で、

「にゃあお、くわあ、ごろごろ。」

という声がして、それからがさがさ鳴りました。

室はけむりのように消え、二人は寒さにぶるぶるふるえて、草の中に立っていました。

見ると、上着やくつやさいふやネクタイピンは、あっちのえだにぶらさがったり、こっちの根もとにちらばったりしています。風がどうとふいてきて、草はざわざわ、木の葉はかさかさ、木はごとんごとんと鳴りました。

犬がふうと、うなってもどってきました。

そしてうしろからは、

「だんなあ、だんなあ、」

とさけぶものがあります。

二人はにわかに元気がついて、

「おおい、おおい、ここだぞ、早く来い。」

とさけびました。

*みのぼうしをかぶったせんもんのりょうしが、草をざわざわ分けてやってきました。

そこで二人はやっと安心しました。そしてりょうしのもってきただんごをたべ、とちゅうで十円だけ山鳥を買って東京に帰りました。

しかし、さっき一ぺん紙くずのようになった二人の顔だけは、東京に帰っても、お湯にはいっても、もうもとのとおりになおりませんでした。

III.
一

# 月夜のでんしんばしら

ある晩、恭一はぞうりをはいて、すたすた鉄道線路の横の平らなところをあるいておりました。たしかにこれは罰金です。おまけにもし汽車が来て、窓から長い棒などが出ていたら、一ぺんになぐり殺されてしまったでしょう。

ところがその晩は、線路見まわりの工夫も来ず、窓から棒の出た汽車にもあいませんでした。そのかわり、どうもじつに変てこなものを見たのです。

九日の月が空にかかっていました。そしてうろこ雲が空いっぱいでした。うろこ雲はみんな、もう月のひかりがはらわたの底までもしみとおってよろよろするというふうでした。その雲のすきまからときどき冷たい星がぴっかりぴっかり顔を出しました。

恭一はすたすたあるいて、もう向こうに停車場のあかりがきれいに見えるとこまできました。ぽつんとしたまっ赤なあかりや、*硫黄のほのおのようにぼうとした紫色のあかりやらで、眼をほ

そくしてみると、まるで大きなお城があるようにおもわれるのでした。

とつぜん、右手の*シグナルばしらが、がたんとからだをゆすぶって、上の白い横木を斜めに下のほうへぶらさげました。これはべつだん不思議でもなんでもありません。

つまりシグナルがさがったというだけのことです。一晩に十四回もあることなのです。

ところがそのつぎがたいへんです。

さっきから線路の左がわで、ぐわあん、ぐわあんとうなっていたでんしんばしらの列が大威張りで一ぺんに北のほうへあるきだしました。みんな六つの瀬戸ものの*エボレットを飾り、てっぺんにはりがねの槍をつけた*亜鉛の*しゃっぽをかぶって、片脚でひょいひょいやって行くのです。そしていかにも恭一をばかにしたように、じろじろ横めで見て通りすぎます。

うなりもだんだん高くなって、いまはいかにも昔ふうの立派な軍歌に変わってしまいました。

「ドッテテドッテテ、ドッテテド、
でんしんばしらのぐんたいは
はやさせかいにたぐいなし
ドッテテドッテテ、ドッテテド
でんしんばしらのぐんたいは

　きりつせかいにならびなし。」

一本のでんしんばしらが、ことに肩を*そびやかして、まるで*うで木もがりがり鳴るくらいにして通りました。

見ると向こうのほうを、六本うで木の二十二の瀬戸もののエボレットをつけたでんしんばしらの列が、やはりいっしょに軍歌をうたって進んで行きます。

「ドッテテドッテテ、ドッテテド、
二本うで木の*工兵隊
六本うで木の*竜騎兵
ドッテテドッテテ、ドッテテド
いちれつ一万五千人
はりがねかたくむすびたり。」

どういうわけか、二本のはしらがうで木を組んで、*びっこを引いていっしょにやって来ました。

そしていかにもつかれたようにふらふら頭をふって、それから口をまげてふうと息を吐き、よろよろ倒れそうになりました。

するとすぐうしろから来た元気のいいはしらがどなりました。

「おい、はやくあるけ。はりがねがたるむじゃないか。」

ふたりはいかにも辛そうに、いっしょにこたえました。

「もうつかれてあるけない。足さきが腐りだしたんだ。長靴のタール*も何もめちゃくちゃになってるんだ。」

うしろのはしらはもどかしそうにさけびました。

「はやくあるけ、あるけ。貴様らのうち、どっちかが参っても一万五千人みんな責任があるんだぞ。あるけったら。」

ふたりはしかたなくよろよろあるきだし、つぎからつぎとはしらがどんどんやって来ます。

「ドッテテドッテテ、ドッテテド、
やりをかざれるとたん帽*
すねははしらのごとくなり。
ドッテテドッテテ、ドッテテド
肩にかけたるエボレット

重きつとめをしめすなり。」

ふたりの影もうずうっと遠くの緑青色の林のほうへ行ってしまい、月がうろこ雲からぱっと出て、あたりはにわかに明るくなりました。

でんしんばしらはもうみんな、非常なご機嫌です。恭一の前に来ると、わざと肩をそびやかしたり、横めでわらったりして過ぎるのでした。

ところがおどろいたことは、六本うで木のまた向こうに、三本うで木のまっ赤なエボレットをつけた兵隊があるいていることです。その軍歌はどうも、ふしも歌もこっちのほうとちがうようでしたが、こっちの声があまり高いために、何を歌っているのか聞きとることができませんでした。こっちはあいかわらずどんどんやって行きます。

「ドッテテドッテテ、ドッテテド、
寒さはだえをつんざくも
*などてうで木をおろすべき
ドッテテドッテテ、ドッテテド
暑さ硫黄をとかすとも

*いかでおとさんエボレット。」

どんどんどんどんやって行き、恭一は見ているのさえ少しつかれてぼんやりなりました。

でんしんばしらは、まるで川の水のように、次から次とやって来ます。みんな恭一のことを見て行くのですけれども、恭一はもう頭が痛くなってだまって下を見ていました。

にわかに遠くから軍歌の声にまじって、

「お一二、お一二、」

というしわがれた声が聞こえてきました。恭一はびっくりしてまた顔をあげてみますと、列のよこをせいの低い顔の黄色なじいさんがまるでぼろぼろのねずみ色の外とうを着て、でんしんばしらの列を見まわしながら

「お一二、お一二、」

と号令をかけてやって来るのでした。

じいさんに見られたはしらは、まるで木のようにかたくなって、足を*しゃちほこばらせて、わきめもふらず進んで行き、その変なじいさんは、もう恭一のすぐ前までやって来ました。そして横めでしばらく恭一を見てから、でんしんばしらのほうへ向いて、

「なみ足い。おいっ。」

と号令をかけました。

そこででんしんばしらは少し歩調を崩して、やっぱり軍歌を歌って行きました。

「ドッテテドッテテ、ドッテテド、
　右とひだりのサアベル*は
　たぐいもあらぬ細身なり。」

じいさんは恭一の前にとまって、からだをすこしかがめました。

「今晩は、おまえはさっきから行軍を見ていたのかい。」

「ええ、見てました。」

「そうか、じゃ仕方ない。ともだちになろう、さあ、握手しよう。」

じいさんはぼろぼろの外とうの袖をはらって、大きな黄色な手をだしました。恭一もしかたなく手を出しました。じいさんが
「やっ、」

と言ってその手をつかみました。

するとじいさんの眼だまから、虎のように青い火花がぱちぱちっと出たとおもうと、恭一はからだがびりりっとしてあぶなくうしろへ倒れそうになりました。

「ははあ、だいぶひびいたね、これでごく弱いほうだよ。わしとも少し強く握手すればまあ黒焦

げだね。」

兵隊はやはりずんずんあるいて行きます。

「ドッテテドッテテ、
ドッテテド、
タールを塗れる長靴の
歩はばは三百六十尺*。」

恭一はすっかりこわくなって、歯ががちがち鳴りました。じいさんはしばらく月や雲の具合をながめていましたが、あまり恭一が青くなってがたがたふるえているのを見て、気の毒になったらしく、少ししずかにこう言いました。

「おれは電気総長だよ。」

恭一も少し安心して
「電気総長というのは、やはり電気の一種ですか。」

ときききました。するとじいさんはまたむっとしてしまいました。

「わからん子どもだな。ただの電気ではないさ。つまり、電気のすべての長、長というのはかしらとよむ。とりもなおさず電気の大将ということだ。」

「大将ならずいぶん面白いでしょう。」

恭一がぼんやりたずねますと、じいさんは顔をまるでめちゃくちゃにしてよろこびました。

「はっはっは、面白いさ。それ、その工兵も、その竜騎兵も、向こうの*てき弾兵も、みんなおれの兵隊だからな。」

じいさんはぷっとすまして、片っ方の頬をふくらせて空を仰ぎました。それからちょうど前を通って行く一本のでんしんばしらに、

「こらこら、なぜわき見をするか。」

とどなりました。するとそのはしらはまるで飛びあがるぐらいびっくりして、足がぐにゃんとまがり、あわててまっすぐを向いて行きました。次から次とどしどしはしらはやって来ます。

「有名なはなしをおまえは知ってるだろう。そら、むすこが、エングランド、ロンドンにいて、おやじがスコットランド、*カルクシャイヤにいた。むすこがおやじに電報をかけた、おれはちゃんと手帳へ書いておいたがね、」

じいさんは手帳を出して、それから大きなめがねを出してもっともらしく掛けてから、また言いました。

「おまえは英語はわかるかい、ね、センド、マイブーツ、インスタンテウリイ。すぐ長靴送れとこうだろう、するとカルクシャイヤのおやじめ、あわてくさっておれのでんしんのはりがねに長靴をぶらさげたよ。はっはっは、いや迷惑したよ。それから英国ばかりじゃない、十二月ころ*兵営へ行ってみると、おい、あかりをけしてこいと上等兵殿に言われて新兵が電燈をふっと吹

いて消そうとしているのが毎年五人や六人はある。おれの兵隊にはそんなものはひとりもないからな。おまえの町だってそうだ、はじめて電燈がついたころはみんながよく、電気会社では月に百石ぐらい油をつかうだろうかなんて言ったもんだ。はっはっは、どうだ、もっともそれはおれのように*勢力不滅の法則や*熱力学第二則がわかるとあんまりおかしくもないがね、どうだ、ぼくの軍隊は規律がいいだろう。軍歌にもちゃんとそう言ってあるんだ。」

　でんしんばしらは、みんなまっすぐを向いて、すまし込んで通り過ぎながら一きわ声をはりあげて、

「ドッテテドッテテ、ドッテテド、
　でんしんばしらのぐんたいの
　その名せかいにとどろけり。」

とさけびました。

　そのとき、線路の遠くに、小さな赤い二つの火が見えました。するとじいさんはまるであわててしまいました。

「あ、いかん、汽車が来た。誰かに見つかったらたいへんだ。もう進軍をやめなくちゃいかん。」

じいさんは片手を高くあげて、でんしんばしらの列のほうを向いてさけびました。

「全軍、かたまれい、おいっ。」

でんしんばしらはみんな、ぴったりとまって、すっかりふだんのとおりになりました。軍歌はただのぐわあんぐわあんというなりに変わってしまいました。

汽車がごうとやって来ました。汽缶車の石炭はまっ赤に燃えて、そのまえで*火夫は足をふんばって、まっ黒に立っていました。

ところが客車の窓がみんなまっくらでした。するとじいさんがいきなり、

「おや、電燈が消えてるな。こいつはしまった。けしからん。」

と言いながらまるで兎のように背中をまんまるにして走っている列車の下へもぐり込みました。

「あぶない。」

と恭一がとめようとしたとき、客車の窓がぱっと明るくなって、ひとりの小さな子が手をあげて
「明るくなった、わあい。」

とさけんで行きました。

でんしんばしらはしずかにうなり、シグナルはがたりとあがって、月はまたうろこ雲のなかにはいりました。

そして汽車は、もう停車場へ着いたようでした。

051. | 月夜のでんしんばしら

Ⅳ.
一

# 鹿踊りのはじまり

そのとき西のぎらぎらの*ちぢれた雲のあいだから、夕陽は赤くななめに苔の野原に注ぎ、すすきはみんな白い火のようにゆれて光りました。わたくしが疲れてそこにねむりますと、ざあざあ吹いていた風が、だんだん人のことばにきこえ、やがてそれは、いま北上の山の方や、野原に行われていた*鹿踊りの、ほんとうの精神を語りました。

そこらがまだまるっきり、丈高い草や黒い林のままだったとき、嘉十はおじいさんたちと北上川の東から移ってきて、小さな畑を開いて、栗や稗をつくっていました。

あるとき嘉十は、栗の木から落ちて、少し左の膝を悪くしました。そんなときみんなはいつでも、西の山の中の湯の湧くとこへ行って、小屋をかけて泊ってなおすのでした。

天気のいい日に、嘉十も出かけて行きました。*糧と味噌と鍋とをしょって、もう銀いろの穂を出したすすきの野原をすこしびっこをひきながら、ゆっくりゆっくり歩いて行ったのです。

いくつもの小流れや石原を越えて、山脈のかたちも大きくはっきりなり、山の木も一本一本、すぎごけのように見わけられるところまで来たときは、太陽はもうよほど西に外れて、十本ばかりの青いはんのきの木立の上に、少し青ざめてぎらぎら光ってかかりました。

嘉十は芝草の上に、せなかの荷物をどっかりおろして、*栃と粟とのだんごを出して食べはじめました。すすきは幾むらも幾むらも、はては野原いっぱいのように、まっ白に光って波をたてました。嘉十はだんごをたべながら、すすきの中から黒くまっすぐに立っている、はんのきの幹をじつにりっぱだとおもいました。

ところがあんまり一生けん命あるいたあとは、どうもなんだかお腹がいっぱいのような気がするのです。そこで嘉十も、おしまいに栃の団子をとちの実のくらい残しました。

「*こいづば鹿さ呉でやべか。それ、鹿、来て食」

と嘉十はひとりごとのように言って、それを*うめばちそうの白い花の下に置きました。それから荷物をまたしょって、ゆっくりゆっくり歩きだしました。

ところが少し行ったとき、嘉十はさっきのやすんだところに、手拭を忘れて来たのに気がつきましたので、急いでまた引っ返しました。あのはんのきの黒い木立がじき近くに見えていて、そこまで戻るぐらい、なんの事でもないようでした。

けれども嘉十はぴたりとたちどまってしまいました。

それはたしかに鹿のけはいがしたのです。

鹿が少なくても五六匹、湿っぽいはなづらをずうっとのばして、しずかに歩いているらしいのでした。

嘉十はすすきに触れないように気を付けながら、爪立てをして、そっと苔を踏んでそっちの方へ行きました。

たしかに鹿はさっきの栃の団子にやってきたのでした。

「はあ、鹿等あ、すぐに来たもな。」

と嘉十はのどの中で、笑いながらつぶやきました。そしてからだをかがめて、そろりそろりと、そっちに近よって行きました。

一むらのすすきの陰から、嘉十はちょっと顔をだして、びっくりしてまたひっ込めました。六匹ばかりの鹿が、さっきの芝原を、ぐるぐるぐるぐる環になってまわっているのでした。嘉十はすすきの隙間から、息をこらしてのぞきました。

太陽が、ちょうど一本のはんのきの頂にかかっていましたので、その梢はあやしく青くひかり、まるで鹿の群を見おろしてじっと立っている青いいきもののようにおもわれました。すすきの穂も、一本ずつ銀いろにかがやき、鹿の毛並がことにその日はりっぱでした。

嘉十はよろこんで、そっと片膝をついてそれに見とれました。

鹿は大きな環をつくって、ぐるくるぐるくるまわっていましたが、よく見るとどの鹿も環のまんなかの方に気がとられているようでした。その証拠には、頭も耳も眼もみんなそっちへ向いて、おまけにたびたび、いかにも引っぱられるように、よろよろと二足三足、環からはなれてそっちへ寄って行きそうにするのでした。

もちろん、その環のまんなかには、さっきの嘉十の栃の団子がひとかけ置いてあったのでしたが、鹿どものしきりに気にかけているのは決して団子ではな

くて、そのとなりの草の上にくの字になって落ちている、嘉十の白い手拭らしいのでした。嘉十は痛い足をそっと手で曲げて、苔の上にきちんと座りました。

鹿のめぐりはだんだんゆるやかになり、みんなはかわるがわる、前脚を一本環の中の方へ出して、今にもかけ出して行きそうにしては、びっくりしたようにまた引っ込めて、とっとっとっとっしずかに走るのでした。その足音は気もちよく野原の黒土の底の方までひびきました。それから鹿どもはまわるのをやめてみんな手拭のこちらの方に来て立ちました。

嘉十はにわかに耳がきいんと鳴りました。そしてがたがたふるえました。鹿どもの風にゆれる草穂のような気もちが、波になって伝わって来たのでした。

嘉十はほんとうにじぶんの耳を疑いました。それは鹿のことばがきこえてきたからです。

「じゃ、おれ行って見で来べが。」

「うんにゃ、危ないじゃ。も少し見でべ。」

こんなことばもきこえました。

「いつだがの狐みだいに*口発破などさ罹ってあ、つまらないもな、高で栃の団子などでよ。」

「そだそだ、全ぐだ。」

こんなことばもききました。

「生ぎものだがも知れないじゃい。」

「うん。生ぎものらしどごもあるな。」

こんなことばもきこえました。そのうちにとうとう一匹が、いかにも決心したらしく、せなかをまっすぐにして環からはなれて、まんなかの方に進み出ました。

みんなはとまってそれを見ています。

進んで行った鹿は、首をあらんかぎり延ばし、四本の脚を引きしめ引きしめそろりそろりと手拭に近づいて行きましたが、俄かにひどく飛びあがって、一目散に逃げ戻ってきました。まわりの五匹も一ぺんにぱっと四方へちらけようとしましたが、はじめの鹿が、ぴたりととまりましたのでやっと安心して、のそのそ戻ってその鹿の前に集まりました。

「*なじょだた。なにだた、あの白い長いやづあ。」

「縦にしわの寄ったもんだけあな。」

「そだら生ぎものだないがべ、やっぱりきのこなどだべが。毒きのこだべ。」

「うんにゃ。きのごだない。やっぱり生ぎものらし。」

「そうが。生きものでしわ、うんと寄ってらば、年老りだな。」

「うん年老りの*番兵だ。ううはははは。」

「ふふふ青白の番兵だ。」

「ううははは、青じろ番兵だ。」

「こんどおれ行って見べが。」

「行ってみろ、大丈夫だ。」

「食っつがないが。」

「うんにゃ、大丈夫だ。」

そこでまた一匹が、そろりそろりと進んで行きました。五匹はこちらで、ことりことりとあたまを振ってそれを見ていました。

進んで行った一匹は、たびたびもうこわくて、たまらないというように、四本の脚を集めてせなかを円くしたりそっとまたのばしたりして、そろりそろりと進みました。

そしてとうとう手拭のひと足こっちまで行って、あらんかぎり首をのばしてふんふん嗅いでいましたが、にわかにはねあがって逃げてきました。みんなもびくっとして一ぺんに逃げだそうとしましたが、その一匹がぴたりととまりましたのでやっと安心して五つの頭をその一つの頭に集めました。

「なじょだた、なして逃げで来た。」

「噛じるべとしたようだたもさ。」

「ぜんたいなにだけあ。」

「わがらないな。とにかぐ白どそれがら青ど、両方のぶぢだ。」

「匂あなじょだ、匂あ。」

「柳の葉みだいな匂だな。」

「はでな、息吐でるが、息。」

「さあ、そでば、気付けないがた。」

「こんどあ、おれあ行って見べが。」

「行ってみろ」

三番目の鹿がまたそろりそろりと進みました。そのときちょっと風が吹いて手拭がちらっと動きましたので、その進んで行った鹿はびっくりして立ちどまってしまい、こっちのみんなもびくっとしました。けれども鹿はやっとまた気を落ちつけたらしく、またそろりそろりと進んで、とうとう手拭まで鼻さきを延ばした。

こっちでは五匹がみんなことりことりとお互にうなずき合って居りました。そのときにわかに進んで行った鹿が竿立ちになって躍りあがって逃げてきました。

「なして逃げできた。」

「気味悪ぐなてよ。」

「息吐でるが。」

「さあ、息の音あ為ないがけあな。口も無いようだけあな。」

「あだまあるが。」

「あだまもゆぐわがらないがったな。」

「そだらこんだおれ行って見べが。」

四番目の鹿が出て行きました。これもやっぱりびくびくものです。それでもすっかり手拭の前まで行って、いかにも思い切ったらしく、ちょっと鼻を手拭に押しつけて、それから急いで引っ込めて、一目さんに帰ってきました。

「おう、柔っけもんだぞ。」

「泥のようにが。」

「うんにゃ。」

「草のようにが。」

「うんにゃ。」

「*ごまざいの毛のようにが。」

「うん、あれよりあ、も少し硬ぱしな。」

「なにだべ。」

「とにかぐ生ぎもんだ。」

「やっぱりそうだが。」

「うん、汗臭いも。」

「おれもひとがえり行ってみべが。」

五番目の鹿がまたそろりそろりと進んで行きました。この鹿はよほどおどけもののようでした。手拭の上にすっかり頭をさげて、それからいかにも不審だというように、頭をかくっと動かしましたので、こっちの五匹がはねあがって笑いました。

向うの一匹はそこで得意になって、舌を出して手拭を一つべろりとなめましたが、にわかに怖くなったとみえて、大きく口をあけて舌をぶらさげて、まるで風のように飛んで帰ってきました。みんなもひどくおどろきました。

「じゃ、じゃ、噛じらえだが、痛ぐしたが。」

「プルルルルルル。」

「舌抜がれだが。」

「プルルルルルル。」

「なにした、なにした。なにした。じゃ。」

「ふう、ああ、舌ちぢまってしまったたよ。」

「なじょな味だた。」

「味無いがたな。」

「生ぎもんだべが。」

「なじょだが判らない。こんどあ汝あ行ってみろ。」

「お。」

おしまいの一匹がまたそろそろ出て行きました。みんながおもしろそうに、ことこと頭を振って見ていますと、進んで行った一匹は、しばらく首をさげて手拭を嗅いでいましたが、もう心配もなにもないという風で、いきなりそれをくわえて戻ってきました。そこで鹿はみなぴょんぴょん跳びあがりました。

「おう、うまい、うまい、そいづさい取ってしめば、あとは何っても怖っかなぐない。」

「きっともて、こいづあ大きな*蝸牛の干からびだのだな。」

「さあ、いいが、おれ*歌、うだうはんてみんなまわれ。」

その鹿はみんなのなかにはいってうたいだし、みんなはぐるぐるぐるぐる手拭をまわりはじめました。

「のはらのまん中の　*めっけもの

*すっこんすっこの　栃だんご

栃のだんごは　結構だが

となりにいいからだ　ふんながす

青じろ番兵は　　　気にかがる。
　青じろ番兵は　　ふんにゃふにゃ
吠えるもさないば　泣ぐもさない
やせで長くて　　　ぶぢぶぢで
どごが口だが　　　あだまだが
ひでりあがりの　　なめぐじら。」
走りながらまわりながら踊りながら、鹿はたびたび風のように進んで、手拭を角でついたり足でふんだりしました。嘉十の手拭はかあいそうに泥がついてところどころ穴さえあきました。
　そこで鹿のめぐりはだんだんゆるやかになりました。
「おう、こんだ団子お食ばがりだじょ。」
「おう、煮だ団子だじょ。」
「おう、まん円けじょ。」

「おう、はんぐ*はぐ。」

「おう、すっこんすっこ。」

「おう、けっこ。」

鹿はそれからみんなばらばらになって、四方から栃の団子を囲んで集まりました。

そしていちばんはじめに手拭に進んだ鹿から、一口ずつ団子をたべました。六匹めの鹿は、やっと豆粒のくらいをたべただけです。

鹿はそれからまた環になって、ぐるぐるぐるぐるめぐりあるきました。

嘉十はもうあんまりよく鹿を見ましたので、じぶんまでが鹿のような気がして、いまにもとび出そうとしましたが、じぶんの大きな手がすぐ目にはいりましたので、やっぱりだめだとおもいながらまた息をこらしました。

太陽はこのとき、ちょうどはんのきの梢の中ほどにかかって、少し黄いろにかがやいて居りました。鹿のめぐりはまただんだんゆるやかになって、たがいにせわしくうなずき合い、やがて一列に太陽に向いて、それを拝むようにしてまっすぐに立ったのでした。嘉十はもうほんとうに夢のようにそれに見とれていたのです。

一ばん右はじにたった鹿が細い声でうたいました。

「はんの木の

みどりみじんの葉の向ごさ
じゃらんじゃららんの
お日さん懸がる。」
その水晶の笛のような声に、嘉十は目をつぶってふるえあがりました。右から二ばん目の鹿が、にわかにとびあがって、それからからだを波のようにうねらせながら、みんなの間を縫って[*]はせまわり、たびたび太陽の方にあたまをさげました。それからじぶんのところに戻るやぴたりととまってうたいました。
「お日さんを
せながさしょえば、はんの木も
くだげで光る
鉄のかんがみ。」
はあと嘉十もこっちでその立派な太陽とはんのきを拝みました。右から三ばん目の鹿は首をせわしくあげたり下げたりしてうたいました。
「お日さんは
はんの木の向ごさ、降りでても
すすぎ、ぎんがぎが

まぶしまんぶし。」

ほんとうにすすきはみんな、まっ白な火のように燃えたのです。

「ぎんがぎがの
すすぎの中さ立ぢあがる
はんの木のすねの
長んがい、かげぼうし。」

五番目の鹿がひくく首を垂れて、もうつぶやくようにうたいだしていました。

「ぎんがぎがの
すすぎの底の日暮れかだ
苔の野はらを
蟻こも行がず。」

このとき鹿はみな首を垂れていましたが、六番目がにわかに首をりんとあげてうたいました。

「ぎんがぎがの
すすぎの底でそっこりと
咲ぐうめばぢの
*愛どしおえどし。」

　鹿はそれからみんな、みじかく笛のように鳴いてはねあがり、はげしくはげしくまわりました。

　北から冷たい風が来て、ひゅうと鳴り、はんの木はほんとうに砕けた鉄の鏡のようにかがやき、かちんかちんと葉と葉がすれあって音をたてたようにさえおもわれ、すすきの穂までが鹿にまじって一しょにぐるぐるめぐっているように見えました。

　嘉十はもうまったくじぶんと鹿とのちがいを忘れて、

「ホウ、やれ、やれい。」

と叫びながらすすきのかげから飛び出しました。

　鹿はおどろいて一度に竿のように立ちあがり、それからはやてに吹かれた木の葉のように、からだを斜めにして逃げ出しました。銀のすすきの波をわけ、かがやく夕陽の流れをみだしてはるかにはるかに逃げて行き、そのとおったあとのすすきは静かな湖の水脈*のようにいつまでもぎらぎら光っておりました。

　そこで嘉十はちょっとにが笑いをしながら、泥のついて穴のあいた手拭をひろってじぶんもまた西の方へ歩きはじめたのです。

　それから、そうそう、苔の野原の夕陽の中で、わたくしはこのはなしをすきとおった秋の風から聞いたのです。

V. —

# 雪わたり

## 雪わたり　その一（小ぎつねの紺三郎）

雪がすっかりこおって大理石よりもかたくなり、空も冷たいなめらかな青い石の板でできているらしいのです。

「かた雪かんこ、しみ雪しんこ。」

お日様がまっ白にもえて百合のにおいをまきちらし、また雪をぎらぎら照らしました。

木なんかみんなザラメをかけたように、霜でぴかぴかしています。

「かた雪かんこ、しみ雪しんこ。」

四郎とかん子とは小さな雪ぐつをはいてキックキックキック、野原に出ました。

こんなおもしろい日が、またとあるでしょうか。いつもは歩けないきびの畑の中でも、すすきでいっぱいだった野原の上でも、すきな方へどこまででも行けるのです。平らなことはまるで一まいの板です。そしてそれがたくさんの小さな小さな鏡のようにキラキラキラキラ光るのです。

「かた雪かんこ、しみ雪しんこ。」

二人は森の近くまで来ました。大きなかしわの木は、えだもうまるぐらいりっぱな、すきとおった氷柱を下げて重そうにからだを曲げておりました。

「かた雪かんこ、しみ雪しんこ。きつねの子ぁ、よめぃほしい、ほしい。」

と二人は森へ向いて高くさけびました。

しばらくしいんとしましたので二人はもう一度さけぼうとして息をのみこんだとき森の中から

「しみ雪しんしん、かた雪かんかん。」

と言いながら、キシリキシリ雪をふんで白いきつねの子が出て来ました。

四郎は少しぎょっとしてかん子をうしろにかばって、しっかり足をふんばってさけびました。

「きつねこんこん白ぎつね、およめほしけりゃ、とってやろよ。」

するときつねが、まだまるで小さいくせに銀のはりのようなおひげをピンと一つひねって言いました。

「四郎はしんこ、かん子はかんこ、おらはおよめはいらないよ。」

四郎が笑って言いました。

「きつねこんこん、きつねの子、およめがいらなきゃ、もちやろか。」

するときつねの子も頭を二つ三つふって、おもしろそうに言いました。

「四郎はしんこ、かん子はかんこ、きびのだんごをおれやろか。」

かん子もあんまりおもしろいので四郎のうしろにかくれたままそっと歌いました。

「きつねこんこん、きつねの子、きつねのだんごはうさのくそ。」

すると小ぎつね紺三郎がわらって言いました。

「いいえ、けっしてそんなことはありません。あなた方のようなりっぱなお方が、うさぎの茶色のだんごなんか、めしあがるもんですか。わたしらは全体いままで人をだますなんて、あんまりむじつのつみをきせられていたのです。」

四郎がおどろいてたずねました。

「そいじゃ、きつねが人をだますなんてうそかしら。」

紺三郎が熱心に言いました。

「うそですとも。*けだし最もひどいうそです。だまされたという人はたいていお酒によったり、おくびょうでくるくるしたりした人です。おもしろいですよ。甚兵衛さんがこの前、月夜のばんわたしたちのお家の前にすわって一ばん*じょうるりをやりましたよ。わたしらはみんな出て見たのです。」

四郎がさけびました。

「甚兵衛さんならじょうるりじゃないや。きっと*なにわぶしだぜ。」

子ぎつね紺三郎はなるほどという顔をして、

「ええ、そうかもしれません。とにかくおだんごをおあがりなさい。わたしのさしあげるのは、ちゃんとわたしが畑を作って、まいて草をとって、刈ってたたいて、粉にして練って、むしておさとうをかけたのです。いかがですか。一皿さしあげましょう。」

と言いました。

と四郎が笑って、

「紺三郎さん、ぼくらはちょうどいまね、おもちをたべて来たんだからおなかがへらないんだよ。この次におよばれしようか。」

子ぎつねの紺三郎がうれしがって、みじかいうでをばたばたして言いました。

「そうですか。そんなら今度*幻灯会のときさしあげましょう。幻灯会にはきっといらっしゃい。この次の雪のこおった月夜のばんです。八時からはじめますから、入場券をあげておきましょう。何まいあげましょうか。」

「そんなら五まいおくれ。」

と四郎が言いました。

「五まいですか。あなた方が二まいに、あとの三まいはどなたですか。」

と紺三郎が言いました。

「兄さんたちだ。」

と四郎が答えますと、

「兄さんたちは十一さい以下ですか。」

と紺三郎がまたたずねました。

「いや小兄さんは四年生だからね、八つの四つで十二さい。」

と四郎が言いました。

　すると紺三郎は、もっともらしくまたおひげを一つひねって言いました。

「それでは残念ですが兄さんたちはおことわりです。あなた方だけいらっしゃい。特別席をとっておきますから、おもしろいんですよ。幻灯は第一が『お酒をのむべからず。』これはあなたの村の太右衛門さんと、清作さんがお酒をのんで、とうとう目がくらんで野原にあるへんてこなおまんじゅうや、おそばを食べようとしたところです。わたしも写真の中にうつっています。第二が『わなに注意せよ。』これはわたしどものこん兵衛が野原でわなにかかったのをかいたのです。絵です。写真ではありません。第三が『火を軽べつすべからず。』これは、わたしどものこん助が、あなたのお家へ行ってしっぽを焼いたけしきです。ぜひおいでください。」

　二人はよろこんでうなずきました。

　きつねはおかしそうに口を曲げて、キック、キック、トントン、キック、キック、トントンと

073.　|　雪わたり

足ぶみをはじめて、しっぽと頭をふってしばらく考えていましたがやっと思いついたらしく、両手をふって調子をとりながら歌いはじめました。

「しみ雪しんこ、かた雪かんこ、
　野原のまんじゅうはポッポッポ。
よってひょろひょろ太右衛門が、
　去年、三十八、たべた。
しみ雪しんこ、かた雪かんこ、
　野原のおそばはホッホッホ。
よってひょろひょろ清作が、
　去年十三ばいたべた。」

四郎もかん子もすっかりつりこまれて、もうきつねといっしょにおどっています。

キック、キック、トントン。キック、キック、トントン。キック、キック、キック、キック、トントントントン。四郎が歌いました。

「きつねこんこんきつねの子、去年きつねのこん兵衛が、ひだりの足をわなに入れ、こんこんばたばたこんこんこん。」

かん子が歌いました。

「きつねこんこんきつねの子、去年きつねのこん助が、焼いた魚を取ろとして、おしりに火がつき、きゃんきゃんきゃん。」

キック、キック、トントン。キック、キック、トントン。キック、キック、キック、キック、トントントントン。

そして三人はおどりながら、だんだん林の中にはいって行きました。赤いふうろう細工のほおの木の芽が、風にふかれてピッカリピッカリと光り、林の中の雪にはあい色の木のかげが、いちめんあみになって落ちて日光のあたる所には銀の百合がさいたように見えました。

すると子ぎつね紺三郎が言いました。

「しかの子もよびましょうか。しかの子はそりゃ笛がうまいんですよ。」

四郎とかん子とは手をたたいてよろこびました。そこで三人はいっしょにさけびました。

「かた雪かんこ、しみ雪しんこ、しかの子ぁよめぃほしい、ほしい。」

すると向こうで、

「北風ぴいぴい風三郎、西風どうどう又三郎。」

と細いいい声がしました。

きつねの子の紺三郎がいかにもばかにしたように、口をとがらして言いました。

「あれはしかの子です。あいつはおくびょうですから、とてもこっちへ来そうにありません。けれど、もう一ぺんさけんでみましょうか。」

　そこで三人はまたさけびました。

「かた雪かんこ、しみ雪しんこ、しかの子ぁよめぃほしい、ほしい。」

　すると今度はずうっと遠くで風の音か笛の声か、または、しかの子の歌かこんなように聞こえ
ました。

「北風ぴいぴい、かんこかんこ
　西風どうどう、どっこどっこ。」

　きつねがまた、ひげをひねって言いました。

「雪がやわらかになるといけませんから、もうお帰りなさい。今度月夜に雪がこおったらきっと
おいでください。さっきの幻灯をやりますから。」

　そこで四郎とかん子とは、

「かた雪かんこ、しみ雪しんこ。」

と歌いながら銀の雪をわたっておうちへ帰りました。

「かた雪かんこ、しみ雪しんこ。」

## 雪わたり　その二（きつね小学校の幻灯会）

青白い大きな十五夜のお月様がしずかに氷の上山からのぼりました。

雪はチカチカ青く光り、そして今日も*寒水石のようにかたくこおりました。

四郎はきつねの紺三郎との約束を思い出して妹のかん子にそっと言いました。

「今夜きつねの幻灯会なんだね。行こうか。」

するとかん子は、

「行きましょう。行きましょう。きつねこんこんきつねの子、こんこんきつねの紺三郎。」

とはねあがって高くさけんでしまいま

した。

するとニ番目の兄さんの二郎が、

「おまえたちはきつねのとこへ遊びに行くのかい。ぼくも行きたいな。」

と言いました。

四郎はこまってしまって、かたをすくめて言いました。

「大兄さん。だって、きつねの幻灯会は十一さいまでですよ、入場券に書いてあるんだもの。」

二郎が言いました。

「どれ、ちょっとお見せ、ははあ、学校生徒の父兄にあらずして十二さい以上の来ひんは入場をおことわり申しそうろう　きつねなんて、なかなかうまくやってるね。ぼくはいけないんだね。しかたないや。おまえたち行くんなら、おもちを持って行っておやりよ。そら、この鏡もちがいいだろう。」

四郎とかん子はそこで小さな雪ぐつをはいて、おもちをかついで外に出ました。

兄弟の一郎、二郎、三郎は戸口にならんで立って、

「行っておいで。大人のきつねにあったら急いで目をつぶるんだよ。そらぼくら、はやしてやろうか。かた雪かんこ、しみ雪しんこ、きつねの子ぁよめぃほしい、ほしい。」

とさけびました。

お月様は空に高くのぼり森は青白いけむりに包まれています。二人はもうその森の入り口に来ました。

するとむねにどんぐりのきしょうをつけた白い小さなきつねの子が立っていて言いました。

「こんばんは。おはようございます。入場券はお持ちですか。」

「持っています。」

二人はそれを出しました。

「さあ、どうぞあちらへ。」

きつねの子が、もっともらしくからだを曲げて目をパチパチしながら林のおくを手で教えました。

林の中には月の光が青いぼうを何本もななめに投げこんだようにさしておりました。その中のあき地に二人は来ました。

見ると、もうきつねの学校生徒がたくさん集まって、くりの皮をぶっつけ合ったりすもうをとったり、ことにおかしいのは小さな小さなねずみぐらいのきつねの子が大きな子どものきつねのかた車に乗ってお星様を取ろうとしているのです。

みんなの前の木のえだに白い一枚のしきふがさがっていました。

不意にうしろで、

「今ばんは、よくおいででした。先日は失礼いたしました。」

という声がしますので四郎とかん子とはびっくりしてふり向いて見ると紺三郎です。

紺三郎なんかまるでりっぱなえんび服を着て、すいせんの花をむねにつけて、まっ白なはんけちでしきりにそのとがったお口をふいているのです。

四郎はちょっとおじぎをして言いました。

「この間はしっけい。それから今ばんはありがとう。このおもちをみなさんであがってください。」

きつねの学校生徒はみんなこっちを見ています。

紺三郎はむねをいっぱいにはって、すましてもちを受けとりました。

「これはどうも、おみやげをいただいてすみません。どうかごゆるりとなすってください。もうすぐ幻灯もはじまります。わたくしはちょっと失礼いたします。」

紺三郎はおもちを持って向こうへ行きました。

きつねの学校生徒は声をそろえてさけびました。

「かた雪かんこ、しみ雪しんこ、かたいおもちはかったらこ、白いおもちはべったらこ。」

まくの横に、

「き*ぞう、おもちたくさん、人の四郎氏、人のかん子氏」と大きな札が出ました。きつねの生徒はよろこんで手をパチパチたたきました。

そのときピーと笛が鳴りました。

紺三郎がエヘンエヘンとせきばらいをしながら、まくの横から出て来て、ていねいにおじぎをしました。みんなはしんとなりました。

「今夜は美しい天気です。お月様はまるでしんじゅのお皿です。お星さまは野原のつゆがキラキラ固まったようです。さて、ただ今から幻灯会をやります。みなさんはまたたきやくしゃみをしないで目をまんまろに開いて見ていてください。

それから今夜はたいせつな二人のお客さまがありますから、どなたも静かにしないといけません。けっしてそっちの方へくりの皮を投げたりしてはなりません。開会の辞です。」

みんなよろこんでパチパチ手をたたきました。そして四郎がかん子にそっと言いました。

「紺三郎さんはうまいんだね。」

笛がピーと鳴りました。

『お酒をのむべからず。』大きな字が幕にうつりました。そしてそれが消えて写真がうつりました。一人のお酒によった人間のおじいさんが何かおかしな円いものをつかんでいるけしきです。

みんなは足ぶみをして歌いました。

キック、キック、トントン、キック、キック、トントン。

しみ雪しんこ、かた雪かんこ、

　野原のまんじゅうは

　　ぽっぽっぽ、

よってひょろひょろ太右衛門が、

　去年、三十八たべた。

キック、キック、キック、キック、トントントン。

写真が消えました。四郎はそっとかん子に言いました。

「あの歌は紺三郎さんのだよ。」

別に写真がうつりました。一人のお酒によった若い者がほおの木の葉でこしらえたおわんのようなものに顔をつっこんで何かたべています。紺三郎が白いはかまをはいて向こうで見ているけしきです。

みんなは足ぶみをして歌いました。

キック、キック、トントン、キック、キック、トントン、
　しみ雪しんこ、かた雪かんこ、
　　野原のおそばは
　　　ぽっぽっぽ、
　よってひょろひょろ清作が、
　　去年十三ばいたべた。
キック、キック、キック、キック、トン、トン、トン。
写真が消えて、ちょっとやすみになりました。
かわいらしいきつねの女の子が、きびだんごをのせたお皿を二つ持って来ました。
四郎はすっかり弱ってしまいました。なぜって、たった今太右衛門と清作との悪いものを知らないでたべたのを見ているのですから。
それにきつねの学校生徒がみんなこっちを向いて「食うだろうか。ね、食うだろうか。」なんてひそひそ話し合っているのです。かん子は、はずかしくてお皿を手に持ったまま、まっ赤になってしまいました。すると四郎が決心して言いました。
「ね、たべよう。おたべよ。ぼくは紺三郎さんがぼくらをだますなんて思わないよ。」
そして二人はきびだんごをみんなたべました。そのおいしいことはほっぺたも落ちそうです。

きつねの学校生徒は、もうあんまりよろこんで、みんなおどりあがってしまいました。

キック、キック、トントン、キック、キック、トントン。

「ひるはカンカン日のひかり
よるはツンツン月あかり、
たとえからだを、さかれても
きつねの生徒はうそ言うな。」

キック、キック、トントン、キック、キック、トントン。

「ひるはカンカン日のひかり
よるはツンツン月あかり、
たとえこごえてたおれても
きつねの生徒はぬすまない。」

キック、キック、トントン、キック、キック、

キック、トントン。
「ひるはカンカン日のひかり
よるはツンツン月あかり、
たとえからだがちぎれても
きつねの生徒はそ*ねまない。」
キック、キック、トントン、キック、
キック、トントン。
四郎もかん子もあんまりうれしくて
なみだがこぼれました。
笛がピーとなりました。
『わなを軽べつすべからず。』と大きな字がうつり、それが消えて絵がうつりました。きつねのこん兵衛がわなに左足をとられたけしきです。
「きつねこんこんきつねの子、
去年きつねのこん兵衛が

左の足をわなに入れ、
こんこんばたばた
こんこんこん。」
とみんなが歌いました。
四郎がそっとかん子に言いました。
「ぼくの作った歌だねい。」
絵が消えて『火を軽べつすべからず。』という字があらわれました。
それも消えて絵がうつりました。きつねのこん助が焼いたお魚を取ろうとして、しっぽに火がついたところです。
きつねの生徒がみなさけびました。
「きつねこんこんきつねの子。
去年きつねのこん助が
焼いた魚を取ろとして、
おしりに火がつき
きゃんきゃんきゃん。」
笛がピーと鳴り、幕は明るくなって紺三郎がまた出て来て言いました。

「みなさん。今ばんの幻灯はこれでおしまいです。今夜みなさんは深く心にとめなければならないことがあります。それはきつねのこしらえたものを、かしこいすこしもよわない人間のお子さんがたべてくだすったということです。そこでみなさんはこれからも、大人になってもうそをつかず人をそねまず、わたくしどもきつねの今までの悪いひょうばんをすっかり無くしてしまうだろうと思います。閉会の辞です。」

きつねの生徒はみんな感動して両手をあげたりワーッと立ちあがりました。そしてキラキラなみだをこぼしたのです。

紺三郎が二人の前に来て、ていねいにおじぎをして言いました。

「それでは。さようなら。今夜のごおんはけっしてわすれません。」

二人もおじぎをしてうちの方へ帰りました。

きつねの生徒たちが追いかけて来て二人のふところやかくし*に、どんぐりだのくりだの青びかりの石だのを入れて、

「そら、あげますよ。」

「そら、取ってください。」

なんて言って風のようににげ帰って行きます。

紺三郎は笑って見ていました。

二人は森を出て野原を行きました。

その青白い雪の野原のまん中で三人の黒いかげが向こうから来るのを見ました。それはむかいに来た兄さんたちでした。

VI.
# 一　やまなし

小さな谷川の底を写した二まいの青い幻灯です。

## 一、五月

二ひきのかにの子どもらが青じろい水の底で話していました。

「*クラムボンはわらったよ。」

「クラムボンはかぷかぷわらったよ。」

「クラムボンははねてわらったよ。」

「クラムボンはかぷかぷわらったよ。」

上の方や横の方は、青くくらく、はがねのように見えます。そのなめらかな天じょうを、つぶつぶ暗いあわが流れて行きます。

「クラムボンはわらっていたよ。」

「クラムボンはかぷかぷわらったよ。」

「それならなぜクラムボンはわらったの。」

「知らない。」

つぶつぶあわが流れて行きます。かにの子どもらも、ぽっぽっぽっとつづけて五、六つぶあわをはきました。それはゆれながら水銀のように光って、ななめに上の方へのぼって行きました。

つうと銀のいろのはらをひるがえして、一ぴきの魚が頭の上をすぎて行きました。

「クラムボンは死んだよ。」

「クラムボンは殺されたよ。」

「クラムボンは死んでしまったよ……。」

「殺されたよ。」

「それならなぜ殺された。」

兄さんのかにには、その右側の四本のあしの中の二本を、弟の平べったい頭にのせながら言いました。

「わからない。」

魚がまたツウともどって下流の方へ行きました。

「クラムボンはわらったよ。」

「わらった。」

にわかにパッと明るくなり、日光の黄金はゆめのように水の中にふって来ました。

波から来る光のあみが、底の白いいわの上で美しくゆらゆらのびたりちぢんだりしました。あわや小さなごみからは、まっすぐなかげのぼうが、ななめに水の中に並んで立ちました。

魚がこんどはそこらじゅうの黄金の光をまるっきりくちゃくちゃにして、おまけに自分は鉄いろに変に底びかりして、また上流の方へのぼりました。

「お魚はなぜああ行ったり来たりするの。」

弟のかにが、まぶしそうに目を動かしながらたずねました。

「何か悪いことをしてるんだよ、とってるんだよ。」

「とってるの。」

「うん。」

そのお魚がまた上流からもどって来ました。今度はゆっくり落ちついて、ひれも尾も動かさずただ水にだけ流されながら、お口をわのように円くしてやって来ました。そのかげは黒くしずかに底の光のあみの上をすべりました。

「お魚は……。」

そのときです。にわかに天じょうに白いあわがたって、青びかりのまるでぎらぎらする鉄ぽうだまのようなものが、いきなり飛びこんで来ました。

兄さんのかには、はっきりとその青いもののさきがコンパスのように黒くとがっているのも見ました。と思ううちに、魚の白いはらがぎらっと光って一ぺんひるがえり、上の方へのぼったようでしたが、それっきりもう青いものも魚のかたちも見えず光の黄金のあみはゆらゆらゆれ、あわはつぶつぶ流れました。

二ひきはまるで声も出ず、いすくまってしまいました。

お父さんのかにが出て来ました。

「どうしたい。ぶるぶるふるえているじゃないか。」

「お父さん、いまおかしなものが来たよ。」

「どんなもんだ。」

「青くてね、光るんだよ。はじがこんなに黒くとがってるの。それが来たらお魚が上へのぼって行ったよ。」

「そいつの目が赤かったかい。」

「わからない。」

「ふうん。しかし、そいつは鳥だよ。かわせみと言うんだ。だいじょうぶだ、安心しろ。おれたちはかまわないんだから。」

「お父さん、お魚はどこへ行ったの。」

「魚かい。魚はこわい所へ行った。」

「こわいよ、お父さん。」

「いい、いい、だいじょうぶだ。心配するな。そら、かばの花が流れて来た。ごらん、きれいだろう。」

あわといっしょに、白いかばの花びらが天じょうをたくさんすべって来ました。

「こわいよ、お父さん。」

弟のかにも言いました。

光のあみはゆらゆら、のびたりちぢんだり、花びらのかげはしずかにすなをすべりました。

## 二、十二月

かにの子どもらはもうよほど大きくなり、底の景色も夏から秋の間にすっかり変わりました。

白いやわらかな円石もころがって来、小さなきりの形のすいしょうのつぶや、金雲母のかけらもながれて来てとまりました。

そのつめたい水の底まで、ラムネのびんの月光がいっぱいにすきとおり天じょうでは波が青じろい火を、もしたり消したりしているよう、あたりはしんとして、ただいかにも遠くからというように、その波の音がひびいて来るだけです。

かにの子どもらは、あんまり月が明るく水がきれいなので、ねむらないで外に出て、しばらくだまってあわをはいて天じょうの方を見ていました。

「やっぱりぼくのあわは大きいね。」

「兄さん、わざと大きくはいてるんだい。ぼくだってわざとならもっと大きくはけるよ。」

「はいてごらん。おや、たったそれきりだろう。いいかい、兄さんがはくから見ておいで。そら、ね、大きいだろう。」

「大きかないや、おんなじだい。」

「近くだから自分のが大きく見えるんだよ。そんならいっしょにはいてみよう。いいかい、そら。」

「やっぱりぼくの方大きいよ。」

「ほんとうかい。じゃ、も一つはくよ。」

「だめだい、そんなにのびあがっては。」

またお父さんのかにが出て来ました。

「もうねろねろ。おそいぞ、あしたイサドへ連れて行かんぞ。」

「お父さん、ぼくたちのあわどっち大きいの。」

「それは兄さんの方だろう。」

「そうじゃないよ、ぼくの方大きいんだよ。」

弟のかには泣きそうになりました。

そのとき、トブン。

黒い円い大きなものが、天じょうから落ちてずうっとしずんでまた上へのぼって行きました。

キラキラッと黄金のぶちがひかりました。

「かわせみだ。」

子どもらのかには、くびをすくめて言いました。

お父さんのかには、遠めがねのような両方の目をあらんかぎりのばして、よくよく見てから言いました。

「そうじゃない、あれは*やまなしだ、流れて行くぞ、ついて行って見よう、ああいいにおいだな。」

なるほど、そこらの月あかりの水の中は、やまなしのいいにおいでいっぱいでした。

三びきは、ぽかぽか流れて行くやまなしのあとを追いました。

その横あるきと、底の黒い三つのかげぼうしが、合わせて六つおどるようにして、やまなしの円いかげを追いました。

間もなく水はサラサラ鳴り、天じょうの波はいよいよ青いほのおをあげ、やまなしは横になって木のえだにひっかかってとまり、その上には月光のにじが、もかもか集まりました。

「どうだ、やっぱりやまなしだよ。よくじゅくしている、いいにおいだろう。」

「おいしそうだね、お父さん。」

「待て待て、もう二日ばかり待つとね、こいつは下へしずんで来る、それからひとりでにおいしいお酒ができるから、さあ、もう帰ってねよう、おいで。」

親子のかには三びき自分らのあなに帰って行きます。

波はいよいよ青じろいほのおをゆらゆらとあげました。それはまた*金剛石の粉をはいているようでした。

＊

わたしの幻灯はこれでおしまいであります。

VII.—

# よだかの星

よだかは、実にみにくい鳥です。

顔は、ところどころ、みそをつけたようにまだらで、くちばしは、ひらたくて、耳までさけています。

足は、まるでよぼよぼで、一*間とも歩けません。

ほかの鳥は、もう、よだかの顔を見ただけでも、いやになってしまうというぐあいでした。

たとえば、ひばりも、あまり美しい鳥ではありませんが、よだかよりは、ずっと上だと思っていましたので、夕方など、よだかにあうと、さもさもいやそうに、*じんねりと目をつぶりながら、首をそっぽへ向けるのでした。もっとちいさなおしゃべりの鳥などは、いつでもよだかのまっこうから悪口をしました。

「ヘン。また出て来たね。まあ、あのざまをごらん。ほんとうに、鳥の仲間のつらよごしだよ。」

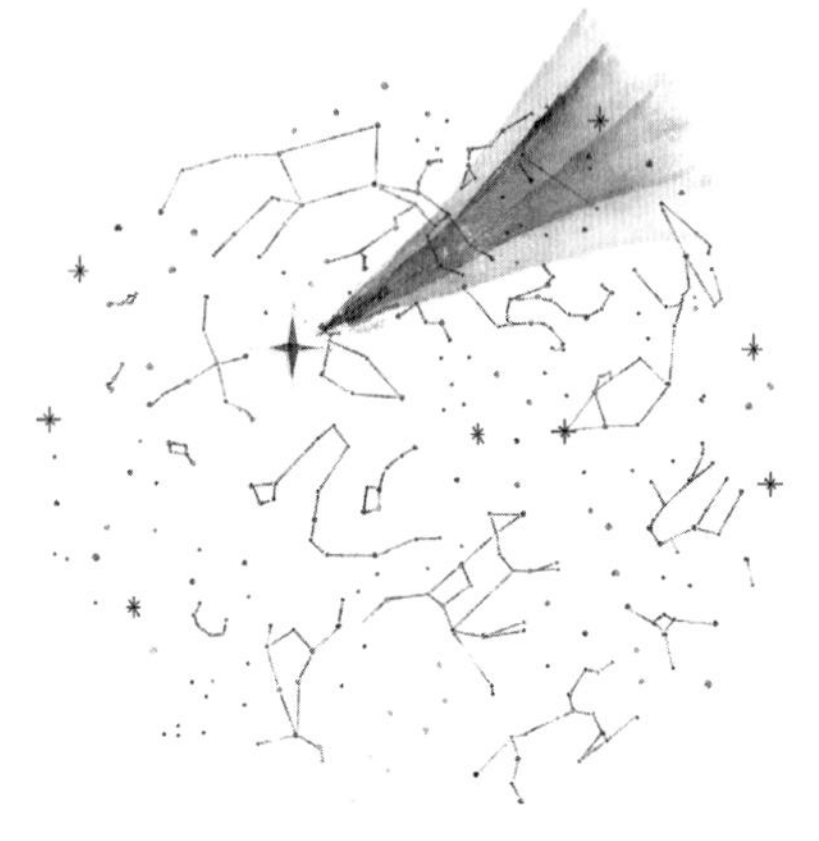

「ね、まあ、あのくちの大きいことさ。きっと、かえるの親類か何かなんだよ。」
こんな調子です。おお、よだかでないただのたかならば、こんな生はんかのちいさい鳥は、もう名前を聞いただけでも、ぶるぶるふるえて、顔色を変えて、からだをちぢめて、木の葉のかげにでもかくれたでしょう。ところがよだかは、ほんとうはたかの兄弟でも親類でもありませんでした。かえって、よだかは、あの美しいかわせみや、鳥の中の宝石のようなはちすずめの兄さんでした。はちすずめは花のみつをたべ、かわせみはお魚をたべ、よだかは羽虫をとってたべるのでした。それによだかには、するどいつめもするどいくちばしもありませんでしたから、どんなに弱い鳥でも、よだかをこわがるはずはなかったのです。

それなら、たかという名のついたことは不思議なようですが、これは、一つはよだかのはねがむやみに強くて、風を切ってかけるときなどは、まるでたかのように見えたことと、も一つはなきごえがするどくて、やはりどこかたかににていたためです。もちろん、たかは、これをひじょうに気にかけて、いやがっていました。それですから、よだかの顔さえ見ると、肩をいからせて、早く名前をあらためろ、名前をあらためろと、いうのでした。

ある夕方、とうとう、たかがよだかのうちへやってまいりました。

「おい。いるかい。まだおまえは名前をかえないのか。ずいぶんおまえもはじ知らずだな。おまえとおれでは、よっぽど人格がちがうんだよ。たとえばおれは、青いそらをどこまでも飛んで行く。おまえは、くもってうすぐらい日か、夜でなくちゃ、出て来ない。それから、おれのくちばしやつめを見ろ。そして、よくおまえのとくらべて見るがいい。」

「たかさん。それはあんまり無理です。わたしの名前はわたしがかってにつけたのではありません。神さまからくださったのです。」

「いいや。おれの名なら、神さまからもらったのだと言ってもよかろうが、おまえのは、言わば、おれと夜と、両方から借りてあるんだ。さあ返せ。」

「たかさん。それは無理です。」

「無理じゃない。おれがいい名を

教えてやろう。市蔵というんだ。市蔵とな。いい名だろう。そこで、名前を変えるには、改名のひろうというものをしないといけない。いいか。それはな、首へ市蔵と書いたふだをぶらさげて、わたしはいらい市蔵と申しますと、*口上を言って、みんなの所をおじぎしてまわるのだ。」

「そんなことはとてもできません。」

「いいや。できる。そうしろ。もしあさっての朝までに、おまえがそうしなかったら、もうすぐ、つかみ殺すぞ。つかみ殺してしまうから、そう思え。おれはあさっての朝早く、鳥のうちを一けんずつまわって、おまえが来たかどうかを聞いてあるく。一けんでも来なかったという家があったら、もうきさまもそのときがおしまいだぞ。」

「だってそれはあんまり無理じゃありませんか。そんなことをするくらいなら、わたしはもう死んだ方がましです。今すぐ殺してください。」

「まあ、よく、あとで考えてごらん。市蔵なんてそんなにわるい名じゃないよ。」

たかは大きなはねをいっぱいにひろげて、自分の巣の方へ飛んで帰って行きました。

よだかは、じっと目をつぶって考えました。

（いったいぼくは、なぜこうみんなにいやがられるのだろう。ぼくの顔は、みそをつけたようで、口はさけてるからなあ。それだって、ぼくは今まで、なんにも悪いことをしたことがない。赤んぼうのめじろが巣から落ちていたときは、助けて巣へ連れて行ってやった。そしたらめじろは、赤んぼうをまるでぬす人からでもとりかえすようにぼくからひきはなしたんだなあ。それからひどくぼくを笑ったっけ。それにああ、今度は市蔵だなんて、首へふだをかけるなんて、つらいはなしだなあ。）

あたりは、もううすくらくなっていました。よだかは巣から飛び出しました。雲が意地悪く光って、低くたれています。よだかはまるで雲とすれすれになって、音なく空を飛びまわりました。

それからにわかによだかは口を大きくひらいて、はねをまっすぐにはって、まるで矢のようにそらをよこぎりました。小さな羽虫がいくひきもいくひきも、そののどにはいりました。

からだがつちにつくかつかないうちに、よだかはひらりとまたそらへはねあがりました。もう雲はねずみ色になり、向こうの山には山焼けの火がまっ赤です。

よだかが思い切って飛ぶときは、そらがまるで二つに切れたように思われます。一ぴきのかぶとむしが、よだかののどにはいって、ひどくもがきました。よだかはすぐそれをのみこみましたが、そのとき何だかせなかがぞっとしたように思いました。

雲はもうまっくろく、東の方だけ山焼けの火が赤くうつって、おそろしいようです。よだかはむねがつかえたように思いながら、またそらへのぼりました。

また一ぴきのかぶとむしが、よだかののどに、はいりました。そしてまるでよだかののどをひっかいてばたばたしました。よだかはそれを無理にのみこんでしまいましたが、そのとき、急にむねがどきっとして、よだかは大声をあげて泣き出しました。泣きながらぐるぐるぐるぐる空をめぐったのです。

（ああ、かぶとむしや、たくさんの羽虫が、毎ばんぼくに殺される。そしてそのただ一つのぼくが、こんどはたかに殺される。それがこんなにつらいのだ。ああ、つらい、つらい。ぼくはもう虫をたべないで餓えて死のう。いやその前にもう、たかがぼくを殺すだろう。いや、その前に、ぼくは遠くの遠くの空の向こうに行ってしまおう。）

山焼けの火は、だんだん水のように流れてひろがり、雲も赤くもえているようです。

よだかはまっすぐに、弟のかわせみの所へ飛んで行きました。きれいなかわせみも、ちょうど起きて遠くの山火事を見ていたところでした。そしてよだかのおりて来たのを見て言いました。

「兄さん。こんばんは。何か急のご用ですか。」

「いいや、ぼくは今度遠い所へ行くからね、その前ちょっとおまえにあいに来たよ。」

「兄さん。行っちゃいけませんよ。はちすずめもあんな遠くにいるんですし、ぼくひとりぼっちになってしまうじゃありませんか。」

「それはね。どうもしかたないのだ。もう今日は何も言わないでくれ。そしておまえもね、どうしてもとらなければならないときのほかは、いたずらにお魚を取ったりしないようにしてくれ。ね。さよなら。」

「兄さん。どうしたんです。まあもうちょっとお待ちなさい。」

「いや、いつまでいてもおんなじだ。はちすずめへ、あとでよろしく言ってやってくれ。さよなら。もうあわないよ。さよなら。」

よだかは泣きながら自分のお家へ帰ってまいりました。みじかい夏の夜はもうあけかかっていました。

しだの葉は、よあけのきりをすって、青くつめたくゆれました。よだかは高くきしきしきしと鳴きました。そして巣の中をきちんとかたづけ、きれいにからだじゅうのはねや毛をそろえて、また巣から飛び出しました。

きりがはれて、お日さまがちょうど東からのぼりました。よだかはぐらぐらするほどまぶしいのをこらえて、矢のように、そっちへ飛んで行きました。

「お日さん、お日さん。どうぞわたしをあなたの所へ連れてってください。やけて死んでもかまいません。わたしのようなみにくいからだでも、やけるときには小さなひかりを出すでしょう。どうかわたしを連れてってください。」

行っても行っても、お日さまは近くなりませんでした。かえってだんだん小さく遠くなりながらお日さまが言いました。

「おまえはよだかだな。なるほど、ずいぶんつらかろう。今夜そらを飛んで、星にそうたのんでごらん。おまえはひるの鳥ではないのだからな。」

よだかはおじぎを一つしたと思いましたが、急にぐらぐらしてとうとう野原の草の上に落ちてしまいました。そして、まるでゆめを見ているようでした。からだがずうっと赤や黄の星のあいだをのぼって行ったり、どこまでも風に飛ばされたり、また、たかが来てからだをつかんだりし

たようでした。

つめたいものがにわかに顔に落ちました。よだかは目をひらきました。一本のわかいすすきの葉からつゆがしたたったのでした。もうすっかり夜になって、空は青ぐろく、一面の星がまたたいていました。よだかはそらへ飛びあがりました。今夜も山焼けの火はまっかです。よだかはその火のかすかな照りと、つめたいほしあかりの中をとびめぐりました。それからもう一ぺん飛びめぐりました。そして思い切って西のそらのあの美しいオリオンの星の方に、まっすぐに飛びながらさけびました。

「お星さん。西の青じろいお星さん。どうかわたしをあなたのところへ連れてってください。やけて死んでもかまいません。」

オリオンは勇ましい歌をつづけながらよだかなどはてんで相手にしませんでした。よだかは泣きそうになって、よろよろと落ちて、それからやっとふみとまって、もう一ぺんとびめぐりました。それから、南の大犬座の方へまっすぐに飛びながらさけびました。

「お星さん。南の青いお星さん。どうかわたしをあなたの所へ連れてってください。やけて死んでもかまいません。」

大犬は青やむらさきや黄やうつくしくせわしくまたたきながら言いました。

「ばかを言うな。おまえなんかいったいどんなものだい。たかが鳥じゃないか。おまえのはねでここまで来るには、億年兆年億兆年だ。」

　そしてまた別の方を向きました。

　よだかはがっかりして、よろよろ落ちて、それからまた二へん飛びめぐりました。それからまた思い切って北の大ぐま星の方へまっすぐに飛びながらさけびました。

「北の青いお星さま、あなたの所へどうかわたしを連れてってください。」

　大ぐま星はしずかに言いました。

「よけいなことを考えるものではない。少し頭をひやして来なさい。そういうときは、氷山のういている海の中へ飛びこむか、近くに海がなかったら、氷をうかべたコップの水の中へ飛びこむのが一等だ。」

　よだかはがっかりして、よろよろ落ちて、それからまた、四へんそらをめぐりました。そしてもう一度、東から今のぼった天の川の向こう岸のわしの星にさけびました。

「東の白いお星さま、どうかわたしをあなたの所へ連れてってください。やけて死んでもかまいません。」

　わしは大風に言いました。

「いいや、とてもとても、話にもならん。星になるには、それそうおうの身分でなくちゃいかん。また、よほど金もいるのだ。」

よだかはもうすっかり力を落としてしまって、はねをとじて、地に落ちて行きました。そしてもう一尺で地面にその弱い足がつくというとき、よだかはにわかにのろしのようにそらへとびあがりました。そらのなかほどへ来て、よだかはまるでわしがくまをおそうときするように、ぶるっとからだをゆすって毛をさかだてました。

それからキシキシキシキシキシッと高く高くさけびました。その声はまるでたかでした。野原や林にねむっていたほかのとりは、みんな目をさまして、ぶるぶるふるえながら、いぶかしそうにほしぞらを見あげました。

よだかは、どこまでも、どこまでも、まっすぐに空へのぼって行きました。もう山焼けの火はたばこのすいがらのくらいにしか見えません。よだかはのぼってのぼって行きました。

寒さに、いきはむねに白くこおりました。空気がうすくなったために、はねをそれはそれはせわしくうごかさなければなりませんでした。

それだのに、ほしの大きさは、さっきと少しも変わりません。つくいきは、*ふいごのようです。寒さやしもがまるで剣のようによだかをさしました。よだかは、はねがすっかりしびれてしまいました。そして、なみだぐんだ目をあげてもう一ぺんそらを見ました。そうです。これがよだかのさいごでした。もうよだかは落ちているのか、のぼっているのか、さかさになっているのか、上を向いているのかも、わかりませんでした。ただこころもちはやすらかに、その血のついた大きなくちばしは、横にまがってはいましたが、たしかに少しわらっておりました。

それからしばらくたって、よだかははっきりまなこをひらきました。そして自分のからだがいま、*りんの火のような青い美しい光になって、しずかに燃えているのを見ました。

すぐとなりは、カシオピア座でした。天の川の青じろい光が、すぐうしろになっていました。

そしてよだかの星は燃えつづけました。いつまでもいつまでも燃えつづけました。

今でもまだ燃えています。

VIII.—

# オツベルと象

……ある牛かいがものがたる

## 第一日曜

オツベルときたら大したもんだ。*いねこき器械の六台もすえつけて、のんのんのんのんのんのんと、*おっそろしない音をたててやっている。

十六人の百姓どもが、顔をまるっきりまっ赤にして足でふんで器械をまわし、小山のように積まれたいねをかたっぱしからこいて行く。わらはどんどんうしろの方へ投げられて、また新しい山になる。そこらは、もみやわらからたったこまかなちりで、変にぼうっと黄いろになり、まるでさばくのけむりのようだ。

そのうすくらい仕事場を、オツベルは、大きなこはくのパイプをくわえ、*ふきがらをわらに落とさないよう、目を細くして気をつけながら、両手をせなかに組みあわせて、ぶらぶら行ったり

来たりする。

小屋はずいぶんがんじょうで、学校ぐらいもあるのだが、何せ新式いねこき器械が、六台もそろってまわってるから、のんのんのんのんふるうのだ。中にはいるとそのために、すっかりはらがすくほどだ。そしてじっさいオツベルは、そいつで上手にはらをへらし、ひるめしどきには、六寸ぐらいのビフテキだの、ぞうきんほどあるオムレツの、ほくほくしたのをたべるのだ。

とにかく、そうして、のんのんのんのんやっていた。

そしたらそこへどういうわけか、その、白象がやって来た。白い象だぜ、ペンキをぬったのでないぜ。どういうわけで来たかって？　そいつは象のことだから、たぶんぶらっと森を出て、ただなにとなく来たのだろう。

そいつが小屋の入り口に、ゆっくり顔を出したとき、百姓どもはぎょっとした。なぜぎょっとした？　よくきくねえ、何をしだすか知れないじゃないか。かかり合っては大へんだから、どいつもみな、いっしょうけんめい、じぶんのいねをこいていた。

ところがそのときオツベルは、ならんだ器械のうしろの方で、ポケットに手を入れながら、ちらっとするどく象を見た。それからすばやく下を向き、何でもないというふうで、いままでどおり行ったり来たりしていたもんだ。

するとこんどは白象が、かたあしゆかにあげたのだ。百姓どもはぎょっとした。それでも仕事がいそがしいし、かかり合ってはひどいから、そっちを見ずに、やっぱりいねをこいていた。

オツベルはおくのうすくらいところで両手をポケットから出して、も一度ちらっと象を見た。それからいかにもたいくつそうに、わざと大きなあくびをして、両手を頭のうしろに組んで、行ったり来たりやっていた。ところが象がいせいよく、前あし二つつきだして、小屋にあがって来ようとする。百姓どもはぎくっとし、オツベルもすこしぎょっとして、大きなこはくのパイプから、ふっとけむりをはきだした。それでもやっぱりしらないふうで、ゆっくりそこらをあるいていた。

そしたらとうとう、象がのこのこ上がって来た。そして器械の前のとこを、のんきにあるきはじめたのだ。

ところが何せ、器械はひどく回っていて、もみは夕立かあられのように、パチパチ象にあたるのだ。象はいかにもうるさいらしく、小さなその目を細めていたが、またよく見ると、たしかに少しわらっていた。

オツベルはやっとかくごをきめて、いねこき器械の前に出て、象に話をしようとしたが、そのとき象が、とてもきれいな、うぐいすみたいないい声で、こんな文句を言ったのだ。

「ああ、だめだ。あんまりせわしく、砂がわたしの歯にあたる。」

まったくもみは、パチパチパチパチ歯にあたり、またまっ白な頭や首にぶっつかる。

さあ、オツベルは命がけだ。パイプを右手にもち直し、度きょうをすえてこう言った。

「どうだい、ここはおもしろいかい。」

「おもしろいねえ。」

象がからだをななめにして、目を細くして返事した。

「ずうっとこっちにいたらどうだい。」

百姓どもははっとして、息を殺して象を見た。オツベルは言ってしまってから、にわかにがたがた

ふるえ出す。ところが象はけろりとして、

「いてもいいよ。」

と答えたもんだ。

「そうか。それではそうしよう。そういうことにしようじゃないか。」

オツベルが顔をくしゃくしゃにして、まっ赤になってよろこびながらそう言った。どうだ、そうしてこの象は、もうオツベルの財産だ。いまに見たまえ、オツベルは、あの白象をはたらかせるか、サーカス団に売りとばすか、どっちにしても万円以上もうけるぜ。

## 第二日曜

オツベルときたら大したもんだ。それにこの前いねこき小屋で、うまく自分のものにした、象もじっさい大したもんだ。力も二十馬力もある。第一みかけがまっ白で、牙はぜんたいきれいな象げでできている。皮もぜんたい、りっぱでじょうぶな象皮なのだ。そしてずいぶんはたらくもんだ。けれどもそんなにかせぐのも、やっぱり主人がえらいのだ。

「おい、おまえは時計はいらないか。」

丸太で建てたその象小屋の前に来て、オツベルはこはくのパイプをくわえ、顔をしかめてこうきいた。

「ぼくは時計はいらないよ。」

象がわらって返事した。

「まあ持って見ろ、いいもんだ。」

こう言いながらオツベルは、ブリキでこさえた大きな時計を象の首からぶらさげた。

「なかなかいいね。」

象も言う。

「くさりもなくちゃだめだろう。」

オツベルときたら、百キロもあるくさりをさ、その前あしにくっつけた。

「うん、なかなかくさりはいいね。」

三あし歩いて象がいう。

「くつをはいたらどうだろう。」

「ぼくはくつなどはかないよ。」

「まあはいてみろ、いいもんだ。」

オツベルは顔をしかめながら、赤い張子の大きなくつを、象のうしろのかかとにはめた。

「なかなかいいね。」

象も言う。

「くつにかざりをつけなくちゃ。」

オツベルはもう大急ぎで、四百キロある分銅をくつの上から、はめこんだ。

「うん、なかなかいいね。」

象は二あし歩いてみて、さもうれしそうにそう言った。

次の日、ブリキの大きな時計と、やくざな紙のくつとはやぶけ、象はくさりと分銅だけで、大よろこびであるいておった。

「すまないが税金も高いから、今日はすこうし、川から水をくんでくれ。」

オツベルは両手をうしろで組ん

で、顔をしかめて象に言う。

「ああ、ぼく水をくんで来よう。もう何ばいでもくんでやるよ。」

象は目を細くしてよろこんで、そのひるすぎに五十だけ、川から水をくんで来た。そして菜っ葉の畑にかけた。

夕方象は小屋にいて、十ぱのわらをたべながら、西の三日の月を見て、

「ああ、かせぐのはゆかいだねえ、さっぱりするねえ。」

と言っていた。

「すまないが税金がまたあがる。今日は少うし森から、たきぎを運んでくれ。」オツベルはふさのついた赤いぼうしをかぶり、両手をかくしにつっこんで、次の日象にそう言った。

「ああ、ぼくたきぎを持って来よう。いい天気だねえ。ぼくはぜんたい森へ行くのは大すきなんだ。」象はわらってこう言った。

オツベルは少しぎょっとして、パイプを手からあぶなく落としそうにしたがもうあのときは、象がいかにもゆかいなふうで、ゆっくりあるきだしたので、また安心してパイプをくわえ、小さなせきを一つして、百姓どもの仕事の方を見に行った。

そのひるすぎの半日に、象は九百ぱたきぎを運び、目を細くしてよろこんだ。

ばん方、象は小屋にいて、八わのわらをたべながら、西の四日の月を見て、

「ああ、せいせいした。*サンタマリア。」とこうひとりごとしたそうだ。

その次の日だ、

「すまないが、税金が五倍になった、今日は少うし鍛冶場へ行って、炭火をふいてくれないか。」

「ああ、ふいてやろう。本気でやったら、ぼく、もう、息で、石もなげとばせるよ。」

オツベルはまたどきっとしたが、気を落ちつけてわらっていた。

象はのそのそ鍛冶場へ行って、べたんとあしを折ってすわり、ふいごの代わりに半日炭をふいたのだ。

そのばん、象は象小屋で、七わのわらをたべながら、空の五日の月を見て、

「ああ、つかれたな、うれしいな、サンタマリア。」

とこう言った。

どうだ、そうして次の日から、象は朝からかせぐのだ。わらも昨日はただ五わだ。よくまあ、五わのわらなどで、あんな力がでるもんだ。

じっさい象はけいざいだよ。それというのもオツベルが、頭がよくてえらいためだ。オツベルときたら大したもんさ。

## 第五日曜

オツベルかね、そのオツベルは、おれも言おうとしてたんだが、いなくなったよ。

まあ落ちついてききたまえ。前にはなしたあの象を、オツベルはすこしひどくしすぎた。しかたがだんだんひどくなったから、象がなかなか笑わなくなった。ときには赤い竜の目をして、じっとこんなにオツベルを見おろすようになってきた。

あるばん象は象小屋で、三ばのわらをたべながら、十日の月をあおぎ見て、

「苦しいです。サンタマリア。」

と言ったということだ。

こいつを聞いたオツベルは、ことごと象につらくした。

あるばん、象は象小屋で、ふらふらたおれて地べたにすわり、わらもたべずに、十一日の月を見て、

「もう、さようなら、サンタマリア。」

とこう言った。

「おや、何だって？　さよならだ？」

月がにわかに象にきく。

「ええ、さよならです。サンタマリア。」

「何だい、なりばかり大きくて、からっきし意気地のないやつだなあ。仲間へ手紙を書いたらいいや。」

月がわらってこう言った。

「お筆も紙もありませんよう。」

象は細ういきれいな声で、しくしくしくしく泣き出した。

「そら、これでしょう。」

すぐ目の前で、かわいい子どもの声がした。象が頭を上げて見ると、赤い着物の*童子が立って、すずりと紙をささげていた。象はさっそく手紙を書いた。

「ぼくは*ずいぶん目にあっている。みんなで出て来て助けてくれ。」

童子はすぐに手紙をもって、林の方へあるいて行った。

赤衣の童子が、そうして山に着いたのは、ちょうどひるめしごろだった。このとき山の象どもは、沙羅樹の下のくらがりで、碁などをやっていたのだが、ひたいをあつめてこれを見た。

「ぼくはずいぶん目にあっている。みんなで出て来て助けてくれ。」

象はいっせいに立ちあがり、まっ黒になってほえだした。

「オツベルをやっつけよう。」

議長の象が高くさけぶと、

「おう、でかけよう。グララアガア、グララアガア。」

みんながいちどに呼応する。

さあ、もうみんな、あらしのように林の中をなきぬけて、グララアガア、グララアガア、野原の方へとんで行く。どいつもみんなきちがいだ。小さな木などは根こぎになり、やぶや何かもめちゃめちゃだ。グワア　グワア　グワア　グワア、花火みたいに野原の中へ飛び出した。それから、何の、走って、走って、とうとう向こうの青くかすんだ野原のはてに、オツベルのやしきの黄いろな屋根を見つけると、象はいちどにふん火した。

グララアガア、グララアガア。そのときはちょうど一時半、オツベルは皮の寝台の上でひるねのさかりで、からすのゆめを見ていたもんだ。あまり大きな音なので、オツベルの家の百姓どもが、門から少し外へ出て、*小手をかざして向こうを見た。林のような象だろう。汽車より早くやってくる。さあ、まるっきり、血の気も失せてかけこんで、

「だんなあ、象です。おしよせやした。だんなあ、象です。」

と声をかぎりにさけんだもんだ。

ところがオツベルはやっぱりえらい。目をぱっちりとあいたときは、もう何もかもわかっていた。

「おい、象のやつは小屋にいるのか。いる？　いる？　いるのか。よし、戸をしめろ。戸をしめるんだよ。早く象小屋の戸をしめるんだ。ようし、早く丸太を持って来い。とじこめちまえ、ち

くしょうめじたばたしやがるな、丸太をそこへしばりつけろ。何ができるもんか。わざと力をへらしてあるんだ。ようし、もう五、六本持って来い。さあ、だいじょうぶだ。だいじょうぶだとも。あわてるなったら。おい、みんな、こんどは門だ。門をしめろ。かんぬきをかえ。つっぱり。つっぱり。そうだ。おい、みんな心配するなったら。しっかりしろよ。」

オツベルはもうしたくができて、ラッパみたいないい声で、百姓どもをはげました。ところがどうして、百姓どもは気が気じゃない。こんな主人にまきぞいなんぞ食いたくないから、みんなタオルやはんけちや、よごれたような白いようなものを、ぐるぐる腕にまきつける。こうさんをするしるしなのだ。

オツベルはいよいよやっきとなって、そこらあたりをかけまわる。オツベルの犬も気が立って、火のつくようにほえながら、やしきの中をはせまわる。

間もなく地面はぐらぐらとゆられ、そこらはばしゃばしゃくらくなり、象はやしきをとりまいた。グララアガア、グララアガア、そのおそろしいさわぎの中から、

「今助けるから安心しろよ。」

やさしい声もきこえてくる。

「ありがとう。よく来てくれて、ほんとにぼくはうれしいよ。」

象小屋からも声がする。さあ、そうすると、まわりの象は、いっそうひどく、グララアガア、

グララアガア、へいのまわりをぐるぐる走っているらしく、たびたび中から、おこってふりまわす鼻も見える。けれどもへいはセメントで、中には鉄も入っているから、なかなか象もこわせない。へいの中にはオツベルが、たった一人でさけんでいる。百姓どもは目もくらみ、そこらをうろうろするだけだ。そのうち外の象どもは、仲間のからだを台にして、いよいよへいをこしかかる。だんだんにゅうと顔を出す。そのしわくちゃで灰いろの、大きな顔を見あげたとき、オツベルの犬は気ぜつした。さあ、オツベルはうちだしした。六連発のピストルさ。ドーン、グララアガ

ア、ドーン、グララアガア、ドーン、グララアガア、ところが弾丸は通らない。牙にあたればはねかえる。一ぴきなぞはこう言った。

「なかなかこいつはうるさいねえ。ぱちぱち顔へあたるんだ。」

オツベルはいつかどこかで、こんな文句をきいたようだと思いながら、ケースを帯からつめかえた。そのうち、象のかたあしが、へいからこっちへはみ出した。それから、も一つはみ出した。五ひきの象がいっぺんに、へいからどっと落ちて来た。オツベルはケースをにぎったまま、もうくしゃくしゃにつぶれていた。早くも門があいていて、グララアガア、グララアガア、象がどしどしなだれこむ。

「牢はどこだ。」

みんなは小屋におしよせる。丸太なんぞは、マッチのようにへし折られ、あの白象は大へんやせて小屋を出た。

「まあ、よかったね、やせたねえ。」

みんなはしずかにそばにより、くさりと銅をはずしてやった。

「ああ、ありがとう。ほんとにぼくは助かったよ。」

白象はさびしくわらってそう言った。

おや、(一字不明)、川へはいっちゃいけないったら。

IX.

# 猫の事務所

……ある小さな*官衙に関する幻想……

*軽便鉄道の停車場のちかくに、猫の第六事務所がありました。ここは主に、猫の歴史と地理を調べるところでした。

書記はみな、短い黒のしゅすの服を着て、それに大へんみんなに尊敬されましたから、何かの都合で書記をやめるものがあると、そこらの若い猫は、どれもどれも、みんなそのあとへ入りたがってばたばたしました。

けれども、この事務所の書記の数はいつもただ四人ときまっていましたから、そのたくさんの中で一番字がうまく詩の読めるものが、一人やっとえらばれるだけでした。

事務長は大きな黒猫で、少しもうろくしてはいましたが、目などは中に銅線が幾重も張ってあるかのように、じつに立派にできていました。

さてその部下の

一番書記は白猫でした、
二番書記はとら猫でした、
三番書記は三毛猫でした、
四番書記はか、ま猫でした。

か、ま猫というのは、これは生まれつきではありません。生まれつきは何猫でもいいのですが、夜かまどの中に入ってねむるくせがあるために、いつでもからだがすすできたなく、ことに鼻と耳にはまっ黒にすみがついて、何だかたぬきのような猫のことをいうのです。

ですからか、ま猫はほかの猫にはきらわれます。

けれどもこの事務所では、何せ事務長が黒猫なもんですから、このか、ま猫も、あたり前ならいくら勉強ができても、とても書記なんかになれないはずのを、四十人の中からえらびだされたのです。

大きな事務所のまん中に、事務長の黒猫が、まっ赤なラシャ*をかけたテーブルをひかえてどっかりこしかけ、その右側に一番の白猫と三番の三毛猫、左側に二番のとら猫と四番のか、ま猫が、めいめい小さなテーブルを前にして、きちんといすにかけていました。

ところで猫に、地理だの歴史だの何になるかと言いますと、
まあこんなふうです。

事務所の扉をこつこつたたくものがあります。

「入れっ。」

事務長の黒猫が、ポケットに手を入れてふんぞりかえってどなりました。

四人の書記は下を向いていそがしそうに帳面を調べています。

ぜいたく猫が入って来ました。

「何の用だ。」

事務長が言います。

「わしは氷河ねずみを食いにベ*ーリング地方へ行きたいのだが、どこらが一番いいだろう。」

「うん、一番書記、氷河ねずみの産地を言え。」

一番書記は、青い表紙の大きな帳面をひらいて答えました。

「ウステラゴメナ、ノバスカイヤ、フサ川流域であります。」

事務長はぜいたく猫に言いました。

「ウステラゴメナ、ノバ……何と言ったかな。」

「ノバスカイヤ。」

一番書記とぜいたく猫がいっしょに言いました。

「そう、ノバスカイヤ、それから何!?」

「フサ川。」

またぜいたく猫が一番書記といっしょに言ったので、事務長は少しきまり悪そうでした。

「そうそう、フサ川。まああそこらがいいだろうな。」

「で、旅行についての注意はどんなものだろう。」

「うん、二番書記、ベーリング地方旅行の注意を述べよ。」

「はっ。」

二番書記は自分の帳面を繰りました。

「夏猫はぜんぜん旅行に適せず。」

するとどういうわけか、この時みんながかま猫の方をじろっと見ました。

「冬猫もまた細心の注意を要す。函館付近、馬肉にて釣らるる危険あり。特に黒猫はじゅうぶんに猫なることを表示しつつ旅行するに非ざれば、おうおう黒狐と誤認せられ、本気にて追跡さるることあり。」

「よし、今の通りだ。貴殿はわがはいのように黒猫ではないから、まあ大した心配はあるまい。函館で馬肉をけいかいするぐらいのところだ。」

「そう、で、向こうでの有力者はどんなものだろう。」

「三番書記、ベーリング地方有力者の名称をあげよ。」

「はい、ええと、ベーリング地方と、はい、トバスキー、ゲンゾスキー、二名であります。」

「トバスキーとゲンゾスキーというのは、どういうようなやつらかな。」

「四番書記、トバスキーとゲンゾスキーについて大略を述べよ。」

「はい。」

四番書記のかま猫は、もう大原簿のトバスキーとゲンゾスキーとのところに、短い手を一本ずつ入れて待っていました。そこで事務長もぜいたく猫も、大へん感服したらしいのでした。

　ところがほかの三人の書記は、いかにもばかにしたように横目で見て、

ヘッと笑っていました。かま猫は一生けん命帳面を読みあげました。

「トバスキー酋長、徳望あり。眼光けいけいたるも物を言うこと少しく遅し、ゲンゾスキー財産家、物を言うこと少しく遅けれども眼光けいけいたり。」

「いや、それでわかりました。ありがとう。」

ぜいたく猫は出て行きました。

こんな具合で、猫にはまあ便利なものでした。ところが今のおはなしからちょうど半年ばかりたったとき、とうとうこの第六事務所がはい止になってしまいました。というわけは、もうみなさんもお気づきでしょうが、四番書記のかま猫は、上の方の三人の書記からひどくにくまれていましたし、ことに三番書記の三毛猫は、このかま猫の仕事を自分がやってみたくてたまらなくなったのです。かま猫は、何とかみんなによく思われようといろいろ工夫をしましたが、どうもかえっていけませんでした。

たとえば、ある日となりのとら猫が、昼の弁当を、机の上に出して食べはじめようとしたときに、急にあくびにおそわれました。

そこでとら猫は、短い両手をあらんかぎり高くのばして、ずいぶん大きなあくびをやりました。これは猫仲間では、目上の人にも無礼なことでも何でもなく、人ならばまずひげでもひねるぐらいのところですから、それはかまいませんけれども、いけないことは、足をふんばったために、テーブルが少し坂になって、弁当箱がするするっとすべって、とうとうがたっと事務長の前のゆかに落ちてしまったのです。それはでこぼこではありましたが、アルミニュームでできていましたから、大丈夫こわれませんでした。そこでとら猫は急いであくびを切り上げて、机の上から手をのばして、それを取ろうとしましたが、やっと手がかかるかかからないかくらいなので、弁当箱は、あっちへ行ったりこっちへ寄ったり、なかなかうまくつかまりませんでした。

「君、だめだよ。とどかないよ。」

と事務長の黒猫が、もしゃもしゃパンを食べながら笑って言いました。その時四番書記のかま猫も、ちょうど弁当のふたを開いたところでしたが、それを見てすばやく立って、弁当を拾ってとら猫にわたそうとしました。ところがとら猫は急にひどくおこり出して、せっかくかま猫の出した弁当も受け取らず、手をうしろにまわして、やけにからだをふりながらどなりました。

「何だい。君はぼくにこの弁当を食べろと言うのかい。机からゆかの上へ落ちた弁当を君はぼくに食えと言うのかい。」

「いいえ、あなたが拾おうとなさるもんですから、拾ってあげただけでございます。」

「いつぼくが拾おうとしたんだ。うん。ぼくはただそれが事務長さんの前に落ちてあんまり失礼なもんだから、ぼくの机の下へ押し込もうと思ったんだ。」

「そうですか。私はまた、あんまり弁当があっちこっち動くもんですから……。」

「何だと失敬な。決とうを……。」

「ジャラジャラジャラジャラン。」

　事務長が高くどなりました。これは決とうをしろと言ってしまわせないために、わざとじゃまをしたのです。

「いや、けんかするのはよしたまえ。かま猫君もとら猫君に食べさせようというんで拾ったんじゃなかろう。それから今朝言うのを忘れたが、とら猫君は月給が十銭あがったよ。」

　とら猫は、はじめはこわい顔をしてそれでも頭を下げてきいていましたが、とうとう、よろこんで笑い出しました。

「どうもおさわがせいたしましてお申しわけございません。」

　それからとなりのかま猫をじろっと

見てこしかけました。

　みなさんぼくはかま猫に同情します。

　それからまた五、六日たって、ちょうどこれに似たことが起こったのです。こんなことがたびたび起こるわけは、一つは猫どもの無精なたちと、も一つは猫の前足すなわち手が、あんまり短いためです。今度は向こうの三番書記の三毛猫が、朝仕事をはじめる前に、筆がポロポロころがって、とうとうゆかに落ちました。三毛猫はすぐ立てばいいのを、骨おしみして早速前にとら猫のやった通り、両手を机ごしにのばして、それを拾い上げようとしました。今度もやっぱり届きません。三毛猫はことに背が低かったので、だんだん乗り出して、とうとう足がこしかけからはなれてしまいました。かま猫は拾ってやろうかやるまいか、この前のこともありますので、しばらくためらって目をパチパチさせていましたが、とうとう見るに見かねて、立ちあがりました。

　ところがちょうどこの時に、三毛猫はあんまり乗り出しすぎてガタンとひっくり返って、ひどく頭をついて机から落ちました。それがだいぶひどい音でしたから、事務長の黒猫もびっくりして立ちあがって、うしろのたなから、気付けのアンモニア水のびんを取りました。ところが三毛猫はすぐ起き上がって、かんしゃくまぎれにいきなり、

「かま猫、きさまはよくもぼくを押しのめしたな。」

と、どなりました。

今度はしかし、事務長がすぐ三毛猫をなだめました。

「いや、三毛君。それは君のまちがいだよ。かま猫君は好意でちょっと立っただけだ。君にさわりも何もしない。しかしまあ、こんな小さなことは、何でもありゃしないじゃないか。さあ、ええとサントンタンの転居届けと。ええ。」

事務長はさっさと仕事にかかりました。そこで三毛猫も、仕方なく、仕事にかかりはじめましたが、やっぱりたびたびこわい目をしてかま猫を見ていました。

こんな具合ですからかま猫は実につらいのでした。

かま猫はあたりまえの猫になろうと何べん窓の外にねてみましたが、どうしても夜中に寒くてくしゃみが出てたまらないので、やっぱり仕方なくかまどの中に入るのでした。

なぜそんなに寒くなるかというのに皮がうすいためで、なぜ皮がうすいかというのに、それは土用に生まれたからです。やっぱりぼくが悪いんだ、仕方ないなあと、かま猫は考えて、なみだをまん円な目いっぱいにためました。

けれども事務長さんがあんなに親切にしてくださる、それにかま猫仲間のみんながあんなにぼくの事務所にいるのをめいよに思ってよろこぶのだ、どんなにつらくてもぼくはやめないぞ、きっとこらえるぞと、かま猫は泣きながら、にぎりこぶしをにぎりました。

ところがその事務長も、あてにならなくなりました。それは猫なんていうものは、かしこいようでばかなものです。

ある時、か、ま猫は運わるくかぜをひいて、足のつけねを椀のようにはらし、どうしても歩けませんでしたから、とうとう一日やすんでしまいました。か、ま猫のもがきようといったらありません。泣いて泣いて泣きました。納屋の小さな窓からさし込んで来る黄いろな光をながめながら、一日いっぱい目をこすって泣いていました。

その間に事務所ではこういうふうでした。

「はてな、今日はか、ま猫君がまだ来んね。遅いね。」

と事務長が、仕事のたえ間に言いました。

「なあに、海岸へでも遊びに行ったんでしょう。」

白猫が言いました。

「いいや、どこかの宴会にでも呼ばれて行ったろう。」

とら猫が言いました。

「今日どこかに宴会があるか。」

事務長はびっくりしてたずねました。猫の宴会に自分の呼ばれないものなどあるはずはないと思ったのです。

「何でも北の方で開校式があるとか言いましたよ。」

「そうか。」

黒猫はだまって考え込みました。

「どうしてどうしてかま猫は、」

三毛猫が言い出しました。

「このごろはあちこちへ呼ばれているよ。何でも今度は、おれが事務長になるとか言ってるそうだ。だから、ばかなやつらがこわがって、あらんかぎりごきげんをとるのだ。」

「ほんとうかい。それは。」

黒猫がどなりました。

「ほんとうですとも。お調べになってごらんなさい。」

三毛猫が口をとがらせて言いました。

「けしからん。あいつはおれはよほど目をかけてやってあるのだ。よし。おれにも考えがある。」

そして事務所はしばらくしんとしました。

さて次の日です。

かま猫は、やっと足のはれがひいたので、よろこんで朝早く、ごうごう風の吹く中を事務所へ来ました。するといつも来るとすぐ表紙をなでて見るほど大切な自分の原簿が、自分の机の上からなくなって、向こうどなり三つの机に分けてあります。

「ああ、昨日はいそがしかったんだな。」

かま猫は、なぜかむねをどきどきさせながら、かすれた声でひとり言しました。

ガタッ。扉が開いて三毛猫が入って来ました。

「おはようございます。」

かま猫は立ってあいさつしましたが、三毛猫はだまってこしかけて、あとはいかにもいそがしそうに帳面を繰っています。ガタン。ピシャン。とら猫が入って来ました。

「おはようございます。」

かま猫は立ってあいさつしましたが、とら猫は見向きもしません。

「おはようございます。」

三毛猫が言いました。

「おはよう、どうもひどい風だね。」

とら猫もすぐ帳面を繰りはじめました。

ガタッ、ピシャーン。白猫が入って来ました。

「おはようございます。」

とら猫と三毛猫が一緒にあいさつしました。

「いや、おはよう、ひどい風だね。」

白猫もいそがしそうに仕事にかかりました。その時かま猫は力なく立ってだまっておじぎをしましたが、白猫はまるで知らないふりをしています。

ガタン、ピシャリ。

「ふう、ずいぶんひどい風だね。」

事務長の黒猫が入って来ました。

「おはようございます。」

三人はすばやく立っておじぎをしました。かま猫もぼんやり立って、下を向いたままおじぎをしました。

「まるで暴風だね、ええ。」

黒猫は、かま猫を見ないでこう言いながら、もうすぐ仕事をはじめました。

「さあ、今日は昨日のつづきのアンモニアックの兄弟を調べて回答しなければならん。二番書記、アンモニアック兄弟の中で、南極へ行ったのはだれだ。」

仕事がはじまりました。かま猫はだまってうつむいていました。原簿がないのです。それを何とか言いたくっても、もう声が出ませんでした。

「パン、ポラリスであります。」

とら猫が答えました。

「よろしい、パン、ポラリスを詳述せよ。」

と黒猫が言います。ああ、これはぼくの仕事だ、原簿、原簿、とかま猫はまるで泣くように思いました。

「パン、ポラリス、南極探険の帰途、*ヤップ島沖にて死亡、遺骸は*水葬せらる。」

一番書記の白猫が、かま猫の原簿で読んでいます。かま猫はもうかなしくて、かなしくて頬のあたりがすっぱくなり、そこらがきいんと鳴ったりするのをじっとこらえてうつむいておりました。

事務所の中は、だんだんいそがしく湯のようになって、仕事はずんずん進みました。みんな、ほんの時々、ちらっとこっちを見るだけで、ただ一言も言いません。

そしてお昼になりました。かま猫は、持って来た弁当も食べず、じっとひざに手を置いてうつむいておりました。

とうとう昼すぎの一時から、かま猫はしくしく泣きはじめました。そして晩方まで三時間ほど泣いたりやめたりまた泣きだしたりしたのです。

それでもみんなはそんなこと、いっこう知らないというように面白そうに仕事をしていました。

その時です。猫どもは気がつきませんでしたが、事務長のうしろの窓の向こうにいかめしい獅子の金いろの頭が見えました。

獅子は不審そうに、しばらく中を見ていましたが、いきなり戸口をたたいて入って来ました。猫どものおどろきようといったらありません。うろうろうろうろそこらをあるきまわるだけです。かま猫だけが泣くのをやめて、まっすぐに立ちました。

獅子が大きなしっかりした声で言いました。

「お前たちは何をしているか。そんなことで地理も歴史も要ったはなしでない。やめてしまえ。えい。解散を命ずる。」

こうして事務所ははい止になりました。

ぼくは半分獅子に同感です。

X.—

# なめとこ山の熊

*なめとこ山の熊のことならおもしろい。なめとこ山は大きな山だ。淵沢川はなめとこ山から出てくる。なめとこ山は一年のうちたいていの日はつめたい霧か雲かをすったりはいたりしている。まわりもみんな青黒いなまこや海坊主のような山だ。山の中ごろに大きなほら穴ががらんとあいている。そこから淵沢川がいきなり三百尺ぐらいの滝になって、ひのきやいたやのしげみの中をごうと落ちてくる。

中山街道はこのごろはだれも歩かないから、ふきやいたどりがいっぱいに生えたり、牛が逃げて登らないように柵をみちに立てたりしているけれども、そこをがさがさ三里ばかり行くと、向こうの方で風が山のいただきを通っているような音がする。気をつけてそっちを見ると何だかわけのわからない白い細長いものが、山をうごいて落ちてけむりを立てているのがわかる。それがなめとこ山の大空滝だ。そして昔はそのへんには熊がごちゃごちゃいたそうだ。ほんとうはなめ

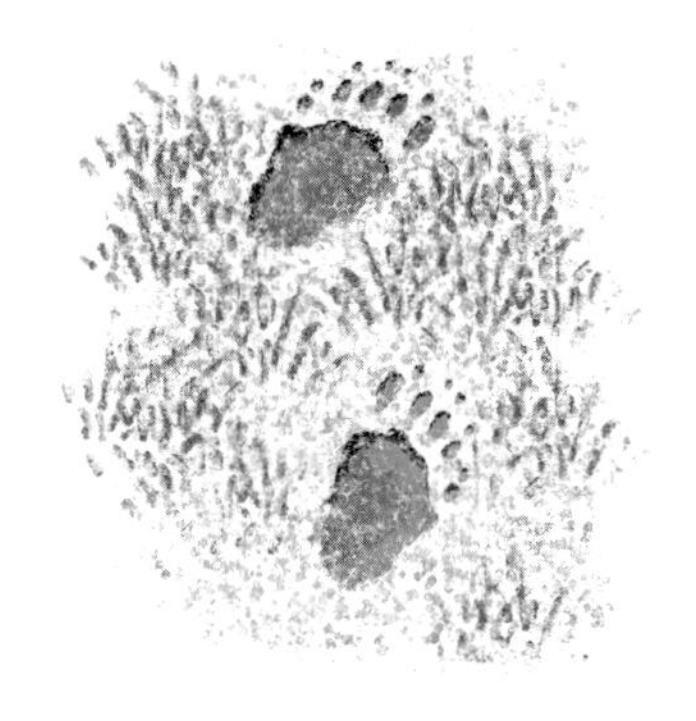

とこ山も熊の胆*もわたしは自分で見たのではない。人から聞いたり考えたりしたことばかりだ。まちがっているかもしれないけれどもわたしはそう思うのだ。とにかくなめとこ山の熊の胆は名高いものになっている。

腹の痛いのにもきけば傷もなおる。鉛の湯の入り口になめとこ山の熊の胆ありという、昔からの看板もかかっている。だからもう熊は、なめとこ山で赤い舌をべろべろはいて谷をわたったり、熊の子どもらがすもうをとっておしまいぽかぽかなぐりあったりしていることはたしかだ。熊捕りの名人の淵沢小十郎がそれをかたっぱしから捕ったのだ。

淵沢小十郎はすがめ*の赤黒いごりごりしたおやじで胴は小さな臼ぐらいはあったし、てのひらは北島の毘沙門さんの病気をなおすための手形ぐらい大きく厚かった。

小十郎は夏なら菩提樹の皮でこさえたけら*を着てはんばき*をはき、生蕃*の使うような山刀とポルトガル伝来というような大きな重い鉄砲を持って、たくましい黄いろな犬をつれて、なめとこ山からしどけ沢から三つ又から、サッカイの山からマミ穴森から白沢から、まるで縦横に歩いた。木がいっぱい生えているから谷をさかのぼっていると、まるで青黒いトンネルの中を行くようで、時にはぱっと緑と黄金いろに明るくなることもあればそこらじゅうが花が咲いたように日光が落ちていることもある。そこを小十郎がまるで自分の座敷の中を歩いているというふうで、ゆっくりのっしのっしとやって行く。犬は先に立ってがけを横ばいに走ったり、ざぶんと水にかけこんだり、淵ののろのろした気味の悪いとこを、もう一生けん命に泳いでやっと向こうの岩にのぼると、からだをぶるぶるっとして毛を立てて水をふるい落とし、それから鼻をしかめて主人の来るのを待っている。小十郎はひざから上にまるでびょうぶのような白い波をたてながら、コンパスのように足をぬきさしして口を少し曲げながらやってくる。そこであんまり一ぺんに言ってしまって悪いけれども、なめとこ山あたりの熊は小十郎をすきなのだ。

その証拠には熊どもは小十郎がぼちゃぼちゃ谷をこ*いだり、谷の岸の細い平らないっぱいにあざみなどの生えているとこを通るときは、だまって高いとこから見送っているのだ。木の上から両手で枝にとりついたり崖の上でひざをかかえて座ったりして、おもしろそうに小十郎を見送っているのだ。

まったく熊どもは小十郎の犬さえすきなようだった。

けれどもいくら熊どもだって、すっかり小十郎とぶっつかって、犬がまるで火のついたまりのようになって飛びつき、小十郎が目をまるで変に光らして鉄砲をこっちへかまえることは、あんまりすきではなかった。そのときはたいていの熊は迷惑そうに手をふって、そんなことをされるのを断った。

けれども熊もいろいろだから、気のはげしいやつならごうごうほえて立ちあがって、犬などはまるでふみつぶしそうにしながら、小十郎の方へ両手を出してかかっていく。小十郎はぴったり落ち着いて、木をたてにして立ちながら、熊の月の輪をめがけてズドンとやるのだった。

すると森までががあっとさけんで熊はどたっと倒れ、赤黒い血をどくどくはき、鼻をくんくん鳴らして死んでしまうのだった。

小十郎は鉄砲を木へ立てかけて注意深くそばへよっ

てきて、こう言うのだった。

「熊。おれはてまえをにくくて殺したのでねえんだぞ。おれも商売ならてめえも射たなきゃならねえ。ほかの罪のねえ仕事していんだが、畑はなし、木はお上のものにきまったし、里へ出てもだれも相手にしねえ。仕方なしに猟師なんぞしるんだ。てめえも熊に生まれたが因果なら、おれもこんな商売が因果だ。やい。この次には熊なんぞに生まれなよ。」

そのときは犬もすっかりしょげかえって目を細くして座っていた。何せこの犬ばかりは小十郎が四十の夏、家じゅうみんな赤痢にかかって、とうとう小十郎の息子とその妻も死んだ中に、ぴんぴんして生きていたのだ。

それから小十郎はふところから、とぎすまされた小刀を出して、熊のあごのとこから胸から腹へかけて、皮をすうっと裂いていくのだった。それからあとの景色はぼくは大きらいだ。けれどもとにかくおしまい小十郎が、まっ赤な熊の胆を背中の木のひつに入れて、血で毛がぼとぼと房になった毛皮を谷であらって、くるくるまるめ、背中にしょって、自分もぐんなりした風で谷を下って行くことだけはたしかなのだ。

小十郎はもう熊のことばだってわかるような気がした。ある年の春はやく、山の木がまだ一本も青くならないころ、小十郎は犬を連れて白沢をずうっとのぼった。夕方になって小十郎は、ばっかい沢へこえる峰になったところへ、去年の夏こさえた笹小屋へ泊まろうと思って、そこへのぼって行った。そしたらどういう加減か小十郎の柄にもなく、のぼり口をまちがってしまった。なんべんも谷へおりてまたのぼりなおして、犬もへとへとにつかれ、小十郎も口を横にまげて息をしながら、半分くずれかかった去年の小屋を見つけた。

小十郎がすぐ下に湧き水のあったのを思い出して、少し山をおりかけたら、おどろいたことは母親とやっと一歳になるかならないような子熊と二ひき、ちょうど人が額に手をあてて遠くをながめるといったふうに、淡い六日の月光の中を、向こうの谷をしげしげ見つめているのにあった。小十郎はまるでその二ひきの熊のからだから後光が射すように思えて、まるでくぎづけになったように立ちどまって、そっちを見つめていた。すると子熊が甘えるように言ったのだ。

「どうしても雪だよ、おっかさん、谷のこっち側だけ白くなっているんだもの。どうしても雪だよ。おっかさん。」

すると母親の熊は、まだしげしげ見つめていたが、やっと言った。

「雪でないよ、あすこへだけ降るはずがないんだもの。」

子熊はまた言った。

「だからとけないで残ったのでしょう。」

「いいえ、おっかさんは、あざみの芽を見に昨日あすこを通ったばかりです。」

小十郎もじっとそっちを見た。

月の光が青白く山の斜面をすべっていた。そこがちょうど銀の鎧のように光っているのだった。しばらくたって子熊が言った。

「雪でなきゃ霜だねえ。きっとそうだ。」

ほんとうに今夜は霜が降るぞ、お月さまの近くで胃もあんなに青くふるえているし、第一お月さまのいろだってまるで氷のようだ、小十郎がひとりで思った。

「おかあさまはわかったよ、あれねえ、ひきざくらの花。」

「なぁんだ、ひきざくらの花だい。ぼく知ってるよ。」

「いいえ、おまえまだ見たことありません。」

「知ってるよ、ぼくこの前とってきたもの。」

「いいえ、あれひきざくらでありません、おまえとってきたのきささげの花でしょう。」

「そうだろうか。」

子熊はとぼけたように答えました。小十郎はなぜかもう胸がいっぱいになって、もう一ぺん向こうの谷の白い雪のような花と余念なく月光をあびて立っている母子の熊をちらっと見て、それから音を立てないように、こっそりこっそりもどりはじめた。風があっちへ行くな行くなと思いながら、そろそろと小十郎は後ずさりした。くろもじの木のにおいが、月のあかりといっしょにすうっとさした。

ところがこのごう気な小十郎が、町へ熊の皮と胆を売りに行くときのみじめさといったら、まったく気の毒だった。

町の中ほどに大きな荒物屋があって、ざるだの砂糖だの砥石だの、金天狗やカメレオン印のたばこだの、それからガラスのハエ取りまでならべていたのだ。小十郎が山のように毛皮をしょって、そこのしきいを一足またぐと、店ではまた来たかというように、うす笑っているのだった。店の次の間に大きな唐金*の火ばちを出して、主人がどっかり座っていた。

「だんなさん、先ころはどうもありがとうごあんした。」

あの山では主のような小十郎は、毛皮の荷物を横におろして、ていねいに敷板に手をついて言うのだった。

「はあ、どうも、今日は何のご用です。」

「熊の皮また少し持って来たます。」

「熊の皮か。この前のもまだあのままましまってあるし、今日ぁ、まんつ*、いいます。」

「だんなさん、そう言わないでどうか買ってくんなさぃ。安くてもいいます。」

「なんぼ安くても要らないます。」

主人は落ちつきはらって、きせる*をたんたんと、手のひらへたたくのだ。

あのごう気な山の中の主の小十郎は、こう言われるたびにもうまるで心配そうに顔をしかめた。何せ小十郎のとこでは、山には栗があったし、うしろのまるで少しの畑からはひえがとれるのではあったが、米などは少しもできず、味噌もなかったから、九十になるとしよりと子どもばかりの七人家内に持っていく米は、ごくわずかずつでも要ったのだ。

里の方のものなら麻もつくったけれども、小十郎のとこでは、わずか藤つるで編む入れ物のほかに布にするようなものは何にもできなかったのだ。

小十郎はしばらくたってから、まるでしわがれたような声で言ったもんだ。

「だんなさん、お願いだます。どうが何ぼでもいいはんて買ってくない。」

小十郎はそう言いながら、あらためておじぎさえしたもんだ。

主人はだまってしばらくけむりをはいてから、顔の少しで、にかにか笑うのをそっとかくして言ったもんだ。

「要います。置いでお出れ。じゃ、平助、小十郎さんさ二円あげろじゃ。」

店の平助が大きな銀貨を四枚、小十郎の前へ座って出した。小十郎はそれを押*しいただくようにして、にかにかしながら受け取った。

それから主人は今度はだんだんきげんがよくなる。

「じゃ、おき*の、小十郎さんさ一杯あげろ。」

小十郎はこのころはもううれしくてわくわくしている。

主人はゆっくりいろいろ話す。小十郎はかしこまって山のもようや何か申しあげている。まもなく台所の方からお膳できたと知らせる。小十郎は半分辞退するけれども、けっきょく台所のところへ引っぱられて、またていねいなあいさつをしている。

まもなく塩引きのさけの刺身やいかの切り*こみなどと、酒が一本黒い小さな膳にのってくる。

小十郎はちゃんとかしこまってそこへ腰かけて、いかの切りこみを手の甲にのせてべろりとなめたり、うやうやしく黄いろな酒を小さなちょこについだりしている。

いくら物価の安いときだって、熊の毛皮二枚で二円はあんまり安いとだれでも思う。

じつに安いし、あんまり安いことは小十郎でも知っている。けれどもどうして小十郎は、そんな町の荒物屋なんかへでなしに、ほかの人へどしどし売れないか。それはなぜかたいていの人にはわからない。けれども日本ではき*つねけんというものもあって、きつねは猟師に負け、猟師はだんなに負けるときまっている。ここでは熊は小十郎にやられ小十郎がだんなにやられる。だんなは町のみんなの中にいるから、なかなか熊に食われない。けれどもこんないやなずるいやつらは、世界がだんだん進歩すると、ひとりで消えてなくなっていく。

ぼくはしばらくの間でも、あんな立派な小十郎が、二度とつらも見たくないような、いやなやつにうまくやられることを書いたのが、じつにしゃくにさわってたまらない。

　こんなふうだったから、小十郎は熊どもは殺してはいても決してそれをにくんではいなかったのだ。ところがある年の夏、こんなようなおかしなことが起こったのだ。

　小十郎が谷をばちゃばちゃわたって一つの岩にのぼったら、いきなりすぐ前の木に大きな熊が猫のように、せなかを円くしてよじのぼっているのを見た。小十郎はすぐ鉄砲をつきつけた。犬はもう大よろこびで木の下に行って木のまわりをはげしく馳せめぐった。

　すると木の上の熊はしばらくの間、おりて小十郎に飛びかかろうか、そのまま射たれてやろうか、思案しているらしかったが、いきなり両手を木からはなして、どたりと落ちてきたのだ。小十郎はゆだんなく銃をかまえて射つばかりにして近よって行ったら、熊は両手をあげてさけんだ。

「おまえは何がほしくておれを殺すんだ。」

「ああ、おれはおまえの毛皮と、胆のほかにはなんにもいらない。それも町へ持って行ってひどく高く売れるというのではないし、ほんとうに気の毒だけれどもやっぱり仕方ない。けれどもおまえに今ごろそんなことを言われるともうおれなどは何か栗かしだの実でも食っていて、それで死ぬならおれも死んでもいいような気がするよ。」

「もう二年ばかり待ってくれ、おれも死ぬのはもうかまわないようなもんだけれども、少しし残した仕事もあるし、ただ二年だけ待ってくれ。二年目にはおれもおまえの家の前でちゃんと死んでいてやるから。毛皮も胃袋もやってしまうから。」

小十郎は変な気がして、じっと考えて立ってしまいました。熊はそのひまに足うらを全体地面につけて、ごくゆっくりと歩き出した。小十郎はやっぱりぼんやりと立っていた。

熊はもう小十郎がいきなりうしろから鉄砲を射ったり決してしないことがよくわかってるというふうで、うしろも見ないでゆっくりゆっくり歩いて行った。そしてその広い赤黒いせなかが、木の枝の間から落ちた日光にちらっと光ったとき、小十郎は、う、うとせつなそうになって、谷をわたって帰りはじめた。

それからちょうど二年目だったが、ある朝小十郎があんまり風が烈しくて、木もかきねも倒れたろうと思って外へ出たら、ひのきのかきねはいつものようにかわりなく、その下のところに始終見たことのある赤黒いものが横になっているのでした。ちょうど二年目だし、あの熊がやってくるかと少し心配するようにしていたときでしたから、小十郎はどきっとしてしまいました。そばによって見ましたら、ちゃんとあの、この前の熊が口からいっぱいに血をはいて倒れていた。

小十郎は思わず拝むようにした。

一月のある日のことだった。小十郎は朝、家を出るとき、今まで言ったことのないことを言った。

「ばあさま、おれも年老ったでばな、今朝まず生まれで始めで水へ入るの嫌んたよな気するじゃ。」

すると縁側の日なたで糸を紡いでいた九十になる小十郎の母はその見えないような目をあげて

ちょっと小十郎を見て、何か笑うか泣くかするような顔つきをした。小十郎はわらじを結わえて、うんとこさと立ちあがって出かけた。子どもらはかわるがわるうまやの前から顔を出して、「じいさん、早ぐお出や。」と言って笑った。

小十郎はまっ青なつるつるした空を見あげて、それから孫たちの方を向いて、「行ってくるじゃい。」と言った。

小十郎はまっ白な堅雪の上を白沢の方へのぼって行った。

犬はもう息をはあはあし、赤い舌を出しながら、走ってはとまり走ってはとまりして行った。まもなく小十郎の影は丘の向こうへ沈んで見えなくなってしまい、子どもらはひえのわらでふじ*つきをして遊んだ。

小十郎は白沢の岸をさかのぼって行った。水はまっ青に淵になったり、ガラス板をしいたように凍ったり、つららが何本も何本もじゅずのようになってかかったり、そして両岸からは赤と黄いろのまゆみの実が、花が咲いたようにのぞいたりした。小十郎は自分と犬との影法師がちらちら光り、樺の幹の影といっしょに雪に*かっきりあいいろの影になって動くのを見ながらさかのぼって行った。

白沢から峰を一つ越えたところに、一ぴきの大きなやつが棲んでいたのを、夏のうちにたずねておいたのだ。

小十郎は谷に入ってくる小さな支流を五つ越えて、何べんも何べんも右から左、左から右へ水をわたってさかのぼって行った。そこに小さな滝があった。小十郎はその滝のすぐ下から長根の方へかけてのぼりはじめた。雪はあんまりまばゆくて燃えているくらい、小十郎は目がすっかり紫のめがねをかけたような気がしてのぼって行った。

犬はやっぱりそんな崖でも負けないというように、たびたびすべりそうになりながら、雪にかじりついてのぼったのだ。やっと崖をのぼりきったら、そこはまばらに栗の木の生えた、ごくゆるい斜面の平らで、雪はまるで寒水石というふうにギラギラ光っていたし、まわりをずうっと高い雪の峰がにょきにょきつったっていた。

小十郎がその頂上でやすんでいたときだ。いきなり犬が火のついたようにほえだした。小十郎がびっくりしてうしろを見たら、あの夏に目をつけておいたあの大きな熊が、両足で立ってこっちへかかってきたのだ。

小十郎は落ちついて足をふんばって鉄砲をかまえた。

熊は棒のような両手をびっこ*にあげて、まっすぐに走ってきた。さすがの小十郎もちょっと顔いろを変えた。

ぴしゃというように鉄砲の音が小十郎に聞こえた。ところが熊は少しも倒れないであらしのよ

うに黒くゆらいでやってきたようだった。犬がその足もとにかみついた。と思うと、小十郎は、があんと頭が鳴ってまわりがいちめんまっ青になった。それから遠くでこういうことばを聞いた。

「おお小十郎、おまえを殺すつもりはなかった。」

もうおれは死んだ、と小十郎は思った。そして、ちらちらちらちら青い星のような光が、そこらいちめんに見えた。

「これが死んだしるしだ。死ぬとき見る火だ。熊ども、ゆるせよ。」と小十郎は思った。それからあとの小十郎の心持ちはもうわたしにはわからない。

とにかくそれから三日目の晩だった。まるで氷の玉のような月が空にかかっていた。雪は青白く明るく、水は*燐光をあげた。すばるや*参の星が、緑やだいだいにちらちらして呼吸をするように見えた。

その栗の木と白い雪の峰々にかこまれた山の上の平らに、黒い大きなものがたくさん輪になって集まって、おのおの黒い影をおき、*回々教徒のいのるときのように、じっと雪にひれふしたまま、いつまでもいつまでも動かなかった。そしてその雪と月のあかりで見ると、一番高いところに小十郎の死がいが半分座ったようになって置かれていた。

思いなしか、その死んで凍えてしまった小十郎の顔は、まるで生きてるときのように、さえざえして何か笑っているようにさえ見えたのだ。ほんとうにそれらの大きな黒いものは、参の星が天のまん中にきても、もっと西へ傾いても、じっと化石したように動かなかった。

XI. ―

# グスコーブドリの伝記

## 一、森

グスコーブドリは、*イーハトーブの大きな森のなかに生まれました。お父さんは、グスコーナドリという名高い木こりで、どんな大きな木でも、まるで赤ん坊を寝かしつけるようにわけなく伐ってしまう人でした。

ブドリにはネリという妹があって、二人は毎日森で遊びました。ごしっごしっとお父さんの樹をひく音が、やっと聞こえるくらいな遠くへも行きました。二人はそこで木いちごの実をとって湧水に漬けたり、空を向いてかわるがわる山鳩の鳴くまねをしたりしました。するとあちらでもこちらでも、ぽう、ぽう、と鳥が眠そうに鳴き出すのでした。

お母さんが、家の前の小さな畑に麦を播いているときは、二人はみちにむしろをしいて座って、ブリキ缶で蘭の花を煮たりしました。するとこんどは、もういろいろの鳥が、二人のぱさぱさした頭の上を、まるで挨拶するように鳴きながらざあざあざあざあ通りすぎるのでした。

ブドリが学校へ行くようになりますと、森はひるの間大へんさびしくなりました。そのかわりひるすぎには、ブドリはネリといっしょに、森じゅうの樹の幹に、赤い粘土や*消し炭で、樹の名を書いてあるいたり、高く歌ったりしました。

ホップのつるが、両方からのびて、門のようになっている白樺の樹には、

「カッコウドリ、トオルベカラズ」と書いたりもしました。

そして、ブドリは十になり、ネリは七つになりました。ところがどういうわけですか、その年は、お日さまが春から変に白くて、いつもなら雪がとけると間もなく、まっしろな花をつける*こぶしの樹もまるで咲かず、五月になってもたびたび霙がぐしゃぐしゃ降り、七月の末になっても一向に暑さが来ないために、去年播いた麦も粒の入らない白い穂しかできず、たいていの果物も、花が咲いただけで落ちてしまったのでした。

そしてとうとう秋になりましたが、やっぱり栗の木は青いからのいがばかりでしたし、みんなでふだんたべるいちばん大切な*オリザという穀物も、一つぶもできませんでした。野原ではもうひどいさわぎになってしまいました。

ブドリのお父さんもお母さんも、たびたび薪を野原の方へ持って行ったり、冬になってからは何べんも大きな樹を町へそりで運んだりしたのでしたが、いつもがっかりしたようにして、わずかの麦の粉などもって帰ってくるのでした。それでもどうにかその冬は過ぎて次の春になり、畑

には大切にしまっておいた種も播かれましたが、その年もまたすっかり前の年のとおりでした。
そして秋になると、とうとうほんとうの饑饉になってしまいました。もうそのころは学校へ来るこどももまるでありませんでした。ブドリのお父さんもお母さんも、すっかり仕事をやめていました。そしてたびたび心配そうに相談しては、かわるがわる町へ出て行って、やっとすこしばかりの黍の粒など持って帰ることもあれば、なんにも持たずに顔いろを悪くして帰ってくることもありました。そしてみんなは、こならの実や、葛やわらびの根や、木の柔らかな皮やいろんなものをたべて、その冬をすごしました。けれども春が来たころは、お父さんもお母さんも、何かひどい病気のようでした。

ある日お父さんは、じっと頭をかかえて、いつまでもいつまでも考えていましたが、にわかに起きあがって、

「おれは森へ行って遊んでくるぞ。」

と言いながら、よろよろ家を出て行きましたが、まっくらになっても帰って来ませんでした。二人がお母さんに、お父さんはどうしたろうときいても、お母さんはだまって二人の顔を見ているばかりでした。

次の日の晩方になって、森がもう黒く見えるころ、お母さんはにわかに立って、*炉にほだ*をたくさんくべて家じゅうすっかり明るくしました。それから、わたしはお父さんをさがしに行くか

ら、お前たちはうちにいてあの戸棚にある粉を二人ですこしずつたべなさいと言って、やっぱりよろよろ家を出て行きました。二人が泣いてあとから追って行きますと、お母さんはふり向いて、

「なんたらいうことをきかないこどもらだ。」としかるように言いました。

そしてまるで足早に、つまずきながら森へ入ってしまいました。二人は何べんも行ったり来たりして、そこらを泣いて回りました。とうとうこらえ切れなくなって、まっくらな森の中へ入って、いつかのホップの門のあたりや、湧水のあるあたりをあちこちうろうろ歩きながら、お母さんを一晩呼びました。森の樹の間からは、星がちらちら何か言うようにひかり、鳥はたびたびおどろいたように暗の中を飛びましたけれども、どこからも人の声はしませんでした。とうとう二人はぼんやり家へ帰って中へはいりますと、まるで死んだように眠ってしまいました。

ブドリが目をさましたのは、その日のひるすぎでした。お母さんの言った粉のことを思い出して戸棚を開けて見ますと、なかには、袋に入れたそば粉やこならの実がまだたくさん入っていました。ブドリはネリをゆり起こして二人でその粉をなめ、お父さんたちがいたときのように炉に火をたきました。

それから、二十日ばかりぼんやり過ぎましたら、ある日戸口で、

「今日は、誰かいるかね。」

と言うものがありました。お父さんが帰って来たのかと思って、ブドリがはね出して見ますと、

それは籠をしょった目の鋭い男でした。その男は籠の中から丸い餅をとり出してぽんと投げながら言いました。

「私はこの地方の飢饉を助けに来たものだ。さあなんでも食べなさい。」

　二人はしばらくあきれていましたら、

「さあ食べるんだ、食べるんだ。」

とまた言いました。二人がこわごわたべはじめますと、男はじっと見ていましたが、

「お前たちはいい子供だ。けれどもいい子供だというだけではなんにもならん。わしと一緒についておいで。もっとも男の子は強いし、わしも二人はつれて行けない。おい女の子、おまえはここにいても、もうたべるものがないんだ。おじさんと一緒に町へ行こう。毎日パンを食べさしてやるよ。」

　そしてぷいっとネリを抱きあげて、せなかの籠へ入れて、そのまま

「おおほいほい。おおほいほい。」

とどなりながら、風のように家を出て行きました。ネリはおもてではじめてわっと泣き出し、ブドリは、

「どろぼう、どろぼう。」

と泣きながら叫んで追いかけましたが、男はもう森の横を通ってずうっと向こうの草原を走って

いて、そこからネリの泣き声が、かすかにふるえて聞こえるだけでした。

　ブドリは、泣いてどなって森のはずれまで追いかけて行きましたが、とうとう疲れてばったり倒れてしまいました。

## 二、てぐす工場

　ブドリがふっと目をひらいたとき、いきなり頭の上で、いやに平べったい声がしました。

「やっと目がさめたな。まだお前は飢饉のつもりかい。起きておれに手伝わないか。」見るとそれは茶いろなきのこしゃっぽをかぶって外套にすぐシャツを着た男で、何か針金でこさえたものをぶらぶら持っているのでした。

「もう飢饉は過ぎたの？　手伝いって何を手伝うの？」

　ブドリがききました。

「網掛けさ。」

「ここへ網を掛けるの？」

「掛けるのさ。」

「網をかけて何にするの？」

「てぐすを飼うのさ。」

見るとすぐブドリの前の栗の木に、二人の男がはしごをかけてのぼっていて、一生けん命何か網を投げたり、それを繰ったりしているようでしたが、網も糸も一向見えませんでした。

「あれでてぐすが飼えるの？」

「飼えるのさ。うるさいこどもだな。おい。縁起でもないぞ。てぐすも飼えないところにどうして工場なんか建てるんだ。飼えるともさ。現におれはじめたくさんのものが、それでくらしを立てているんだ。」

ブドリはかすれた声で、やっと、

「そうですか。」と言いました。

「それにこの森は、すっかりおれが買ってあるんだから、ここで手伝うならいいが、そうでもなければどこかへ行ってもらいたいな。もっともお前はどこへ行ったって食うものもなかろうぜ。」

ブドリは泣き出しそうになりましたが、やっとこらえて言いました。

「そんなら手伝うよ。けれどもどうして網をかけるの？」

「それはもちろん教えてやる。こいつをね。」

男は、手にもった針金の籠のようなものを両手で引き伸ばしました。

「いいか。こういう具合にやるとはしごになるんだ。」

男は大股に右手の栗の木に歩いて行って、下の枝に引っ掛けました。

「さあ、今度はおまえが、この網をもって上へのぼって行くんだ。さあ、のぼってごらん。」

男は変な、まりのようなものをブドリに渡しました。ブドリは仕方なくそれをもってはしごにとりついて登って行きましたが、はしごの段々がまるで細くて手や足に食いこんでちぎれてしまいそうでした。

「もっと登るんだ。もっと。もっとさ。そしたらさっきのまりを投げてごらん。栗の木を越すようにさ。そいつを空へ投げるんだよ。なんだい、ふるえてるのかい。いくじなしだなあ。投げるんだよ。投げるんだよ。そら、投げるんだよ。」

ブドリは仕方なく力いっぱいにそれを青空に投げたと思いましたら、にわかにお日さまがまっ黒に見えて逆さまに下へ落ちました。そしていつか、その男に受けとめられていたのでした。男はブドリを地面におろしながらぶりぶりおこり出しました。

「お前もいくじのないやつだ。なんというふにゃふにゃだ。おれが受け止めてやらなかったらお前は今ごろは頭がはじけていたろう。おれはお前の命の恩人だぞ。これからは、失礼なことを言ってはならん。ところで、さあ、こんどはあっちの木へ登れ。も少したったらごはんもたべさせてやるよ。」

男はまたブドリへ新しいまりを渡しました。ブドリははしごをもって次の樹へ行ってまりを投

げました。

「よし、なかなか上手になった。さあ、まりはたくさんあるぞ。なまけるな。樹も栗の木ならどれでもいいんだ。」

男はポケットから、まりを十ばかり出してブドリに渡すと、すたすた向こうへ行ってしまいました。ブドリはまた三つばかりそれを投げましたが、どうしても息がはあはあして、からだがだるくてたまらなくなりました。もう家へ帰ろうと思って、そっちへ行って見ますと、おどろいたことには、家にはいつか赤い土管の煙突がついて、戸口には「イーハトーブてぐす工場」という看板がかかっているのでした。そして中からたばこをふかしながら、さっきの男が出て来ました。

「さあこども、たべものをもってきてやったぞ。これを食べて暗くならないうちにもう少し稼ぐんだ。」

「ぼくはもういやだよ。うちへ帰るよ。」

「うちっていうのはあすこか。あすこはおまえのうちじゃない。おれのてぐす工場だよ。あの家もこの辺の森もみんなおれが買ってあるんだからな。」

ブドリはもうやけになって、だまってその男のよこした蒸しパンをむしゃむしゃたべて、またまりを十ばかり投げました。

その晩ブドリは、昔のじぶんのうち、いまはてぐす工場になっている建物のすみに、小さくなってねむりました。

さっきの男は、三四人の知らない人たちと遅くまで炉ばたで火をたいて、何か飲んだりしゃべったりしていました。次の朝早くから、ブドリは森に出て、昨日のようにはたらきました。

それから一月ばかりたって、森じゅうの栗の木に網がかかってしまいますと、てぐす飼いの男は、こんどは栗のようなものがいっぱいついた板きれを、どの樹にも五六枚ずつつるさせました。そのうちに木は芽を出して森はまっ青になりました。すると、樹につるした板きれから、たくさんの小さな青じろい虫が、糸をつたわって列になって枝へはいあがって行きました。

ブドリたちはこんどは毎日薪とりをさせられました。その薪が、家のまわりに小山のように積み重なり、栗の木が青じろいひものかたちの花を枝いちめんにつけるころになりますと、あの板からはいあがって行った虫も、ちょうど栗の花のような色とかたちになりました。そして森じゅうの栗の葉は、まるで形もなくその虫に食い荒らされてしまいました。

それからまもなく虫は、大きな黄いろな繭を、網の目ごとにかけはじめました。

するとてぐす飼いの男は、狂気のようになって、ブドリたちをしかりとばして、その繭を籠に集めさせました。それをこんどは片っぱしから鍋に入れてぐらぐら煮て、手で車をまわしながら糸をとりました。夜も昼もがらがらがら三つの糸車をまわして糸をとりました。こうしてこしらえた黄いろな糸が小屋に半分ばかりたまったころ、外に置いた繭からは、大きな白い蛾がぽろぽろぽろぽろ飛びだしはじめました。てぐす飼いの男は、まるで鬼みたいな顔つきになって、じぶんも一生けん命糸をとりましたし、野原の方からも四人の人を連れてきて働かせました。けれども蛾の方は日ましに多く出るようになって、しまいには森じゅうまるで雪でも飛んでいるようになりました。するとある日、六七台の荷馬車が来て、いままでにできた糸をみんなつけて、町の方へ帰りはじめました。みんなも一人ずつ荷馬車について行きました。いちばんしまいの荷馬車がたつとき、てぐす飼いの男が、ブドリに、

「おい、お前の来春まで食うくらいのものは家の中に置いてやるからな、それまでここで森と工場の番をしているんだぞ。」

と言って、変ににやにやしながら、荷馬車についてさっさと行ってしまいました。

ブドリはぼんやりあとへ残りました。うちの中はまるで汚なくて、嵐のあとのようでしたし、森は荒れはてて山火事にでもあったようでした。ブドリが次の日、家の中やまわりを片付けはじめましたら、てぐす飼いの男がいつも座っていた所から古いボール紙の箱を見つけました。中には十冊ばかりの本がぎっしり入っておりました。開いて見ると、てぐすの絵や機械の図がたくさんある、まるで読めない本もありましたし、いろいろな樹や草の図と名前の書いてあるものもありました。

ブドリは一生けん命その本のまねをして字を書いたり、図をうつしたりしてその冬を暮らしま

した。

春になりますと、またあの男が六七人のあたらしい手下を連れて、たいへん立派なりをしてやって来ました。そして次の日からすっかり去年のような仕事がはじまりました。

そして網はみんなかかり、黄いろな板もつるされ、虫は枝にはい上り、ブドリたちはまた、薪作りにかかるころになりました。ある朝ブドリたちが薪をつくっていましたら、にわかにぐらぐらっと地震がはじまりました。それからずうっと遠くでどーんという音がしました。

しばらくたつと日が変にくらくなり、こまかな灰がばさばさばさばさ降って来て、森はいちめんにまっ白になりました。ブドリたちがあきれて樹の下にしゃがんでいましたら、てぐす飼いの男がたいへんあわててやって来ました。

「おい、みんな、もうだめだぞ。噴火だ。噴火がはじまったんだ。てぐすはみんな灰をかぶって死んでしまった。みんな早く引き揚げてくれ。おい、ブドリ。お前ここにいたかったらいてもいいが、こんどはたべ物は置いてやらないぞ。それにここにいてもあぶないからな。お前も野原へ出て何か稼ぐほうがいいぜ。」

そう言ったかと思うと、もうどんどん走って行ってしまいました。ブドリが工場へ行って見たときは、もうだれもおりませんでした。そこでブドリは、しょんぼりとみんなの足跡のついた白い灰をふんで野原の方へ出て行きました。

## 三、沼ばたけ

ブドリは、いっぱいに灰をかぶった森の間を、町の方へ半日歩きつづけました。灰は風の吹くたびに樹からばさばさ落ちて、まるでけむりか吹雪のようでした。けれどもそれは野原へ近づくほど、だんだん浅く少なくなって、ついには樹も緑に見え、みちの足跡も見えないくらいになりました。

とうとう森を出切ったとき、ブドリは思わず目をみはりました。野原は目の前から、遠くのまっしろな雲まで、美しい桃いろと緑と灰いろのカードでできているようでした。そばへ寄って見ると、その桃いろなのには、いちめんにせいの低い花が咲いていて、蜜蜂がいそがしく花から花をわたってあるいていましたし、緑いろなのには小さな穂を出して草がぎっしり生え、灰いろなのは浅い泥の沼でした。そしてどれも、低い幅のせまい土手でくぎられ、人は馬を使ってそれを掘り起こしたりかき回したりしてはたらいていました。

ブドリがその間を、しばらく歩いて行きますと、道のまん中に二人の人が、大声で何かけんかでもするように言い合っていました。右側の方のひげの赤い人が言いました。

「なんでもかんでも、おれは山師張るときめた。」

するとも一人の白い笠をかぶった、せいの高いおじいさんが言いました。

「やめろって言ったらやめるもんだ。そんなに肥料うんと入れて、藁はとれるったって、実は一粒もとれるもんでない。」

「うんにゃ、おれの見込みでは、今年は今までの三年分暑いに相違ない。一年で三年分とって見せる。」

「やめろ。やめろ。やめろったら。」

「うんにゃ。やめない。花はみんな埋めてしまったから、こんどは豆玉を六十枚入れて、それから鶏の糞、*百駄入れるんだ。急がしったらなんの、こう忙しくなればささげのつるでもいいから手伝いに頼みたいもんだ。」

ブドリは思わず近寄っておじぎをしました。

「そんならぼくを使ってくれませんか。」

すると二人は、ぎょっとしたように顔をあげて、あごに手をあててしばらくブドリを見ていましたが、赤ひげがにわかに笑い出しました。

「よしよし。お前に馬の*指竿とりを頼むからな。すぐおれについて行くんだ。それではまず、*のるかそるか、秋まで見ててくれ。さあ行こう。ほんとに、ささげのつるでもいいから頼みたい時でな。」

赤ひげは、ブドリとおじいさんにかわるがわる言いながら、さっさと先に立って歩きました。あとではおじいさんが、

「年寄りの言うこと聞かないで、いまに泣くんだな。」

とつぶやきながら、しばらくこっちを見送っているようすでした。

それからブドリは、毎日毎日沼ばたけへ入って馬を使って泥をかき回しました。一日ごとに桃いろのカードも緑のカードもだんだんつぶされて、泥沼に変わるのでした。馬はたびたびぴしゃっと泥水をはねあげて、みんなの顔へ打ちつけました。一つの沼ばたけがすめばすぐ次の沼ばたけへ入るのでした。一日がとても長くて、しまいには歩いているのかどうかわからなくなったり、泥が飴のような、水がスープのような気がしたりするのでした。風が何べんも吹いて来て、近くの泥水に魚のうろこのような波をたて、遠くの水をブリキいろにして行きました。そらでは、毎日甘くすっぱいような雲が、ゆっくりゆっくりながれていて、それがじつにうらやましそうに見えました。

こうして二十日ばかりたちますと、やっと沼ばたけはすっかりどろどろになりました。次の朝から主人はまるで気が立って、あちこちから集まって来た人たちといっしょに、その沼ばたけに緑いろの槍のようなオリザの苗をいちめん植えました。それが十日ばかりで済むと、今度はブドリたちを連れて、今まで手伝ってもらった人たちの家へ毎日働きにでかけました。それもやっと

一まわり済むと、こんどはまたじぶんの沼ばたけへ戻って来て、毎日毎日草取りをはじめました。ブドリの主人の苗は大きくなってまるで黒いくらいなのに、となりの沼ばたけはぼんやりしたうすい緑いろでしたから、遠くから見ても、二人の沼ばたけははっきり境まで見わかりました。七日ばかりで草取りが済むとまたほかへ手伝いに行きました。

ところがある朝、主人はブドリを連れて、じぶんの沼ばたけを通りながら、にわかに「あっ」と叫んで棒立ちになってしまいました。見るとくちびるのいろまで水いろになって、ぼんやりまっすぐを見つめているのです。

「病気が出たんだ。」

主人がやっと言いました。

「頭でも痛いんですか。」

ブドリはききました。

「おれでないよ。オリザよ。それ。」

主人は前のオリザの株を指さしました。ブドリはしゃがんでしらべてみますと、なるほどどの葉にも、いままで見たことのない赤い点々がついていました。主人はだまってしおしおと沼ばたけを一まわりしましたが、家へ帰りはじめました。ブドリも心配してついて行きますと、主人はだまって巾を水でしぼって、頭にのせると、そのまま板の間に寝てしまいました。するとまもなく、主人のおかみさんが表からかけ込んで来ました。

「オリザへ病気が出たというのはほんとうかい。」

「ああ、もうだめだよ。」

「どうにかならないのかい。」

「だめだろう。すっかり五年前の通りだ。」

「だから、あたしはあんたに山師をやめろといったんじゃないか。おじいさんもあんなにとめたんじゃないか。」

おかみさんはおろおろ泣きはじめました。すると主人がにわかに元気になってむっくり起きあがりました。

「よし。イーハトーブの野原で、指折り数えられる大百姓のおれが、こんなことで参るか。よし。来年こそやるぞ。ブドリ。おまえおれのうちへ来てから、まだ一晩も寝たいくらい寝たことがないな。さあ、五日でも十日でもいいから、ぐうというくらい寝てしまえ。おれはそのあとで、あすこの沼ばたけでおもしろい手品をやって見せるからな。その代わり今年の冬は、家じゅうそばばかり食うんだぞ。おまえそばはすきだろうが。」

それから主人はさっさと帽子をかぶって外へ出て行ってしまいました。

ブドリは主人に言われたとおり納屋へ入って眠ろうと思いましたが、なんだかやっぱり沼ばたけが苦になって仕方ないので、またのろのろそっちへ行って見ました。するといつ来ていたのか、主人がたった一人腕組みをして土手に立っておりました。見ると沼ばたけには水がいっぱいで、オリザの株は葉をやっと出しているだけ、上にはぎらぎら石油が浮かんでいるのでした。主人が言いました。

「いまおれ、この病気を蒸し殺してみるとこだ。」

「石油で病気の種が死ぬんですか。」

とブドリがききますと、主人は、

「頭から石油に漬けられたら人だって死ぬだ。」

と言いながら、ほうと息を吸って首をちぢめました。その時、水下の沼ばたけの持ち主が、肩をいからして、息を切ってかけて来て、大きな声でどなりました。

「なんだって油など水へ入れるんだ、みんな流れて来て、おれの方へはいってるぞ。」

主人は、やけくそに落ちついて答えました。

「なんだって油など水へ入れるったって、オリザへ病気がついたから、油など水へ入れるのだ。」

「なんだってそんならおれの方へ流すんだ。」

「なんだってそんならおまえの方へ流すったって、水は流れるから油もついて流れるのだ。」

「そんならなんだっておれの方へ水来ないように水口とめないんだ。」

「なんだっておまえの方へ水行かないように水口とめないかったって、あすこはおれの水口でないから水とめないのだ。」

となりの男は、かんかん怒ってしまってもう物も言えず、いきなりがぶがぶ水へはいって、自分の水口に泥を積みあげはじめました。主人はにやりと笑いました。

「あの男むずかしい男でな。こっちで水をとめると、とめたといって怒るからわざと向こうにとめさせたのだ。あすこさえとめれば今夜中に水はすっかり草の頭までかかるからな、さあ帰ろう。」

主人はさきに立ってすたすた家へあるきはじめました。

次の朝ブドリはまた主人と沼ばたけへ行ってみました。主人は水の中から葉を一枚とってしきりにしらべていましたが、やっぱり浮かない顔でした。その次の日もそうでした。その次の日もそうでした。その次の日もそうでした。その次の朝、とうとう主人は決心したように言いました。

「さあブドリ、いよいよここへ蕎麦播きだぞ。おまえあすこへ行って、となりの水口こわして来い。」

ブドリは、言われた通りこわして来ました。石油のはいった水は、恐ろしい勢いでとなりの田へ流れて行きます。きっとまた怒ってくるなと思っていますと、ひるごろ例のとなりの持ち主が、大きな鎌をもってやってきました。

「やあ、なんだってひとの田へ石油ながすんだ。」

主人がまた、腹の底から声を出して答えました。

「石油ながれればなんだって悪いんだ。」

「オリザみんな死ぬでないか。」

「オリザみんな死ぬか、オリザみんな死なないか、まずおれの沼ばたけのオリザ見なよ。今日で四日頭から石油かぶせたんだ。それでもちゃんとこの通りでないか。赤くなったのは病気のためで、勢いのいいのは石油のためなんだ。おまえの所など、石油がただオリザの足を通るだけでないか。かえっていいかもしれないんだ。」

「石油こやしになるのか。」

向こうの男は少し顔いろをやわらげました。

「石油こやしになるか、石油こやしにならないか知らないが、とにかく石油は油でないか。」

「それは石油は油だな。」

男はすっかりきげんを直してわらいました。水はどんどん退き、オリザの株は見る見る根もとまで出て来ました。すっかり赤いまだらができて焼けたようになっています。

「さあおれの所ではもうオリザ刈りをやるぞ。」

主人は笑いながら言って、それからブドリといっしょに、片っぱしからオリザの株を刈り、跡へすぐ蕎麦を播いて土をかけて歩きました。そしてその年はほんとうに主人の言ったとおり、ブドリの家では蕎麦ばかり食べました。次の春になりますと、主人が言いました。

「ブドリ、今年は沼ばたけは去年よりは三分の一減ったからな、仕事はよほど楽だ。その代わりおまえは、おれの死んだ息子の読んだ本をこれから一生けん命勉強して、いままでおれを山師だといってわらったやつらを、あっと言わせるような立派なオリザを作る工夫をしてくれ。」

そして、いろいろな本を一山ブドリに渡しました。ブドリは仕事のひまに片っぱしからそれを読みました。ことにその中の、クーボーという人の物の考え方を教えた本は面白かったので何べんも読みました。またその人が、イーハトーブの市で一ケ月の学校をやっているのを知って、たいへん行って習いたいと思ったりしました。

そして早くもその夏、ブドリは大きな手柄をたてました。それは去年と同じ頃、またオリザに病気ができかかったのを、ブドリが木の灰と食塩を使って食いとめたのでした。そして八月のなかばになると、オリザの株はみんなそろって穂を出し、その穂の一枝ごとに小さな白い花が咲き、花はだんだん水いろの籾にかわって、風にゆらゆら波をたてるようになりました。主人はもう得意の絶頂でした。来る人ごとに、

「なんの、おれも、オリザの山師で四年しくじったけれども、今年は一度に四年前とれる。これもまたなかなかいいもんだ。」などと言って自慢するのでした。

ところがその次の年はそうは行きませんでした。植え付けの頃からさっぱり雨が降らなかったために、水路は乾いてしまい、沼にはひびが入って、秋のとりいれはやっと冬じゅう食べるくら

いでした。来年こそと思っていましたが、次の年もまた同じようなひでりでした。それからも、来年こそ来年こそと思いながら、ブドリの主人は、だんだんこやしを入れることができなくなり、馬も売り、沼ばたけもだんだん売ってしまったのでした。

ある秋の日、主人はブドリにつらそうに言いました。

「ブドリ、おれももとはイーハトーブの大百姓だったし、ずいぶん稼いでも来たのだが、たびたびの寒さと干ばつのために、いまでは沼ばたけも昔の三分の一になってしまったし、来年は、もう入れるこやしもないのだ。おれだけでない、来年こやしを買って入れれる人ったらもうイーハトーブにも何人もないだろう。こういうあんばいでは、いつになっておまえにはたらいてもらった礼をするというあてもない。おまえも若い働き盛りを、おれのとこで暮らしてしまってはあんまり気の毒だから、済まないがどうかこれを持って、どこへでも行っていい運を見つけてくれ。」そして主人は、一ふくろのお金と新しい紺で染めた麻の服と赤革の靴とをブドリにくれました。

ブドリはいままでの仕事のひどかったことも忘れてしまって、もうなんにもいらないから、ここで働いていたいとも思いましたが、考えてみると、いてもやっぱり仕事もそんなにないので、主人に何べんも何べんも礼を言って、六年の間はたらいた沼ばたけと主人に別れて、停車場をさして歩きだしました。

# 四、クーボー大博士

ブドリは二時間ばかり歩いて、停車場へ来ました。それから切符を買って、イーハトーブ行きの汽車に乗りました。汽車はいくつもの沼ばたけをどんどんどんどんうしろへ送りながら、もう一散に走りました。その向こうには、たくさんの黒い森が、次から次と形を変えて、やっぱりうしろの方へ残されて行くのでした。ブドリはいろいろな思いで胸がいっぱいでした。早くイーハトーブの市に着いて、あの親切な本を書いたクーボーという人に会い、できるなら、働きながら勉強して、みんながあんなにつらい思いをしないで沼ばたけを作れるよう、また火山の灰だのひでりだの寒さだのを除く工夫をしたいと思うと、汽車さえ*まどろこくってたまらないくらいでした。汽車はその日のひるすぎ、イーハトーブの市に着きました。停車場を一足出ますと、地面の底から、何かのんのん湧くようなひびきやどんよりとしたくらい空気、行ったり来たりするたくさんの自動車のあいだに、ブドリはしばらくぼうとしてつっ立ってしまいました。やっと気をとりなおして、そこらの人にクーボー博士の学校へ行くみちをたずねました。するとだれへきいても、みんなブドリのあまりまじめな顔を見て、吹き出しそうにしながら、

「そんな学校は知らんね。」

とか、

「もう五六丁行ってきいてみな。」

とかいうのでした。そしてブドリがやっと学校をさがしあてたのはもう夕方近くでした。その大きなこわれかかった白い建物の二階で、だれか大きな声でしゃべっていました。

「今日は。」

ブドリは高く叫びました。だれも出てきませんでした。

「今日はあ。」

ブドリはあらん限り高く叫びました。するとすぐ頭の上の二階の窓から、大きな灰いろの頭が出て、めがねが二つぎらりと光りました。それから、

「今授業中だよ。やかましいやつだ。用があるならはいって来い。」

とどなりつけて、すぐ顔を引っ込めますと、中では大勢でどっと笑い、その人は構わずまた何か大声でしゃべっています。

ブドリはそこで思い切って、なるべく足音をたてないように二階にあがって行きますと、階段のつき当たりの扉があいていて、じつに大きな教室が、ブドリのまっ正面にあらわれました。中にはさまざまの服装をした学生がぎっしりです。向こうは大きな黒い壁になっていて、そこにたくさんの白い線が引いてあり、さっきのせいの高い目がねをかけた人が、大きなやぐらの形の模

型をあちこち指さしながら、さっきのままの高い声で、みんなに説明しておりました。

ブドリはそれを一目見ると、ああこれは先生の本に書いてあった歴史の歴史ということの模型だなと思いました。先生は笑いながら、一つのとってを回しました。模型はがちっと鳴って奇体な船のような形になりました。またがちっととってを回すと、模型はこんどは大きなむかでのような形に変わりました。

みんなはしきりに首をかたむけて、どうもわからんというふうにしていましたが、ブドリにはただ面白かったのです。

「そこでこういう図ができる。」

先生は黒い壁へ別の込み入った図をどんどん書きました。

左手にもチョークをもって、さっさっと書きました。学生たちもみんな一生けん命そのまねをしました。ブドリもふところから、いままで沼ばたけで持っていた汚ない手帳を出して図を書きとりました。先生はもう書いてしまって、壇の上にまっすぐに立って、じろじろ学生たちの席を見まわしています。ブドリも書いてしまって、その図を縦横から見ていますと、ブドリのとなりで一人の学生が、

「あああ。」

とあくびをしました。ブドリはそっとききました。

「ね、この先生はなんて言うんですか。」

　すると学生はばかにしたように鼻でわらいながら答えました。

「クーボー大博士さ、お前知らなかったのかい。」

　それからじろじろブドリのようすを見ながら、

「はじめから、この図なんか書けるもんか。ぼくでさえ同じ講義をもう六年もきいているんだ。」

と言って、じぶんのノートをふところへしまってしまいました。その時教室に、ぱっと電燈がつきました。もう夕方だったのです。大博士が向こうで言いました。

「いまや夕べははるかに来たり、拙講もまた全課をおえた。諸君のうちの希望者は、けだしいつもの例により、そのノートをば拙者に示し、さらに数箇の試問を受けて、所属を決すべきである。」

　学生たちはわあと叫んで、みんなばたばたノートをとじました。それからそのまま帰ってしまうものが大部分でしたが、五六十人は一列になって大博士の前をとおりながらノートを開いて見せるのでした。すると大博士はそれをちょっと見て、一言か二言質問をして、それから白墨でえりへ、「合」とか「再来」とか「奮励」とか書くのでした。学生はその間、いかにも心配そうに首をちぢめているのでしたが、それからそっと肩をすぼめて廊下まで出て、友だちにそのしるしを読んでもらって、よろこんだりしょげたりするのでした。

　ぐんぐん試験が済んで、いよいよブドリ一人になりました。ブドリがその小さな汚ない手帳を出したとき、クーボー大博士は大きなあくびをやりながら、かがんで目をぐっと手帳につけるようにしましたので、手帳はあぶなく大博士に吸い込まれそうになりました。

　ところが大博士は、うまそうにこくっと一つ息をして、

「よろしい。この図は非常に正しくできている。そのほかのところは、なんだ、ははあ、沼ばたけのこやしのことに、馬のたべ物のことかね。では問題を答えなさい。工場の煙突から出るけむりには、どういう色の種類があるか。」

　ブドリは思わず大声に答えました。

「黒、褐、黄、灰、白、無色。それからこれらの混合です。」

　大博士はわらいました。

「無色のけむりはたいへんいい。形について言いたまえ。」

「無風で煙が相当あれば、たての棒にもなりますが、さきはだんだんひろがります。雲の非常に低い日は、棒は雲までのぼって行って、そこから横にひろがります。風のある日は、棒は斜めになりますが、その傾きは風の程度に従います。波やいくつもきれになるのは、風のためにもよりますが、一つはけむりや煙突のもつ癖のためです。あまり煙の少ないときは、コルク抜きの形にもなり、煙も重いガスがまじれば、煙突の口から房になって、一方ないし四方に落ちることもあります。」

大博士はまたわらいました。

「よろしい。きみはどういう仕事をしているのか。」

「仕事をみつけに来たんです。」

「面白い仕事がある。名刺をあげるから、そこへすぐ行きなさい。」

博士は名刺をとり出して、何かするする書き込んでブドリにくれました。ブドリはおじぎをして、戸口を出て行こうとしますと、大博士はちょっと目で答えて、

「なんだ。ごみを焼いてるのかな。」

と低くつぶやきながら、テーブルの上にあった鞄に、白墨のかけらや、はんけちや本や、みんな一緒に投げ込んで小わきにかかえ、さっき顔を出した窓から、プイッと外へ飛び出しました。びっくりしてブドリが窓へかけよって見ますと、いつか大博士は玩具のような小さな飛行船に乗って、じぶんでハンドルをとりながら、もううす青いもやのこめた町の上を、まっすぐに向こうへ飛んでいるのでした。ブドリがいよいよあきれて見ていますと、まもなく大博士は、向こうの大きな灰いろの建物の平屋根に着いて、船を何かかぎのようなものにつなぐと、そのままぽろっと建物の中へ入って見えなくなってしまいました。

## 五　イーハトーブ火山局

ブドリが、クーボー大博士からもらった名刺のあて名をたずねて、やっと着いたところは大きな茶いろの建物で、うしろには房のような形をした高い柱が夜のそらにくっきり白く立っておりました。ブドリは玄関に上がって呼び鈴を押しますと、すぐ人が出て来て、ブドリの出した名刺を受け取り、一目見ると、すぐブドリを突き当たりの大きな室へ案内しました。

そこにはいままでに見たこともないような大きなテーブルがあって、そのまん中に一人の少し髪の白くなった人のよさそうな立派な人が、きちんとすわって耳に受話器をあてながら何か書いていました。そしてブドリの入って来たのを見ると、すぐ横の椅子を指さしながら、また続けて何か書きつけています。

その室の右手の壁いっぱいに、イーハトーブ全体の地図が、美しく色どった大きな模型に作ってあって、鉄道も町も川も野原もみんな一目でわかるようになっており、そのまん中を走るせぼねのような山脈と、海岸に沿って縁をとったようになっている山脈、またそれから枝を出して海の中に点々の島をつくっている一列の山々には、みんな赤や橙や黄のあかりがついていて、それがかわるがわる色が変わったりジーと蟬のように鳴ったり、数字が現われたり消えたりしている

のです。下の壁に添った棚には、黒いタイプライターのようなものが三列に百でもきかないくらい並んで、みんなしずかに動いたり鳴ったりしているのでした。ブドリがわれを忘れて見とれておりますと、その人が受話器をことっと置いて、ふところから名刺入れを出して、一枚の名刺をブドリに出しながら

「あなたが、グスコーブドリ君ですか。私はこういうものです。」

と言いました。見ると、〔イーハトーブ火山局技師ペンネンナーム〕と書いてありました。その人はブドリの挨拶になれないでもじもじしているのを見ると、重ねて親切に言いました。

「さっきクーボー博士から電話があったのでお待ちしていました。まあこれから、ここで仕事しながらしっかり勉強してごらんなさい。ここの仕事は、去年はじまったばかりですが、じつに責任のあるもので、それに半分はいつ噴火するかわからない火山の上で仕事するものなのです。それに火山の癖というものは、なかなか学問でわかることではないのです。われわれはこれからよほどしっかりやらなければならんのです。では今晩はあっちにあなたの泊まるところがありますから、そこでゆっくりお休みなさい。あしたこの建物中をすっかり案内しますから。」

次の朝、ブドリはペンネン老技師に連れられて、建物のなかを一々つれて歩いてもらい、さまざまの器械やしかけを詳しく教わりました。その建物のなかのすべての器械はみんなイーハトーブ中の三百幾つかの活火山や休火山に続いていて、それらの火山の煙や灰を噴いたり、熔岩を流

したりしているようすはもちろん、みかけはじっとしている古い火山でも、その中の熔岩やガスのもようから、山の形の変わりようまで、みんな数字になったり図になったりして、あらわれて来るのでした。そしてはげしい変化のあるたびに、模型はみんな別々の音で鳴るのでした。

ブドリはその日からペンネン老技師について、すべての器械の扱い方や観測のしかたを習い、夜も昼も一心に働いたり勉強したりしました。そして二年ばかりたちますと、ブドリはほかの人たちと一緒に、あちこちの火山へ器械を据え付けに出されたり、据え付けてある器械の悪くなったのを修繕にやられたりもするようになりましたので、もうブドリにはイーハトーブの三百幾つの火山と、その働き具合は掌の中にあるようにわかって来ました。

じつにイーハトーブには、七十幾つの火山が毎日煙をあげたり、熔岩を流したりしているのでしたし、五十幾つかの休火山は、いろいろなガスを噴いたり、熱い湯を出したりしていました。そして残りの百六七十の死火山のうちにも、いつまた何をはじめるかわからないものもあるのでした。

ある日ブドリが老技師とならんで仕事をしておりますと、にわかにサンムトリという南の方の海岸にある火山が、むくむく器械に感じ出して来ました。老技師が叫びました。

「ブドリ君。サンムトリは、今朝まで何もなかったね。」

「はい、いままでサンムトリのはたらいたのを見たことがありません。」

「ああ、これはもう噴火が近い。今朝の地震が刺激したのだ。この山の北十キロのところにはサンムトリの市がある。今度爆発すれば、たぶん山は三分の一、北側をはねとばして、牛やテーブルぐらいの岩は熱い灰やガスといっしょに、どしどしサンムトリ市に落ちてくる。どうでも今のうちに、この海に向いたほうへボーリングを入れて傷口をこさえて、ガスを抜くか熔岩を出させるかしなければならない。今すぐ二人で見に行こう。」

二人はすぐに支度して、サンムトリ行きの汽車に乗りました。

## 六、サンムトリ火山

二人は次の朝、サンムトリの市に着き、ひるごろサンムトリ火山の頂近く、観測器械を置いてある小屋に登りました。そこは、サンムトリ山の古い噴火口の外輪山*が、海の方へ向いて欠けた所で、その小屋の窓からながめますと、海は青や灰いろの幾つもの縞になって見え、その中を汽船は黒いけむりを吐き、銀いろの水脈を引いていくつもすべっているのでした。

老技師はしずかにすべての観測機を調べ、それからブドリに言いました。

「きみはこの山はあと何日ぐらいで噴火すると思うか。」

「一月はもたないと思います。」

「一月はもたない。もう十日ももたない。早く工作をしてしまわないと、取り返しのつかないことになる。私はこの山の海に向いた方では、あすこがいちばん弱いと思う。」

老技師は山腹の谷の上のうす緑の草地を指さしました。そこを雲の影がしずかに青くすべっているのでした。

「あすこには熔岩の層が二つしかない。あとは柔らかな火山灰と火山礫の層だ。それにあすこまでは牧場の道も立派にあるから、材料を運ぶことも造作ない。ぼくは工作隊を申請しよう。」

老技師は忙しく局へ発信をはじめました。その時足の下では、つぶやくようなかすかな音がして、観測小屋はしばらくぎしぎしきしみました。老技師は器械をはなれました。

「局からすぐ工作隊を出すそうだ。工作隊といっても半分決死隊だ。私はいままでに、こんな危険に迫った仕事をしたことがない。」

「十日のうちにできるでしょうか。」

「きっとできる。装置には三日、サンムトリ市の発電所から、電線を引いてくるには五日かかるな。」

技師はしばらく指を折って考えていましたが、やがて安心したようにまたしずかに言いました。

「とにかくブドリ君。一つ茶をわかして飲もうではないか。あんまりいい景色だから。」

ブドリは持って来たアルコールランプに火を入れて、茶をわかしはじめました。空にはだんだん雲が出て、それに日ももう落ちたのか、海はさびしい灰いろに変わり、たくさんの白い波がしらは、いっせいに火山のすそに寄せて来ました。

ふとブドリはすぐ目の前に、いつか見たことのあるおかしな形の小さな飛行船が飛んでいるのを見つけました。老技師もはねあがりました。

「あ、クーボー君がやって来た。」

ブドリも続いて小屋をとび出しました。飛行船はもう小屋の左側の大きな岩の壁の上にとまって、中からせいの高いクーボー大博士がひらりと飛びおりていま

した。博士はしばらくその辺の岩の大きなさけ目をさがしていましたが、やっとそれを見つけたと見えて、手早くねじをしめて飛行船をつなぎました。

「お茶をよばれに来たよ。ゆれるかい。」

大博士はにやにやわらって言いました。老技師が答えました。

「まだそんなでない。けれども、どうも岩がぽろぽろ上から落ちているらしいんだ。」

ちょうどその時、山はにわかに怒ったように鳴り出し、ブドリは目の前が青くなったように思いました。山はぐらぐら続けてゆれました。見るとクーボー大博士も老技師もしゃがんで岩へしがみついていましたし、飛行船も大きな波に乗った船のようにゆっくりゆれておりました。

地震はやっとやみ、クーボー大博士は起きあがってすたすたと小屋へ入って行きました。中ではお茶がひっくり返って、アルコールが青くぽかぽか燃えていました。クーボー大博士は器械をすっかり調べて、それから老技師といろいろ話しました。そしてしまいに言いました。

「もうどうしても、来年は*潮汐発電所を全部作ってしまわなければならない。それができれば今度のような場合にもその日のうちに仕事ができるし、ブドリ君が言っている沼ばたけの肥料も降らせられるんだ。」

「かんばつだってちっともこわくなくなるからな。」

ペンネン技師も言いました。ブドリは胸がわくわくしました。山まで踊りあがっているように思いました。じっさい山は、その時はげしくゆれ出して、ブドリは床へ投げ出されていたのです。大博士が言いました。

「やるぞやるぞ。いまのはサンムトリの市へも、かなり感じたにちがいない。」

老技師が言いました。

「今のはぼくらの足もとから、北へ一キロばかり、地表下七百メートルぐらいの所で、この小屋の六七十倍ぐらいの岩の塊が熔岩の中へ落ち込んだらしいのだ。ところがガスがいよいよ最後の岩の皮をはね飛ばすまでには、そんな塊を百も二百も、じぶんのからだの中にとらなければならない。」

大博士はしばらく考えていましたが、

「そうだ、僕はこれで失敬しよう。」

と言って小屋を出て、いつかひらりと船に乗ってしまいました。老技師とブドリは、大博士があかりを二三度振って挨拶しながら、山をまわって向こうへ行くのを見送ってまた小屋に入り、かわるがわる眠ったり観測したりしました。そして明け方ふもとへ工作隊がつきますと、老技師はブドリを一人小屋に残して、昨日指さしたあの草地まで降りて行きました。みんなの声や、鉄の材料の触れ合う音は、下から風の吹き上げるときは、手にとるように聞こえました。ペンネン技師からはひっきりなしに、向こうの仕事の進み具合も知らせてよこし、ガスの圧力や山の形の変わりようも尋ねて来ました。それから三日の間は、はげしい地震や地鳴りのなかで、ブドリの方もふもとの方もほとんど眠るひまさえありませんでした。その四日目の午前、老技師からの発信が言ってきました。

「ブドリ君だな。すっかり支度ができた。急いで降りてきたまえ。観測の器械は一ぺん調べてそのままにして、表は全部持ってくるのだ。もうその小屋は今日の午後にはなくなるんだから。」

ブドリはすっかり言われた通りにして山を降りて行きました。そこにはいままで局の倉庫にあった大きな鉄材が、すっかり櫓に組み立っていて、いろいろな器械はもう電流さえ来ればすぐに働き出すばかりになっていました。ペンネン技師の頬はげっそり落ち、工作隊の人たちも青ざめて目ばかり光らせながら、それでもみんな笑ってブドリに挨拶しました。

老技師が言いました。

「では引き上げよう。みんな支度して車に乗りたまえ。」

みんなは大急ぎで二十台の自動車に乗りました。車は列になって山のすそを一散にサンムトリの市に走りました。ちょうど山と市とのまん中ごろで、技師は自動車をとめさせました。

「ここへ天幕を張りたまえ。そしてみんなで眠るんだ。」

みんなは、物をひとことも言えずに、その通りにして倒れるようにねむってしまいました。

その午後、老技師は受話器を置いて叫びました。

「さあ電線は届いたぞ。ブドリ君、始めるよ。」

老技師はスイッチを入れました。ブドリたちは、天幕の外に出て、サンムトリの中腹を見つめました。野原には、白百合がいちめん咲き、その向こうにサンムトリが青くひっそり立っていました。

にわかにサンムトリの左のすそがぐらぐらっとゆれ、まっ黒なけむりがぱっと立ったと思うとまっすぐに天にのぼって行って、おかしなきのこの形になり、その足もとから黄金色の熔岩がきらきら流れ出して、見るまにずうっと扇形にひろがりながら海へ入りました。と思うと地面ははげしくぐらぐらゆれ、百合の花もいちめんゆれ、それからごうっというような大きな音が、みんなを倒すくらい強くやってきました。それから風がどうっと吹いて行きました。

「やったやった。」

とみんなはそっちに手を延ばして高く叫びました。この時サンムトリの煙は、くずれるようにそらいっぱいひろがって来ましたが、たちまちそらはまっ暗になって、熱いこいしがぱらぱらぱらぱら降ってきました。みんなは天幕の中にはいって心配そうにしていましたが、ペンネン技師は、時計を見ながら、

「ブドリ君、うまく行った。危険はもう全くない。市の方へは灰をすこし降らせるだけだろう。」

と言いました。こいしはだんだん灰にかわりました。それもまもなく薄くなって、みんなはまた

天幕の外へ飛び出しました。野原はまるで一めんねずみいろになって、灰は一寸ばかり積もり、百合の花はみんな折れて灰に埋まり、空は変に緑いろでした。そしてサンムトリのすそには小さなこぶができて、そこから灰いろの煙が、まだどんどんのぼっておりました。

その夕方、みんなは灰やこいしを踏んで、もう一度山へのぼって、新しい観測の器械を据え着けて帰りました。

## 七、雲の海

それから四年の間に、クーボー大博士の計画通り、潮汐発電所は、イーハトーブの海岸に沿って、二百も配置されました。イーハトーブをめぐる火山には、観測小屋といっしょに、白く塗られた鉄の櫓が順々に建ちました。

ブドリは技師心得になって、一年の大部分は火山から火山と回ってあるいたり、あぶなくなった火山を工作したりしていました。

次の年の春、イーハトーブの火山局では、次のようなポスターを村や町へ張りました。

「窒素肥料を降らせます。

今年の夏、雨といっしょに、硝酸アムモニアをみなさんの沼ばたけや蔬菜ばたけに降らせますから、肥料を使う方は、その分を入れて計算してください。分量は百メートル四方につき百二十キログラムです。

雨もすこしは降らせます。

かんばつの際には、とにかく作物の枯れないぐらいの雨は降らせることができますから、いままで水が来なくなって作付けしなかった沼ばたけも、今年は心配せずに植え付けてください。」

その年の六月、ブドリはイーハトーブのまん中にあたるイーハトーブ火山の頂上の小屋におりました。下はいちめん灰いろをした雲の海でした。そのあちこちからイーハトーブ中の火山のいただきが、ちょうど島のように黒く出ておりました。その雲のすぐ上を一隻の飛行船が、船尾からまっ白な煙を噴いて、一つの峯から一つの峯へちょうど橋をかけるように飛びまわっていました。そのけむりは、時間がたつほどだんだん太くはっきりなってしずかに下の雲の海に落ちかぶさり、まもなく、いちめんの雲の海にはうす白く光る大きな網が、山から山へ張りわたされました。いつか飛行船はけむりを納めて、しばらく挨拶するように輪を描いていましたが、やがて船首をたれてしずかに雲の中へ沈んで行ってしまいました。

受話器がジーと鳴りました。ペンネン技師の声でした。

「飛行船はいま帰って来た。下のほうの支度はすっかりいい。雨はざあざあ降っている。もうよかろうと思う。はじめてくれたまえ。」

ブドリはぼたんを押しました。見る見るさっきのけむりの網は、美しい桃いろや青や紫に、パッパッと目もさめるようにかがやきながら、ついたり消えたりしました。ブドリはまるでうっとりとしてそれに見とれました。そのうちにだんだん日は暮れて、雲の海もあかりが消えたときは、灰いろかねずみいろかわからないようになりました。

受話器が鳴りました。

「硝酸アムモニアはもう雨の中へでてきている。量もこれぐらいならちょうどいい。移動のぐあいもいいらしい。あと四時間やれば、もうこの地方は今月中はたくさんだろう。つづけてやってくれたまえ。」

ブドリはもううれしくってはね上がりたいくらいでした。

この雲の下で昔の赤ひげの主人も、となりの石油がこやしになるかと言った人も、みんなよろこんで雨の音を聞いている。そしてあすの朝は、見違えるように緑いろになったオリザの株を手でなでたりするだろう。まるで夢のようだと思いながら、雲のまっくらになったり、また美しく輝いたりするのをながめておりました。ところが短い夏の夜はもう明けるらしかったのです。電光の合間に、東の雲の海のはてがぼんやり黄ばんでいるのでした。

ところがそれは月が出るのでした。大きな黄いろな月がしずかにのぼってくるのでした。そして雲が青く光るときは変に白っぽく見え、桃いろに光るときは何かわらっているように見えるのでした。ブドリは、もうじぶんがだれなのか、何をしているのか忘れてしまって、ただぼんやりそれをみつめていました。

受話器がジーと鳴りました。

「こっちではだいぶ雷が鳴りだして来た。網があちこちちぎれたらしい。あんまり鳴らすとあしたの新聞が悪口を言うからもう十分ばかりでやめよう。」

ブドリは受話器を置いて耳をすましました。雲の海はあっちでもこっちでもぶつぶつぶつぶつつぶやいているのです。よく気をつけて聞くとやっぱりそれはきれぎれの雷の音でした。

ブドリはスイッチを切りました。にわかに月のあかりだけになった雲の海は、やっぱりしずかに北へ流れています。ブドリは毛布をからだに巻いてぐっすり眠りました。

## 八、秋

その年の農作物の収穫は、気候のせいもありましたが、十年の間にもなかったほど、よくできましたので、火山局にはあっちからもこっちからも感謝状や激励の手紙が届きました。ブドリははじめてほんとうに生きたかいがあるように思いました。

ところがある日、ブドリがタチナという火山へ行った帰り、とりいれの済んでがらんとした沼ばたけの中の小さな村を通りかかりました。ちょうどひるころなので、パンを買おうと思って、一軒の雑貨や菓子を売っている店へ寄って、

「パンはありませんか。」

とききました。すると、そこには三人のはだしの人たちが、目をまっ赤にして酒を飲んでおりましたが、一人が立ち上がって、

「パンはあるが、どうも食われないパンでな。石盤だもな。」

とおかしなことを言いますと、みんなは面白そうにブドリの顔を見てどっと笑いました。ブドリはいやになって、ぷいっと表へ出ましたら、向こうから髪を角刈りにしたせいの高い男が来て、いきなり、

「おい、お前、今年の夏、電気でこやし降らせたブドリだな。」

と言いました。

「そうだ。」

ブドリは何げなく答えました。その男は高く叫びました。

「火山局のブドリ来たぞ。みんな集まれ。」

すると今の家の中やそこらの畑から、七八人の百姓たちが、げらげらわらってかけて来ました。

「この野郎、きさまの電気のおかげで、おいらのオリザ、みんな倒れてしまったぞ。何してあんなまねしたんだ。」

一人が言いました。

ブドリはしずかに言いました。

「倒れるなんて、きみらは春に出したポスターを見なかったのか。」

「何この野郎。」

いきなり一人がブドリの帽子をたたき落としました。それからみんなは寄ってたかってブドリをなぐったりふんだりしました。ブドリはとうとう何がなんだかわからなくなって倒れてしまいました。

気がついてみるとブドリはどこかの病院らしい室の白いベッドに寝ていました。枕もとには見舞いの電報や、たくさんの手紙がありました。ブドリのからだ中は痛くて熱く、動くことができませんでした。けれどもそれから一週間ばかりたちますと、もうブドリはもとの元気になっていました。そして新聞で、あのときの出来事は、肥料の入れようをまちがって教えた農業技師が、オリザの倒れたのをみんな火山局のせいにして、ごまかしていたためだということを読んで、大きな声で一人で笑いました。

その次の日の午後、病院の小使が入って来て、

「ネリというご婦人のお方がたずねておいでになりました。」

と言いました。ブドリは夢ではないかと思いましたら、まもなく一人の日に焼けた百姓のおかみさんのような人が、おずおずと入って来ました。それはまるで変わってはいましたが、あの森の中からだれかにつれて行かれたネリだったのです。二人はしばらく物も言えませんでしたが、やっとブドリが、その後のことをたずねますと、ネリもぼつぼつとイーハトーブの百姓のことばで、今までのことを話しました。ネリを連れて行ったあの男は、三日ばかりの後、めんどうくさくなったのか、ある小さな牧場の近くへネリを残して、どこかへ行ってしまったのでした。


ネリがそこらを泣いて歩いていますと、その牧場の主人がかわいそうに思って家へ入れて、赤ん坊のお守をさせたりしていましたが、だんだんネリはなんでも働けるようになったので、とうとう三四年前にその小さな牧場のいちばん上の息子と結婚したというのでした。そして今年は肥料も降ったので、いつもなら*厩肥を遠くの畑まで運び出さなければならず、たいへん難儀したのを、近くのかぶらの畑へみんな入れたし、遠くのとうもろこしもよくできたので、家じゅうみんなよろこんでいるというようなことも言いました。またあの森の中へ主人の息子といっしょに何べんも行って見たけれども、家はすっかりこわれていたし、ブドリはどこへ行ったかわからないので、いつもがっかりして帰っていたら、昨日新聞で主人がブドリのけがをしたことを読んだの

で、やっとこっちへたずねて来たということも言いました。ブドリは、なおったらきっとその家へたずねて行ってお礼を言う約束をしてネリを帰しました。

## 九、カルボナード島

それからの五年は、ブドリにはほんとうに楽しいものでした。赤ひげの主人の家にも何べんもお礼に行きました。

もうよほど年はとっていましたが、やはり非常な元気で、こんどは毛の長いうさぎを千匹以上飼ったり、赤い甘藍ばかり畑に作ったり、相変わらずの山師はやっていましたが、暮らしはずうっといいようでした。

ネリには、かわいらしい男の子が生まれました。冬に仕事がひまになると、ネリはその子にすっかりこどもの百姓のようなかたちをさせて、主人といっしょに、ブドリの家にたずねて来て、泊まって行ったりするのでした。

ある日、ブドリのところへ、昔てぐす飼いの男にブドリといっしょに使われていた人がたずねて来て、ブドリたちのお父さんのお墓が森のいちばんはずれの大きなかやの木の下にあるということを教えて行きました。それは、はじめ、てぐす飼いの男が森に来て、森じゅうの樹を見てあるいたとき、ブドリのお父さんたちの冷たくなったからだを見つけて、ブドリに知らせないように、そっと土に埋めて、上へ一本の樺の枝をたてておいたというのでした。ブドリは、すぐネリたちをつれてそこへ行って、白い石灰岩の墓をたてて、それからもその辺を通るたびにいつも寄ってくるのでした。

そしてちょうどブドリが二十七の年でした。どうもあの恐ろしい寒い気候がまた来るような模様でした。*測候所では、太陽の調子や北の方の海の氷の様子から、その年の二月にみんなへそれを予報しました。それが一足ずつだんだん本当になって、こぶしの花が咲かなかったり、五月に十日もみぞれが降ったりしますと、みんなはもうこの前の凶作を思い出して、生きたそらもありませんでした。クーボー大博士も、たびたび気象や農業の技師たちと相談したり、意見を新聞へ出したりしましたが、やっぱりこの激しい寒さだけはどうともできないようすでした。

ところが六月もはじめになって、まだ黄いろなオリザの苗や、芽を出さない樹を見ますと、ブドリはもういても立ってもいられませんでした。このまま過ぎるなら、森にも野原にも、ちょうどあの年のブドリの家族のようになる人がたくさんできるのです。ブドリはまるで物も食べずに幾晩も幾晩も考えました。ある晩ブドリは、クーボー大博士のうちをたずねました。

「先生、気層のなかに炭酸ガスがふえて来れば暖かくなるのですか。」

「それはなるだろう。地球ができてからいままでの気温は、たいてい空気中の炭酸ガスの量できまっていたと言われるくらいだからね。」

「カルボナード火山島が、いま爆発したら、この気候を変えるくらいの炭酸ガスを噴くでしょうか。」

「それは僕も計算した。あれがいま爆発すれば、ガスはすぐ＊大循環の上層の風にまじって地球ぜんたいを包むだろう。そして下層の空気や地表からの熱の放散を防ぎ、地球全体を平均で五度ぐらい暖かにするだろうと思う。」

「先生、あれを今すぐ噴かせられないでしょうか。」

「それはできるだろう。けれども、その仕事に行ったもののうち、最後の一人はどうしても逃げられないのでね。」

「先生、私にそれをやらしてください。どうか先生からペンネン先生へお許しの出るようおことばをください。」

「それはいけない。きみはまだ若いし、いまのきみの仕事にかわれるものはそうはない。」

「私のようなものは、これからたくさんできます。私よりもっともっとなんでもできる人が、私よりもっと立派にもっと美しく、仕事をしたり笑ったりして行くのですから。」

「その相談は僕はいかん。ペンネン技師に話したまえ。」

ブドリは帰って来て、ペンネン技師に相談しました。技師はうなずきました。

「それはいい。けれども僕がやろう。僕は今年もう六十三なのだ。ここで死ぬなら全く本望とい

うものだ。」

「先生、けれどもこの仕事はまだあんまり不確かです。一ぺんうまく爆発してもまもなくガスが雨にとられてしまうかもしれませんし、また何もかも思った通りいかないかもしれません。先生が今度おいでになってしまっては、あとなんとも工夫がつかなくなると存じます。」

老技師はだまって首をたれてしまいました。

それから三日の後、火山局の船が、カルボナード島へ急いで行きました。そこへいくつものやぐらは建ち、電線は連結されました。

すっかり支度ができると、ブドリはみんなを船で帰してしまって、じぶんは一人、島に残りました。

そしてその次の日、イーハトーブの人たちは、青ぞらが緑いろに濁り、日や月が銅いろになったのを見ました。

けれどもそれから三四日たちますと、気候はぐんぐん暖かくなってきて、その秋はほぼ普通の作柄になりました。そしてちょうど、このお話のはじまりのようになるはずの、たくさんのブドリのお父さんやお母さんは、たくさんのブドリやネリといっしょに、その冬を暖かいたべものと、明るい薪で楽しく暮らすことができたのでした。

XII.
一

# 風の又三郎

九月一日

どっどど　どどうど　どどうど　どどう、
青いくるみも吹きとばせ
すっぱいかりんもふきとばせ
どっどど　どどうど　どどうど　どどう

谷川の岸に小さな学校がありました。

教室はたった一つでしたが生徒は一年から六年までみんなありました。運動場もテニスコートのくらいでしたが、すぐうしろは栗の木のあるきれいな草の山でしたし、運動場のすみにはごぼごぼつめたい水を噴く岩穴もあったのです。

さわやかな九月一日の朝でした。青空で風がどうと鳴り、日光は運動場いっぱいでした。黒い

*雪袴をはいたふたりの一年生の子が土手をまわって運動場に入って来て、まだほかにだれも来ていないのを見て

「ほう、おら一等だぞ。一等だぞ。」

とかわるがわるさけびながら大よろこびで門を入って来たのでしたが、ちょっと教室の中を見ますと、ふたりともまるでびっくりして棒立ちになり、それから顔を見合わせてぶるぶるふるえました。が、ひとりはとうとう泣き出してしまいました。というわけは、そのしんとした朝の教室の中にどこから来たのか、まるで顔も知らないおかしな赤い髪の子どもがひとり、一番前の机にちゃんと座っていたのです。そしてその机といったらまったくこの泣いた子の自分の机だったのです。もひとりの子ももう半分泣きかけていましたが、それでもむりやり眼をりんと張ってそっちのほうをにらめていましたら、ちょうどそのとき川上から

「*ちょうはあかぐり、ちょうはあかぐり。」

と高くさけぶ声がして、それからまるで大きなからすのように、嘉助が、かばんをかかえてわらって運動場へかけて来ました。と思ったらすぐそのあとから佐太郎だの耕助だのどやどややって来ました。

「*なして泣いでら、うなかもたのが。」

嘉助が泣かないこどもの肩をつかまえて言いました。するとその子もわあと泣いてしまいまし

た。おかしいとおもってみんながあたりを見ると、教室の中にあの赤毛のおかしな子がすまして、しゃんと座っているのが目につきました。みんなはしんとなってしまいました。だんだんみんな女の子たちも集まって来ましたが、だれもなんとも言えませんでした。

赤毛の子どもはいっこうこわがるふうもなくやっぱりちゃんと座って、じっと黒板を見ています。すると六年生の一郎が来ました。一郎はまるでおとなのようにゆっくり大股にやって来て、みんなを見て「何した。」とききました。みんなははじめてがやがや声をたててその教室の中の変な子を指しました。一郎はしばらくそっちを見ていましたが、やがて鞄をしっかりかかえて、さっさと窓の下へ行きました。

みんなもすっかり元気になってついて行きました。

「誰だ、時間にならないに教室へ入ってるのは。」

一郎は窓へはいのぼって教室の中へ顔をつき出して言いました。

「お天気のいい時教室さ入ってるづど先生にうんと叱らえるぞ。」

窓の下の耕助が言いました。

「叱らえでもおら知らないよ。」

嘉助が言いました。

「早ぐ出はって来、出はって来。」

一郎が言いました。けれどもそのこどもはきょろきょろ室の中やみんなのほうを見るばかりで、やっぱりちゃんとひざに手をおいて腰掛けに座っていました。

ぜんたいその形からが実におかしいのでした。変てこなねずみ色のだぶだぶの上着を着て、白い半ずぼんをはいて、それに赤い革の半靴をはいていたのです。それに顔といったらまるで熟した苹果のよう、ことに眼はまん円でまっくろなのでした。いっこう語が通じないようなので一郎も全く困ってしまいました。

「あいつは外国人だな。」

「学校さ入るのだな。」

みんなはがやがやがやがや言いました。ところが四年生の嘉助がいきなり

「ああ、三年生さ入るのだ。」

とさけびましたので

「ああそうだ。」

と小さい子どもらは思いましたが、一郎はだまってくびをまげました。

変な子どもはやはりきょろきょろこっちを見るだけ、きちんと腰掛けています。

そのとき風がどうと吹いて来て教室のガラス戸はみんながたがた鳴り、学校のうしろの山の萱や栗の木はみんな変に青じろくなってゆれ、教室の中の子どもはなんだかにやっとわらってすこ

しうごいたようでした。すると嘉助がすぐさけびました。

「ああ、わかった、あいつは風の又三郎だぞ。」

そうだっとみんなもおもったとき、にわかにうしろのほうで五郎が

「わあ、痛いじゃあ。」

とさけびました。

みんなそっちへ振り向きますと、五郎が耕助に足のゆびをふまれて、まるで怒って耕助をなぐりつけていたのです。すると耕助も怒って

「わあ、われ*悪くてでひと撲ぃだなあ。」

と言ってまた五郎をなぐろうとしました。五郎はまるで顔じゅう涙だらけにして耕助に組みつこうとしました。そこで一郎が間へ入って嘉助が耕助を押さえてしまいました。

「わあい、けんかするなったら、先生ぁちゃんと職員室に来てらぞ。」

と一郎が言いながらまた教室のほうを見ましたら一郎はにわかにまるでぽかんとしてしまいました。たったいままで教室にいたあの変な子が影もかたちもないのです。みんなもまるでせっかく友だちになった子うまが遠くへやられたよう、せっかく捕った山雀に逃げられたように思いました。

風がまたどうと吹いて来て窓ガラスをがたがた言わせ、うしろの山の萱をだんだん上流のほうへ青白く波だてて行きました。

「わあ、うなだけんかしたんだがら又三郎いなぐなったな。」

　嘉助が怒って言いました。みんなもほんとうにそう思いました。五郎はじつに申しわけないと思って、足の痛いのも忘れてしょんぼり肩をすぼめて立ったのです。

「やっぱりあいつは風の又三郎だったな。」

「二百十日で来たのだな。」「靴はいでだたぞ。」

「服も着でだたぞ。」「髪赤くておがしやづだったな。」

「ありゃありゃ、又三郎おれの机の上さ石かげ乗せでったぞ。」二年生の子が言いました。見るとその子の机の上には汚い石かげが乗っていたのです。

「そうだ。ありゃ。あそごのガラスもぶっかしたぞ。」

「そだないでぁ。あいづぁ休み前に嘉一石ぶっつけだのだな。」

「わあい。そだないでぁ。」

と言っていたとき、これはまたなんというわけでしょう。先生が玄関から出て来たのです。先生はぴかぴか光る呼ぶ子を右手にもって、もう集まれのしたくをしているのでしたが、そのすぐうしろから、さっきの赤い髪の子が、まるで権現さまの尾っぱ持ちのようにすまし込んで、白いシャッポをかぶって、先生についてすぱすぱと歩いて来たのです。

　みんなはしいんとなってしまいました。やっと一郎が

「先生お早うございます。」

と言いましたのでみんなもついて

「先生お早うございます。」

と言っただけでした。

「みなさん。お早う。どなたも元気ですね。では並んで。」

先生は呼ぶ子をピルルと吹きました。それはすぐ谷の向こうの山へひびいてまたピルルルと低く戻ってきました。

すっかり休みの前のとおりだとみんなが思いながら六年生はひとり、五年生は七人、四年生は六人、三年生は十二人、組ごとに一列に縦にならびました。

二年生は八人、一年生は四人、前へならえをしてならんだのです。するとその間あのおかしな子は、何かおかしいのかおもしろいのか奥歯で横っちょに舌をかむようにして、じろじろみんなを見ながら先生のうしろに立っていたのです。すると先生は、高田さんこっちへお入りなさいと言いながら四年生の列のところへ連れて行って、丈を嘉助とくらべてから嘉助とそのうしろのきよの間へ立たせました。みんなはふりかえってじっとそれを見ていました。

先生はまた玄関の前に戻って前へならえと号令をかけました。

みんなはもう一ぺん前へならえをしてすっかり列をつくりましたが、じつはあの変な子がどういうふうにしているのか見たくて、かわるがわるそっちをふりむいたり横眼でにらんだりしたのでした。

するとその子はちゃんと前へならえでもなんでも知ってるらしく、平気で両腕を前へ出して指さきを嘉助のせなかへやっと届くくらいにしていたものですから、嘉助はなんだかせなかがかゆいか、くすぐったいかというふうにもじもじしていました。

「直れ。」

先生がまた号令をかけました。

「一年から順に前へおい。」

そこで一年生は歩き出し、まもなく二年も三年も歩き出してみんなの前をぐるっと通って、右手の下駄箱のある入り口に入って行きました。四年生が歩き出すとさっきの子も嘉助のあとへついて大威張りで歩いて行きました。前へ行った子もときどきふりかえって見、あとのものもじっと見ていたのです。

まもなくみんなはきものを下駄箱に入れて教室へ入って、ちょうど外へならんだときのように組ごとに一列に机に座りました。さっきの子もすまし込んで嘉助のうしろに座りました。ところがもう大さわぎです。

「わあ、おらの机代わってるぞ。」

「わあ、おらの机さ石かげ入ってるぞ。」

「キッコ、キッコ、うな通信簿持って来たが。おら忘れで来たじゃあ。」

「わあい、さの、木ぺん借せ、木ぺん借せったら。」

「*わぁがない。ひとの雑記帳とってって。」

そのとき先生が入って来ましたので、みんなもさわぎながらとにかく立ちあがり、一郎がいちばんうしろで、

「礼。」

と言いました。

みんなはおじぎをする間はちょっとしんとなりましたが、それからまたがやがやがやがや言いました。

「しずかに、みなさん。しずかにするのです。」

先生が言いました。

「しっ、悦治、やがましったら。嘉助ぇ、喜っこぅ。わあい。」

と一郎がいちばんうしろからあまりさわぐものをひとりずつ叱りました。

みんなはしんとなりました。先生が言いました。

「みなさん、長い夏のお休みはおもしろかったですね。みなさんは朝から水泳ぎもできたし、林

の中で鷹にも負けないくらい高くさけんだり、またにいさんの草刈りについて上の野原へ行ったりしたでしょう。けれどももう昨日で休みは終わりました。これからは第二学期で秋です。むかしから秋はいちばんからだもこころもひきしまって、勉強のできるときだといってあるのです。ですから、みなさんも今日からまたいっしょにしっかり勉強しましょう。それからこのお休みの間にみなさんのお友だちがひとりふえました。それはそこにいる高田さんです。そのかたのお父さんはこんど会社のご用で上の野原の入り口へおいでになっていられるのです。高田さんはいままでは北海道の学校におられたのですが、今日からみなさんのお友だちになるのですから、みなさんは学校で勉強のときも、また栗拾いや魚とりに行くときも、高田さんをさそうようにしなければなりません。わかりましたか。わかった人は手をあげてごらんなさい。」

すぐみんなは手をあげました。その高田とよばれた子も勢いよく手をあげましたので、ちょっと先生はわらいましたが、すぐ、

「わかりましたね、ではよし。」

と言いましたので、みんなは火の消えたように一ぺんに手をおろしました。

ところが嘉助がすぐ

「先生。」

といってまた手をあげました。

「はい、」

先生は嘉助を指さしました。

「高田さん、名はなんて言うべな。」

「高田三郎さんです。」

「わあ、うまい、そりゃ、やっぱり又三郎だな。」

嘉助はまるで手をたたいて机の中で踊るようにしましたので、大きなほうの子どもらはどっと笑いましたが三年生から下の子どもらは何かこわいというふうにしいんとして三郎のほうを見ていたのです。先生はまた言いました。

「今日はみなさんは通信簿と宿題を持ってくるのでしたね。持って来た人は机の上へ出してください。私がいま集めに行きますから。」

みんなはばたばた鞄をあけたりふろしきをといたりして、通信簿と宿題帳を机の上に出しました。

そして先生が一年生のほうから順にそれを集めはじめました。そのときみんなはぎょっとしました。というわけはみんなのうしろのところにいつかひとりの大人が立っていたのです。その人は白いだぶだぶの麻服を着て黒いてかてかしたはんけちをネクタイの代わりに首に巻いて、手には白い扇を持って軽くじぶんの顔を扇ぎながら少し笑ってみんなを見おろしていたのです。さあみんなはだんだんしぃんとなって、まるで堅くなってしまいました。

ところが先生は別にその人を気にかけるふうもなく、順々に通信簿を集めて三郎の席まで行きますと、三郎は通信簿も宿題帳もないかわりに両手をにぎりこぶしにして二つ机の上にのせていたのです。先生はだまってそこを通りすぎ、みんなのを集めてしまうとそれを両手でそろえながらまた教壇に戻りました。

「では宿題帳はこの次の土曜日に直して渡しますから、今日持って来なかった人は、あしたきっと忘れないで持って来てください。それは悦治さんとコージさんとリョウサクさんとですね。では今日はここまでです。あしたからちゃんといつものとおりのしたくをしておいでなさい。それから五年生と六年生の人は、先生といっしょに教室のお掃除をしましょう。ではここまで。」

一郎が気をつけと言いみんなは一ぺんに立ちました。うしろの大人も扇を下にさげて立ちました。

「礼。」

先生もみんなも礼をしました。うしろの大人も軽く頭を下げました。それからずうっと下の組の子どもらはいちもくさんに教室を飛び出しましたが四年生の子どもらはまだもじもじしていました。

するとさっきのだぶだぶの白い服の人のところへ行きました。先生も教壇をおりてその人のところへ行きました。

「いやどうもご苦労さまでございます。」

その大人はていねいに先生に礼をしました。

「じきみんなとお友だちになりますから、」

先生も礼を返しながら言いました。

「何ぶんどうかよろしくおねがいいたします。それでは。」

その人はまたていねいに礼をして眼で三郎に合図すると、自分は玄関のほうへまわって外へ出て待っていますと、三郎はみんなの見ている中を眼をりんとはってだまって昇降口から出て行って追いつき、ふたりは運動場を通って川下のほうへ歩いて行きました。

運動場を出るときその子はこっちをふりむいて、じっと学校やみんなのほうをにらむようにすると、またすたすた白服の大人について歩いて行きました。

「先生、あの人は高田さんのお父さんすか。」

一郎がほうきをもちながら先生にききました。

「そうです。」

「なんの用で来たべ。」

「上の野原の入り口に*モリブデンという鉱石ができるので、それをだんだん掘るようにするためだそうです。」

「どごらあだりだべな。」

「私もまだよくわかりませんが、いつもみなさんが馬をつれて行く路から、少し川下へ寄ったほうなようです。」

「モリブデン何にするべな。」

「それは鉄とまぜたり、薬をつくったりするのだそうです。」

「*そだら又三郎も掘るべが。」

嘉助が言いました。

「又三郎だなぃ。高田三郎だじゃ。」

佐太郎が言いました。

「又三郎だ又三郎だ。」

嘉助が顔をまっ赤にしてがん張りました。

「嘉助、*うなも残ってらば掃除してすけろ。」

一郎が言いました。

「わぁい。*やんたじゃ。今日五年生ど六年生だな。」

嘉助は大急ぎで教室をはねだして逃げてしまいました。

風がまた吹いて来て窓ガラスはまたがたがた鳴り、ぞうきんを入れたバケツにも小さな黒い波をたてました。

九月二日、

次の日一郎はあのおかしな子どもが、今日からほんとうに学校へ来て本を読んだりするかどうか早く見たいような気がして、いつもより早く嘉助をさそいました。ところが嘉助のほうは一郎よりもっとそう考えていたと見えて、とうにごはんも食べ、ふろしきに包んだ本も持って家の前へ出て一郎を待っていたのでした。ふたりは途中もいろいろその子のことを話しながら学校へ来ました。すると運動場には小さな子どもらがもう七八人集まっていて、棒かくしをしていましたが、その子はまだ来ていませんでした。また昨日のように教室の中にいるのかと思って中をのぞいて見ましたが、教室の中はしいんとしてだれもいず、黒板の上には昨日掃除のときぞうきんでふいた痕がかわいてぼんやり白い縞になっていました。

「昨日のやつまだ来てないな。」

一郎が言いました。

「うん。」

嘉助も言ってそこらを見まわしました。

一郎はそこで鉄棒の下へ行って、じゃみ上がりというやり方で、無理やりに鉄棒の上にのぼり両腕をだんだん寄せて右の腕木に行くと、そこへ腰掛けて昨日又三郎の行ったほうをじっと見おろして待っていました。谷川はそっちのほうへきらきら光ってながれて行き、その下の山の上のほうでは風も吹いているらしく、ときどき萱が白く波立っていました。

嘉助もやっぱりその柱の下じっとそっちを見て待っていました。ところがふたりはそんなに永く待つこともありませんでした。それは突然又三郎がその下手の路からはい色の鞄を右手にかかえて走るようにして出て来たのです。

「来たぞ。」

と一郎が思わず下にいる嘉助へさけぼうとしていますと、早くも又三郎は土手をぐるっとまわって、どんどん正門を入って来ると

「お早う。」

とはっきり言いました。みんなはいっしょにそっちをふり向きましたが、ひとりも返事をしたものがありませんでした。

それはみんなは先生にはいつでも「お早うございます。」というように習っていたのでしたが、お互いに「お早う。」なんて言ったことがなかったのに又三郎にそう言われても、一郎や嘉助はあんまりにわかで、また勢いがいいのでとうとう*臆せてしまって一郎も嘉助も口の中でお早うというかわりに、もにゃもにゃっと言ってしまったのでした。

ところが又三郎のほうはべつだんそれを苦にするふうもなく、二三歩また前へ進むとじっと立って、そのまっ黒な眼でぐるっと運動場じゅうを見まわしました。そしてしばらくだれか遊ぶ相手がないかさがしているようでした。けれどもみんな*きろきろ又三郎のほうは見ていても、もじもじしてやはり忙しそうに棒かくしをしたり又三郎のほうへ行くものがありませんでした。又

三郎はちょっと具合が悪いようにそこにつっ立っていましたが、また運動場をもう一度見まわしました。

それからぜんたいこの運動場は何間あるかというように、正門から玄関まで大またに歩数を数えながら歩きはじめました。一郎は急いで鉄棒をはねおりて嘉助とならんで、息をこらしてそれを見ていました。

そのうち又三郎は向こうの玄関の前まで行ってしまうと、こっちへ向いてしばらく暗算をするように少し首をまげて立っていました。

みんなはやはりきろきろそっちを見ています。又三郎は少し困ったように両手をうしろへ組むと向こう側の土手のほうへ職員室の前を通って歩き出しました。

そのとき風がざあっと吹いて来て土手の草はざわざわ波になり、運動場のまん中でさあっと塵があがり、それが玄関の前まで行くと、きりきりとまわって小さなつむじ風になって、黄色な塵は瓶をさかさまにしたような形になって屋根より高くのぼりました。すると嘉助が突然高く言いました。

「そうだ。やっぱりあいづ又三郎だぞ。あいつ何かするときっと風吹いてくるぞ。」

「うん。」

一郎はどうだかわからないと思いながらもだまってそっちを見ていました。又三郎はそんなことにはかまわず土手のほうへ、やはりすたすたと歩いて行きます。

そのとき先生がいつものように呼ぶ子をもって玄関を出て来たのです。

「お早うございます。」

小さな子どもらははせ集まりました。

「お早う。」

先生はちらっと運動場を見まわしてから

「ではならんで。」

と言いながらプルルッと笛を吹きました。

みんなは集まってきて昨日のとおりきちんとならびました。又三郎も昨日言われたところへちゃんと立っています。

先生はお日様がまっ正面なのですこしまぶしそうにしながら号令をだんだんかけて、とうとうみんなは昇降口から教室へ入りました。そして礼がすむと先生は

「ではみなさん今日から勉強をはじめましょう。みなさんはちゃんとお道具を持ってきましたね。では一年生と二年生の人はお習字のお手本と硯と紙を出して、三年生と四年生の人は算術帳と雑記帳と鉛筆を出して、五年生と六年生の人は国語の本を出してください。」

さあするとあっちでもこっちでも大さわぎがはじまりました。中にも又三郎のすぐ横の四年生

の机の佐太郎が、いきなり手をのばして三年生のかよの鉛筆をひらりととってしまったのです。かよは佐太郎の妹でした。するとかよは

「うわあ、兄な、木*ぺん取てわかんないな。」

と言いながら取り返そうとしますと佐太郎が

「わあ、こいつおれのだなあ。」

と言いながら鉛筆をふところの中へ入れて、あとは支那人がおじぎするときのように両手を袖へ入れて、机へぴったり胸をくっつけました。するとかよは立って来て、

「兄な、兄なの木ぺんは一昨日小屋*でなくしてしまったけなあ。よこせったら。」

と言いながら一生けん命とり返そうとしましたが、どうしてもう佐太郎は机にくっついた大きな蟹の化石みたいになっているので、とうとうかよは立ったまま口を大きくまげて泣きだしそうになりました。

すると又三郎は国語の本をちゃんと机にのせて困ったようにしてこれを見ていましたが、かよがとうとうぼろぼろ涙をこぼしたのを見ると、だまって右手に持っていた半分ばかりになった鉛筆を佐太郎の眼の前の机に置きました。

すると佐太郎はにわかに元気になって、むっくり起き上がりました。そして

「くれる？」

と又三郎にききました。

又三郎はちょっとまごついたようでしたが覚悟したように、

「うん。」

と言いました。すると佐太郎はいきなりわらい出してふところの鉛筆をかよの小さな赤い手に持たせました。

先生は向こうで一年生の子の硯に水をついでやったりしていましたし、嘉助は又三郎の前ですから知りませんでしたが、一郎はこれをいちばんうしろでちゃんと見ていました。

そしてまるでなんと言ったらいいかわからない、変な気持ちがして歯をきりきり言わせました。

「では三年生の人はお休みの前にならった引き算をもう一ぺん習ってみましょう。これを勘定してごらんなさい。」

先生は黒板に 25 -12 ―と書きました。三年生の子どもらはみんな一生けん命にそれを雑記帳にうつしました。かよも頭を雑記帳へくっつけるようにして書いています。

「四年生の人はこれを置*いて。」 17 ×4 ―と書きました。

四年生は佐太郎をはじめ喜蔵も甲助もみんなそれをうつしました。

「五年生の人は読本の（一字分空白）ページの（一字不明）課をひらいて声をたてないで読めるだけ読んでごらんなさい。わからない字は雑記帳へ拾っておくのです。」

五年生もみんな言われたとおりしはじめました。

「幸一さんは読本の（一字分空白）ページをしらべてやはり知らない字を書き抜いてください。」

それがすむと先生はまた教壇をおりて、一年生と二年生の習字をひとりひとり見て歩きました。

又三郎は両手で本をちゃんと机の上へ持って、言われたところを息もつかずじっと読んでいました。けれども雑記帳へは字を一つも書き抜いていませんでした。それはほんとうに知らない字が一つもないのか、たった一本の鉛筆を佐太郎にやってしまったためか、どっちともわかりませんでした。

そのうち先生は教壇へ戻って三年生と四年生の算術の計算をして見せてまた新しい問題を出すと、今度は五年生の生徒の雑記帳へ書いた知らない字を黒板へ書いて、それにかな*とわけをつけました。そして

「では嘉助さん、ここを読んで。」

と言いました。嘉助は二三度ひっかかりながら先生に教えられて読みました。又三郎もだまって聞いていました。先生も本をとって、じっと聞いていましたが、十行ばかり読むと、

「そこまで。」

と言ってこんどは先生が読みました。

そうして一まわりすむと、先生はだんだんみんなの道具をしまわせました。それから

「ではここまで。」

と言って教壇に立ちますと一郎がうしろで、

「気をつけい。」

と言いました。

そして礼がすむと、みんな順に外へ出てこんどは外へならばずにみんな別れ別れになって遊びました。

二時間目は一年生から六年生までみんな*唱歌でした。そして先生がマンドリンを持って出て来て、みんなはいままでに歌ったのを先生のマンドリンについて五つも歌いました。

又三郎もみんな知っていて、みんなどんどん歌いました。そしてこの時間はたいへん早くたってしまいました。

三時間目になるとこんどは三年生と四年生が国語で、五年生と六年生が数学でした。先生はまた黒板へ問題を書いて五年生と六年生に計算させました。しばらくたって一郎が答えを書いてしまうと、又三郎のほうをちょっと見ました。

すると又三郎は、どこから出したか小さな消し炭で雑記帳の上へがりがりと大きく運算していたのです。

九月四日、日曜、

次の朝、空はよく晴れて谷川はさらさら鳴りました。一郎は途中で嘉助と悦治をさそっていっしょに三郎のうちのほうへ行きました。

学校の少し下流で谷川をわたって、それから岸で楊の枝をみんなで一本ずつ折って、青い皮をくるくるはいで鞭をこしらえて手でひゅうひゅう振りながら、上の野原への路をだんだんのぼって行きました。

みんなは早くも登りながら息をはあはあしました。

「又三郎ほんとにあそごの湧き水まで来て待じでるべが。」

「待ぢでるんだ。又三郎うそこがなぃもな。」

「ああ暑う、風吹げばいいな。」

「どごがらだが風吹いでるぞ。」

「又三郎吹がせだらべも。」

「なんだがお日さんぼやっとして来たな。」

空に少しばかりの白い雲が出ました。そしてもうだいぶのぼっていました。谷のみんなの家がずうっと下に見え、一郎のうちの木小屋の屋根が白く光っています。

路が林の中に入り、しばらく路はじめじめして、あたりは見えなくなりました。そしてまもなくみんなは約束の湧き水の近くに来ました。するとそこから

「おうい。みんな来たかい。」

と三郎の高くさけぶ声がしました。

みんなはまるでせかせかと走ってのぼりました。向こうの曲がり角のところに又三郎が小さなくちびるをきっと結んだまま、三人のかけ上がって来るのを見ていました。

三人はやっと三郎の前まで来ました。けれどもあんまり息がはあはあしてすぐには何も言えませんでした。嘉助などはあんまりもどかしいもんですから、空へ向いて

「ホッホウ。」

とさけんで早く息を吐いてしまおうとしました。

すると三郎は大きな声で笑いました。

「ずいぶん待ったぞ。それに今日は雨が降るかもしれないそうだよ。」

「そだら早ぐ行ぐべすさ。おらまんつ水飲んでぐ。」

三人は汗をふいてしゃがんで、まっ白な岩からこぼこぼ噴きだす冷たい水を何べんもすくって飲みました。

「ぼくのうちはここからすぐなんだ。ちょうどあの谷の上あたりなんだ。みんなで帰りに寄ろう

ねえ。」

「うん。まんつ野原さ行ぐべすさ。」

みんながまた歩きはじめたとき湧き水は何かを知らせるようにぐうっと鳴り、そこらの木もなんだかざあっと鳴ったようでした。

四人は林のすその藪の間を行ったり岩かけの小さくくずれるところを何べんも通ったりして、もう上の原の入り口に近くなりました。

みんなはそこまで来ると来たほうからまた西のほうをながめました。光ったり陰ったり幾通りにも重なったたくさんの丘の向こうに、川に沿ったほんとうの野原がぼんやり碧くひろがっているのでした。

「ありゃ、あいづ川だぞ。」

「*春日明神さんの帯のようだな。」

又三郎が言いました。

「何のようだど。」

一郎がききました。

「春日明神さんの帯のようだ。」

「うな神さんの帯見だごとあるが。」

「ぼく北海道で見たよ。」

みんなはなんのことだかわからずだまってしまいました。

ほんとうにそこはもう上の野原の入り口で、きれいに刈られた草の中に一本の大きな栗の木が立って、その幹は根もとのところがまっ黒に焦げて大きな洞のようになり、その枝には古い縄や、切れたわらじなどがつるしてありました。

「もう少し行ぐづどみんなして草刈ってるぞ。それがら馬のいるどごもあるぞ。」

一郎は言いながら先に立って刈った草の中の一本路をぐんぐん歩きました。

三郎はその次に立って

「ここには熊いないから馬をはなしておいてもいいなあ。」

と言って歩きました。

しばらく行くと路ばたの大きな楢の木の下に、縄で編んだ袋が投げ出してあって、たくさんの草たばがあっちにもこっちにもころがっていました。

せなかに（約二字分空白）をしょった二匹の馬が、一郎を見て、鼻をぷるぷる鳴らしました。

「兄な。いるが。兄な。来たぞ。」

一郎は汗をぬぐいながらさけびました。

「おおい。ああい。そこにいろ。今行ぐぞ。」

ずうっと向こうのくぼみで、一郎のにいさんの声がしました。

日はぱっと明るくなり、にいさんがそっちの草の中から笑って出て来ました。

「ゆぐ来たな。みんなも連れで来たのが。ゆぐ来た。*戻りに馬こ連れでてけろな。今日ぁひるまがらきっと曇る。おらもう少し草集めて*仕舞がらな、うなだ遊ばばあの土手の中さ入ってろ。まだ牧場の馬二十匹ばがりいるがらな。」

にいさんは向こうへ行こうとして、振り向いてまた言いました。

「土手がら外さ出はるなよ。迷ってしまうづどあぶなぃがらな。ひるまになったらまた来るがら。」

「うん。土手の中にいるがら。」

そして一郎のにいさんは、行ってしまいました。

空にはうすい雲がすっかりかかり、太陽は白い鏡のようになって、雲と反対に馳せました。風が出て来てまだ刈ってない草は一面に波を立てます。

一郎はさきにたって小さな路をまっすぐに行くとまもなく土手になりました。その土手の一とこちぎれたところに二本の丸太の棒を横にわたしてありました。悦治がそれをくぐろうとしますと、嘉助が

「*おらこったなものはずせだだど。」

と言いながら片っぽうのはじをぬいて下におろしましたのでみんなはそれをはね越えて中へ入り

ました。

向こうの少し小高いところにてかてか光る茶いろの馬が七匹ばかり集まってしっぽをゆるやかにばしゃばしゃふっているのです。

「この馬みんな千円以上するづもな。来年がらみんな競馬さも出はるのだづじゃい。」

一郎はそばへ行きながら言いました。

馬はみんないままでさびしくってしようなかったというように一郎たちのほうへ寄ってきました。そして鼻づらをずうっとのばして何かほしそうにするのです。

「ははあ、塩をけろづのだな。」

みんなは言いながら手を出して馬になめさせたりしましたが三郎だけは馬になれていないらしく気味悪そうに手をポケットへ入れてしまいました。

「わあ、又三郎、馬おっかながるじゃい。」

と悦治が言いました。

すると三郎は

「こわくなんかないやい。」

と言いながらすぐポケットの手を馬の鼻づらへのばしましたが、馬が首をのばして舌をべろりと出すと、さあっと顔色を変えてすばやくまた手をポケットへ入れてしまいました。

「わあい、又三郎、馬おっかながるじゃい。」

悦治がまた言いました。

するとと三郎はすっかり顔を赤くしてしばらくもじもじしていましたが
「そんなら、みんなで競馬やるか。」

と言いました。

競馬ってどうするのかとみんな思いました。

すると三郎は、

「ぼく競馬何べんも見たぞ。けれどもこの馬みんな鞍がないから乗れないや。みんなで一匹ずつ馬を追って、はじめに向こうの、そら、あの大きな木のところに着いたものを一等にしよう。」

「そいづおもしろな。」

嘉助が言いました。

「しからえるぞ。牧夫に見っつけらえでがら。」

「大丈夫だよ。競馬に出る馬なんか練習をしていないといけないんだい。」

三郎が言いました。

「よしおらこの馬だぞ。」

「おらこの馬だ。」

「そんならぼくはこの馬でもいいや。」

みんなは楊の枝や萱の穂でしゅうと言いながら馬を軽く打ちました。

ところが馬はちっともびくともしませんでした。やはり下へ首をたれて草をかい*だり、首をのばしてそこらのけしきをもっとよく見るというようにしているのです。

一郎がそこで両手をぴしゃんと打ち合わせて、だあと言いました。するとにわかに七匹ともまるでたてがみをそろえてかけ出したのです。

「うまぁい。」

嘉助ははね上がって走りました。けれどもそれはどうも競馬にはならないのでした。第一、馬はどこまでも顔をならべて走るのでしたし、それにそんなに競争するくらい早く走るのでもなかったのです。それでもみんなはおもしろがって、だあだと言いながら一生けん命そのあとを追いました。

馬はすこし行くと立ちどまりそうになりました。みんなもすこしはあはあしましたが、こらえてまた馬を追いました。

するといつか馬はぐるっとさっきの小高いところをまわって、さっき四人で入って来た土手の切れたところへ来たのです。

「あ、馬出はる、馬出はる。押さえろ　押さえろ。」

一郎はまっ青になってさけびました。じっさい馬は土手の外へ出たのらしいのでした。どんどん走って、もうさっきの丸太の棒を越えそうになりました。一郎はまるであわてて
「どうどう、どうどう。」

と言いながら一生けん命走って行って、やっとそこへ着いてまるでころぶようにしながら手をひろげたときは、もう二匹はもう外へ出ていたのでした。

「早ぐ来て押さえろ。早ぐ来て。」

一郎は息も切れるようにさけびながら丸太棒をもとのようにしました。

四人は走って行って急いで丸太をくぐって外へ出ますと、二匹の馬はもう走るでもなく、土手の外に立って草を口で引っぱって抜くようにしています。

「そろそろど押さえろよ。そろそろど。」

と言いながら一郎は一匹の*くつわについた札のところをしっかり押さえました。嘉助と三郎がもう一匹を押さえようとそばへ寄りますと、馬はまるでおどろいたように土手へ沿っていちもくさんに南のほうへ走ってしまいました。

「兄な、馬ぁ逃げる、馬ぁ逃げる。兄な。馬逃げる。」

とうしろで一郎が一生けん命さけんでいます。

三郎と嘉助は一生けん命馬を追いました。

ところが馬はもう今度こそほんとうに逃げるつもりらしかったのです。まるで丈ぐらいある草をわけて高みになったり低くなったり、どこまでも走りました。

嘉助はもう足がしびれてしまって、どこをどう走っているのかわからなくなりました。それからまわりがまっ青になって、ぐるぐるまわり、とうとう深い草の中に倒れてしまいました。馬の赤いたてがみと、あとを追って行く三郎の白いシャッポが終わりにちらっと見えました。

嘉助は、仰向けになって空を見ました。空がまっ白に光って、ぐ

るぐるまわり、そのこちらを薄いねずみ色の雲が、速く速く走っています。そしてカンカン鳴っています。

嘉助はやっと起き上がって、せかせか息しながら馬の行ったほうに歩き出しました。草の中には、今、馬と三郎が通った痕らしく、かすかな路のようなものがありました。嘉助は笑いました。そして、（ふん。なあに、馬どこかで、こわくなって*のっこり立ってるさ。）と思いました。

そこで嘉助は、一生けん命それをつけて行きました。ところがその路のようなものは、まだ百歩も

行かないうちに、おとこえしや、すてきに背の高いあざみの中で、二つにも三つにも分かれてしまって、どれがどれやらいっこうわからなくなってしまいました。嘉助はおういとさけびました。おうとどこかで三郎がさけんでいるようです。思い切って、そのまん中のを進みました。けれどもそれも、時々切れたり、馬の歩かないような急なところを横ざまに過ぎたりするのでした。

空はたいへん暗く重くなり、まわりがぼうっとかすんで来ました。冷たい風が、草を渡りはじめ、もう雲や霧が、切れ切れになって眼の前をぐんぐん通り過ぎて行きました。

（ああ、こいつは悪くなって来た。みんな悪いことはこれから集ってやって来るのだ。）と嘉助は思いました。全くそのとおり、にわかに馬の通った痕は、草の中でなくなってしまいました。

（ああ、悪くなった、悪くなった。）嘉助は胸をどきどきさせました。

草がからだを曲げて、パチパチ言ったり、さらさら鳴ったりしました。霧がことに滋くなって、着物はすっかりしめってしまいました。嘉助はのどいっぱいさけびました。

「一郎、一郎こっちさ来う。」

ところがなんの返事も聞こえません。黒板から降る白墨の粉のような、暗い冷たい霧の粒が、そこら一面踊りまわり、あたりがにわかにシインとして、陰気に陰気になりました。草からは、もうしずくの音がポタリポタリと聞こえて来ます。

嘉助はもう早く、一郎たちのところへ戻ろうとして急いで引っ返しました。けれどもどうも、それは前に来たところとは違っていたようでした。第一、あざみがあんまりたくさんありましたし、それに草の底にさっきなかった岩かけが、たびたびころがっていました。そしてとうとう聞いたこともない大きな谷が、いきなり眼の前に現れました。すすきが、ざわざわざわっと鳴り、向こうのほうは底知れずの谷のように、霧の中に消えているではありませんか。

風が来ると、すすきの穂は細いたくさんの手をいっぱいのばして、忙しく振って、

「あ、西さん、あ、東さん。あ、西さん。あ、南さん。あ、西さん。」

なんて言っているようでした。

嘉助はあんまり見っともなかったので、目をつぶって横を向きました。そして急いで引っ返しました。小さな黒い道が、いきなり草の中に出て来ました。それはたくさんの馬のひづめの痕でできあがっていたのです。嘉助は、夢中で、短い笑い声をあげて、その道をぐんぐん歩きました。けれども、たよりのないことは、路のはばが五寸ぐらいになったり、また三尺ぐらいに変わったり、おまけになんだかぐるっとまわっているように思われました。そして、とうとう、大きなてっぺんの焼けた栗の木の前まで来たとき、ぼんやりいくつにもわかれてしまいました。

そこはたぶんは、野馬の集まり場所であったでしょう、霧の中に円い広場のように見えたのです。

嘉助はがっかりして、黒い路をまた戻りはじめました。知らない草穂が静かにゆらぎ、少し強い風が来るときは、どこかで何かが合図をしてでもいるように、一面の草が、それ来たっとみな

からだを伏せて避けました。空が光ってキインキインと鳴っています。

それからすぐ眼の前の霧の中に、家の形の大きな黒いものがあらわれました。嘉助はしばらく自分の眼を疑って立ちどまっていましたが、やはりどうしても家らしかったので、こわごわもっと近寄って見ますと、それは冷たい大きな黒い岩でした。

空がくるくるくるっと白く揺らぎ、草がバラッと一度にしずくを払いました。

「間違って原を向こう側へおりれば、又三郎もおれももう死ぬばかりだ。」

と嘉助は、半分思うように半分つぶやくようにしました。それからさけびました。

「一郎、一郎、いるが。一郎。」

また明るくなりました。草がみないっせいによろこびの息をします。

「伊佐戸の町の、電気工夫の童あ、山男に手足ぃしばらえてたふうだ。」

といつかだれかの話した語が、はっきり耳に聞こえて来ます。

そして、黒い路が、にわかに消えてしまいました。あたりがほんのしばらくしいんとなりました。それから非常に強い風が吹いて来ました。空が旗のようにぱたぱた光って翻り、火花がパチパチパチッと燃えました。嘉助はとうとう草の中に倒れてねむってしまいました。

そんなことはみんなどこかの遠いできごとのようでした。もう又三郎がすぐ眼の前に足を投げだしてだまって空を見あげているのです。いつかいつものねずみ色の上着の上にガラスのマント

を着ているのです。それから光るガラスの靴をはいているのです。

又三郎の肩には栗の木の影が青く落ちています。又三郎の影は、また青く草に落ちています。

そして風がどんどんどんどん吹いているのです。

又三郎は笑いもしなければ物も言いません。ただ小さなくちびるを強そうにきっと結んだまま黙って空を見ています。いきなり又三郎はひらっと空へ飛びあがりました。ガラスのマントがギラギラ光りました。

ふと嘉助は眼をひらきました。はい色の霧が速く速く飛んでいます。

そして馬がすぐ眼の前にのっそりと立っていたのです。その眼は嘉助をおそれて横のほうを向いていました。

嘉助ははね上がって馬の名札を押さえました。そのうしろから三郎がまるで色のなくなったくちびるをきっと結んでこっちへ出てきました。

嘉助はぶるぶるふるえました。

「おうい。」

霧の中から一郎のにいさんの声がしました。

雷もごろごろ鳴っています。

「おおい。嘉助。いるが。嘉助。」

一郎の声もしました。嘉助はよろこんでとびあがりました。

「おおい。いる、いる。一郎。おおい。」

一郎のにいさんと一郎が、とつぜん、眼の前に立ちました。嘉助はにわかに泣き出しました。

「探したぞ。あぶながったぞ。すっかりぬれだな。どう。」

一郎のにいさんは、なれた手つきで馬の首を抱いて、もってきたくつわをすばやく馬のくちにはめました。

「さあ、あべ*さ。」

「又三郎びっくりしたべぁ。」

一郎が三郎に言いました。三郎がだまってやっぱりきっと口を結んでうなずきました。

みんなは一郎のにいさんについてゆるい傾斜を、二つほどのぼり降りしました。それから、黒い大きな路について、しばらく歩きました。

稲光が二度ばかり、かすかに白くひらめきました。草を焼くにおいがして、霧の中を煙がほっと流れています。

一郎のにいさんがさけびました。

「おじいさん。いだ、いだ。みんないだ。」

おじいさんは霧の中に立っていて、

「ああ心配した、心配した。ああえがった。おお嘉助。寒がべぁ、さあ入れ。」

と言いました。嘉助は一郎と同じようにやはりこのおじいさんの孫なようでした。

半分に焼けた大きな栗の木の根もとに、草で作った小さな囲いがあって、チョロチョロ赤い火が燃えていました。

一郎のにいさんは馬を楢の木につなぎました。

馬もひひんと鳴いています。

「おおむ*ぞやな。な。なんぼが泣いだがな。そのわろ*は金山掘りのわろだな。さあさあみんな、団子食べろ。食べろ。な。今こっちを焼ぐがらな。全体どこまで行ってだった。」

「笹長根の下り口だ。」

と一郎のにいさんが答えました。

「あぶないがった。あぶないがった。向こうさ降りだら馬も人もそれっ切りだったぞ。さあ嘉助。団子食べろ。このわろも食べろ。さあさあ、こいづも食べろ。」

「おじいさん。馬置いでくるが。」

と一郎のにいさんが言いました。

「うんうん。牧夫来るどまだやがましがらな。したども、も少し待で。またすぐ晴れる。ああ心配した。おらも虎こ山の下まで行って見で来た。はあ、まんつえがった。雨も晴れる。」

「けさほんとに天気えがったのにな。」
「うん。またゆぐなるさ。あ、雨漏って来たな。」

一郎のにいさんが出て行きました。天井がガサガサガサガサ言います。おじいさんが、笑いながらそれを見上げました。

にいさんがまた入って来ました。

「おじいさん。明るぐなった。雨ぁ晴れだ。」
「うんうん。そうが。さあみんなよっく火にあだれ、おらまた草刈るがらな。」

霧がふっと切れました。陽の光がさっと流れて入りました。その太陽は、少し西のほうに寄ってかかり、幾片かの蠟のような霧が、逃げおくれてしかたなしに光りました。

草からはしずくがきらきら落ち、すべての葉も茎も花も、ことしの終わりの陽の光を吸っています。

はるかな西の青い野原は、今泣きやんだようにまぶしく笑い、向こうの栗の木は、青い後光を放ちました。

みんなはもう疲れて一郎をさきに野原をおりました。

湧き水のところで三郎はやっぱりだまって、きっと口を結んだままみんなに別れて、じぶんだけお父さんの小屋のほうへ帰って行きました。

帰りながら嘉助が言いました。

「あいづやっぱり風の神だぞ。風の神の子っ子だぞ。あそごさふたりして巣食ってるんだぞ。」

「そだないよ。」

一郎が高く言いました。

九月六日

次の日は朝のうちは雨でしたが、二時間目からだんだん明るくなって三時間目の終わりの十分休みにはとうとうすっかりやみ、あちこちに削ったような青空もできて、その下をまっ白な

うろこ雲がどんどん東へ走り、山の萱からも栗の木からも残りの雲が湯げのように立ちました。

「下がったら葡萄蔓とりに行がないが。」

耕助が嘉助にそっと言いました。

「行ぐ行ぐ。又三郎も行がないが。」

嘉助がさそいました。耕助は、

「わあい、あそご又三郎さ教えるやないじゃ。」

と言いましたが三郎は知らないで、

「行くよ。ぼくは北海道でもとったぞ。ぼくのお母さんは樽へ二っつ漬けたよ。」

と言いました。

「葡萄とりにおらも連れでがないが。」

二年生の承吉も言いました。

「わがないじゃ。うなどさ教えるやないじゃ。おら去年な新しいどご目つけだじゃ。」

みんなは学校の済むのが待ち遠しかったのでした。五時間目が終わると、一郎と嘉助が佐太郎と耕助と悦治と又三郎と六人で学校から上流のほうへ登って行きました。少し行くと一けんの藁やねの家があって、その前に小さなたばこ畑がありました。たばこの木はもう下のほうの葉をつんであるので、その青い茎が林のようにきれいにならんでいかにもおもしろそうでした。

すると又三郎はいきなり、

「なんだい、この葉は。」

と言いながら葉を一枚むしって一郎に見せました。すると一郎はびっくりして、

「わあ、又三郎、たばごの葉とるづど*専売局にうんとしかられるぞ。わあ、又三郎何してとった。」

と少し顔色を悪くして言いました。みんなも口々に言いました。

「わあい。専売局でぁ、この葉一枚ずつ数えで帳面さつけでるだ。おら知らなぃぞ。」

「おらも知らなぃぞ。」

「おらも知らなぃぞ。」

みんな口をそろえてはやしました。

すると三郎は顔をまっ赤にして、しばらくそれを振りまわして何か言おうと考えていましたが、

「おら知らないでとったんだい。」

と怒ったように言いました。

みんなはこわそうに、だれか見ていないかというように向こうの家を見ました。たばこ畑からもうもうとあがる湯げの向こうで、その家はしいんとしてだれもいたようではありませんでした。

「あの家一年生の小助の家だじゃぃ。」

嘉助が少しなだめるように言いました。ところが耕助ははじめからじぶんの見つけた葡萄藪へ、

三郎だのみんなあんまり来ておもしろくなかったもんですから、意地悪くもいちど三郎に言いました。

「わあ、又三郎なんぼ知らなぃたってわがなぃんだじゃ。わあい、又三郎もどのとおりにしてま*ゆんだであ。」

又三郎は困ったようにしてまたしばらくだまっていましたが、

「そんなら、おいらここへ置いてくからいいや。」

と言いながらさっきの木の根もとへそっとその葉を置きました。すると一郎は、

「早くあべ。」

と言って先にたって歩き出しましたのでみんなもついて行きましたが、耕助だけはまだ残って
「ほう、おら知らなぃぞ。ありゃ、又三郎の置いた葉、あすごにあるじゃい。」

なんて言っているのでしたが、みんながどんどん歩き出したので耕助もやっとついて来ました。

みんなは萱の間の小さな路を山のほうへ少しのぼりますと、その南側に向いたくぼみに栗の木があちこち立って、下には葡萄がもくもくした大きな藪になっていました。

「こごおれ見っけだのだがらみんなあんまりとるやなぃぞ。」

耕助が言いました。

すると三郎は、

「おいら栗のほうをとるんだい。」

といって石を拾って一つの枝へ投げました。青いいがが一つ落ちました。

又三郎はそれを棒きれでむいて、まだ白い栗を二つとりました。みんなは葡萄のほうへ一生けん命でした。

そのうち耕助がも一つの藪へ行こうと一本の栗の木の下を通りますと、いきなり上からしずくが一ぺんにざっと落ちてきましたので、耕助は肩からせなかから水へ入ったようになりました。耕助はおどろいて口をあいて上を見ましたら、いつか木の上に又三郎がのぼっていて、なんだか少しわらいながらじぶんも袖ぐちで顔をふいていたのです。

「わあい、又三郎何する。」

耕助はうらめしそうに木を見あげました。

「風が吹いたんだい。」

三郎は上でくつくつわらいながら言いました。

耕助は木の下をはなれてまた別の藪で葡萄をとりはじめました。もう耕助はじぶんでも持てないくらいあちこちへためていて、口も紫色になってまるで大きく見えました。

「さあ、このくらい持って戻らないが。」

一郎が言いました。

「おら、もっととってぐじゃ。」

耕助が言いました。

そのとき耕助はまた頭からつめたいしずくをざあっとかぶりました。耕助はまたびっくりしたように木を見上げましたが今度は三郎は木の上にはいませんでした。

けれども木の向こう側に三郎のねずみ色のひじも見えていましたし、くつくつ笑う声もしましたから、耕助はもうすっかりおこってしまいました。

「わあい又三郎、まだひとさ水かげだな。」

「風が吹いたんだい。」

みんなはどっと笑いました。

「わあい又三郎、うなそごで木ゆすったけぁなあ。」

みんなはどっとまた笑いました。

すると耕助はうらめしそうにしばらくだまって三郎の顔を見ながら、

「うあい又三郎、うなどあ世界になくてもいなあぃ。」

すると又三郎はずるそうに笑いました。

「やあ耕助君、失敬したねえ。」

耕助は何かもっと別のことを言おうと思いましたが、あんまり怒ってしまって考え出すことができませんでしたのでまた同じようにさけびました。

「うあい、うあいだが、又三郎、うなみだぃな風など世界じゅうになくてもいいなあ、うわあい。」

「失敬したよ。だってあんまりきみもぼくへ意地悪をするもんだから。」

又三郎は少し眼をパチパチさせて気の毒そうに言いました。けれども耕助のいかりはなかなか解けませんでした。そして三度同じことをくりかえしたのです。

「うわい、又三郎、風などあ世界じゅうになくてもいいな、うわい。」

すると又三郎は少しおもしろくなったようでまたくつくつ笑いだしてたずねました。

「風が世界じゅうになくってもいいってどう言うんだい。*いいと箇条をたてて言ってごらん、そら。」

又三郎は先生みたいな顔つきをして指を一本だしました。

耕助は試験のようだし、つまらないことになったと思ってたいへんくやしかったのですが、しかたなくしばらく考えてから言いました。

「うなど*いたずらばりさな、傘ぶっ壊したり。」

「それからそれから。」又三郎はおもしろそうに一足進んで言いました。

「それがら木折ったり*転覆したりさな。」

「それから、それからどうだい。」

「家もぶっ壊さな。」

「それから。それから、あとはどうだい。」

「*あかしも消さな。」

「それから、あとは？　それからあとは？　どうだい。」

「シャップもとばさな。」

「それから？　それからあとは？　あとはどうだい。」

「笠もとばさな。」

「それからそれから。」

「それがら、うう、電信ばしらも倒さな。」

「それから？　それから？　それから？」

「それがら屋根もとばさな。」

「アアハハハ、屋根は家のうちだい。どうだいまだあるかい。それから、それから？」

「それだがら、うう、それだがらランプも消さな。」

「アハハハハハ、ランプはあかしのうちだい。けれどそれだけかい。え、おい。それから？　それからそれから。」

耕助はつまってしまいました。たいていもう言ってしまったのですから、いくら考えてももう出ませんのでした。

又三郎はいよいよおもしろそうに指を一本立てながら
「それから？　それから？　ええ？　それから。」

と言うのでした。

耕助は顔を赤くしてしばらく考えてからやっと答えました、

「風車もぶっ壊さな。」

するとまた又三郎はこんどこそはまるで飛び上がって笑ってしまいました。みんなも笑いました。笑って笑って笑いました。

又三郎はやっと笑うのをやめて言いました。

「そらごらん、とうとう風車などを言っちゃったろう。風車なら風を悪く思っちゃいないんだよ。もちろん時々こわすこともあるけれどもまわしてやるときのほうがずっと多いんだ。風車ならちっとも風を悪く思っていないんだ。それに第一お前のさっきからの数えようはあんまりおかしいや。うう、うう、でばかりいたんだろう。おしまいにとうとう風車なんか数えちゃった。ああおかしい。」

又三郎はまた涙の出るほど笑いました。

耕助もさっきからあんまり困ったために

怒っていたのもだんだん忘れて来ました。そしてつい又三郎といっしょに笑い出してしまったのです。すると又三郎もすっかりきげんを直して、

「耕助君、いたずらをして済まなかったよ。」

と言いました。

「さあそれでぁ行ぐべな。」

と一郎は言いながら又三郎に葡萄を五ふさばかりくれました。

又三郎は白い栗をみんなに二つずつ分けました。そしてみんなは下の路までいっしょに下りて、あとはめいめいのうちへ帰ったのです。

九月七日

次の朝は霧がじめじめ降って学校のうしろの山もぼんやりしか見えませんでした。ところが今日も二時間目ころからだんだん晴れてまもなく空はまっ青になり、日はかんかん照って、おひるになって三年生から下が下がってしまうとまるで夏のように暑くなってしまいました。

ひるすぎは先生もたびたび教壇で汗をふき、四年生の習字も五年生六年生の図画もまるでむし

暑くて、書きながらうとうとするのでした。

授業が済むとみんなはすぐ川下のほうへそろって出かけました。嘉助が、

「又三郎、水泳びに行がなぃが。小さいやづど今ころみんな行ってるぞ。」

と言いましたので又三郎もついて行きました。

そこはこの前上の野原へ行ったところよりも、も少し下流で右のほうからも一つの谷川が入って来て、少し広い河原になり、そのすぐ下流は大きなさいかちの木の生えた崖になっているのでした。

「おおぃ。」

と、さきに来ている子どもらがはだかで両手をあげてさけびました。一郎やみんなは、河原のねむの木の間をまるで徒競走のように走って、いきなり着物をぬぐとすぐどぶんどぶんと水に飛び込んで両足をかわるがわる曲げて、だぁんだぁんと水をたたくようにしながら斜めにならんで向こう岸へ泳ぎはじめました。

前にいた子どもらもあとから追い付いて泳ぎはじめました。

又三郎も着物をぬいでみんなのあとから泳ぎはじめましたが、途中で声をあげてわらいました。

すると向こう岸についた一郎が、髪をあざらしのようにしてくちびるを紫にしてわくわくふるえながら、

「わあ又三郎、何してわらった。」

と言いました。又三郎はやはりふるえながら水からあがって、

「この川冷たいなあ。」

と言いました。

「又三郎何してわらった？」

　一郎はまたききました。

「おまえたちの泳ぎ方はおかしいや。なぜ足をだぶだぶ鳴らすんだい。」

と言いながらまた笑いました。

「うわあい。」

と一郎は言いましたが、なんだかきまりが悪くなったように、

「石取りさなぃが。」

と言いながら白い円い石をひろいました。

「するする。」

　子どもらがみんなさけびました。

おれそれでぁ、あの木の上がら落とすがらな。と一郎は言いながら崖の中ごろから出ているさいかちの木へするするのぼって行きました。そして、

「さあ落とすぞ、一二三。」

と言いながら、その白い石をどぶーんと淵へ落としました。

みんなはわれ勝ちに岸からまっ逆さまに水にとび込んで、青白いらっこのような形をして底へもぐって、その石をとろうとしました。

けれどもみんな底まで行かないに息がつまって浮かびだして来て、かわるがわるふうと空へ霧をふきました。

又三郎はじっとみんなのするのを見ていましたが、みんなが浮かんできてからじぶんもどぶんと入って行きました。けれどもやっぱり底まで届かずに浮いてきたのでみんなはどっと笑いました。そのとき向こうの河原のねむの木のところを大人が四人、肌ぬぎになったり、網をもったりしてこっちへ来るのでした。

すると一郎は木の上でまるで声をひくくしてみんなにさけびました。

「おお、発破だぞ。知らないふりしてろ。石とりやめて早ぐみんな下流ささがれ。」

そこでみんなは、なるべくそっちを見ないふりをしながら、いっしょに下流のほうへ泳ぎました。

一郎は、木の上で手を額にあてて、もう一度よく見きわめてから、どぶんと逆さまに淵へ飛びこみました。それから水を潜って、一ぺんにみんなへ追いついたのです。

みんなは、淵の下流の、瀬になったところに立ちました。

「知らないふりして遊んでろ。みんな。」

一郎が言いました。みんなは、砥石をひろったり、せきれいを追ったりして、発破のことなぞ、すこしも気がつかないふりをしていました。

すると向こうの淵の岸では、下流の坑夫をしていた庄助が、しばらくあちこち見まわしてから、いきなりあぐらをかいて、砂利の上へ座ってしまいました。それからゆっくり、腰からたばこ入れをとって、きせるをくわえて、ぱくぱく煙をふきだしました。奇体だと思っていましたら、また*腹かけから何か出しました。

「発破だぞ、発破だぞ。」

とみんなさけびました。

　一郎は手をふってそれをとめました。庄助は、きせるの火を、しずかにそれへうつしました。うしろにいたひとりは、すぐ水に入って、網をかまえました。庄助は、まるで落ちついて、立って一あし水に入るとすぐその持ったものを、さいかちの木の下のところへ投げこみました。するとまもなく、ぼぉというようなひどい音がして、水はむくっと盛りあがり、それからしばらくそこらあたりがきぃんと鳴りました。

　向こうの大人たちはみんな水へ入りました。

「さあ、流れて来るぞ。みんなとれ。」

と一郎が言いました。まもなく耕助は小指ぐらいの茶色なかじかが、横向きになって流れて来たのをつかみましたし、そのうしろでは嘉助が、まるで瓜をすするときのような声を出しました。それは六寸ぐらいある鮒をとって、顔をまっ赤にしてよろこんでいたのです。それからみんなとって、わあわあよろこびました。

「だまってろ、だまってろ。」

　一郎が言いました。

　そのとき、向こうの白い河原を肌ぬぎになったり、シャツだけ着たりした大人が五六人かけて来ました。そのうしろからはちょうど*活動写真のように、ひとりの網シャツを着た人が、はだか馬に乗ってまっしぐらに走って来ました。みんな発破の音を聞いて見に来たのです。

　庄助はしばらく腕を組んでみんなのとるのを見ていましたが、

「さっぱりいないな。」

と言いました。すると又三郎がいつのまにか庄助のそばへ行っていました。

　そして中くらいの鮒を二匹、

「魚返すよ。」

といって河原へ投げるように置きました。すると庄助が、

「なんだこの童ぁ、奇体なやつだな。」

と言いながらじろじろ又三郎を見ました。

　又三郎はだまってこっちへ帰ってきました。

　庄助は変な顔をして見ています。みんなはどっとわらいました。

　庄助はだまってまた上流へ歩き出しました。ほかのおとなたちもついて行き、網シャツの人は

馬に乗って、またかけて行きました。耕助が泳いで行って三郎の置いて来た魚を持ってきました。

みんなはそこでまたわらいました。

「発破かけだら、雑魚撒かせ。」

嘉助が河原の砂っぱの上で、ぴょんぴょんはねながら高くさけびました。

みんなはとった魚を石で囲んで、小さな生けす*をこしらえて、生きかえっても、もう逃げて行かないようにして、また上流のさいかちの木へのぼりはじめました。

ほんとうに暑くなって、ねむの木もまるで夏のようにぐったり見えましたし、空もまるで底なしの淵のようになりました。

そのころだれかが、

「あ、生けす、ぶっこわすとこだぞ。」

とさけびました。見るとひとりの変に鼻のとがった、洋服を着てわらじをはいた人が、手にはステッキみたいなものをもって、みんなの魚をぐちゃぐちゃかきまわしているのでした。

「あ、あいづ専売局だぞ。専売局だぞ。」

佐太郎が言いました。

「又三郎、うなのとったたばこの葉めっけだんだぞ。うな、連れでぐさ来たぞ。」

嘉助が言いました。

「なんだい。こわくないや。」

又三郎はきっと口をかんで言いました。

「みんな又三郎のごと囲んでろ囲んでろ。」

と一郎が言いました。

そこでみんなは又三郎をさいかちの木のいちばん中の枝に置いて、まわりの枝にすっかり腰かけました。

その男はこっちへびちゃびちゃ岸を歩いて来ました。

「来た来た、来た来た。来たっ。」

とみんなは息をころしました。

ところがその男は別に又三郎をつかまえるふうでもなく、みんなの前を通りこして、それから淵のすぐ上流の浅瀬を渡ろうとしました。それもすぐに河を渡るでもなく、いかにもわらじや脚絆*の汚くなったのを、そのまま洗うというふうに、もう何べんも行ったり来たりするもんですから、みんなはだんだんこわくなくなりましたが、そのかわり気持ちが悪くなってきました。

そこで、とうとう、一郎が言いました。

「お、おれ先にさけぶから、みんなあとから、一二三でさけぶこだ。いいか。

あんまり川を濁すなよ、

いつでも先生言うでないか。一、二ぃ、三。」

「あんまり川を濁すなよ、
いつでも先生言うでないか。」

その人はびっくりしてこっちを見ましたけれども、何を言ったのかよくわからないというようすでした。そこでみんなはまた言いました。

「あんまり川を濁すなよ、
いつでも先生、言うでないか。」

鼻のとがった人はすぱすぱと、煙草を吸うときのような口つきで言いました。

「この水飲むのか、ここらでは。」

「あんまり川を濁すなよ、
いつでも先生言うでないか。」

鼻のとがった人は少し困ったようにして、また言いました。

「川を歩いてわるいのか。」

「あんまり川を濁すなよ、
いつでも先生言うでないか。」

その人はあわてたのをごまかすように、わざとゆっくり川をわたって、それからアルプスの探

険みたいな姿勢をとりながら、青い粘土と赤砂利の崖をななめにのぼって、崖の上のたばこ畑へ入ってしまいました。

　すると又三郎は

「なんだい、ぼくを連れにきたんじゃないや。」

と言いながらまっさきにどぶんと淵へとび込みました。

　みんなもなんだか、その男も三郎も気の毒なようなおかしながらんとした気持ちになりながら、ひとりずつ木からはねおりて、河原に泳ぎついて、魚を手拭いにつつんだり、手に持ったりして家に帰りました。

九月八日

　次の朝、授業の前みんなが運動場で鉄棒にぶらさがったり、棒かくしをしたりしていますと、少し遅れて佐太郎が何かを入れたざるをそっとかかえてやって来ました。

「なんだ、なんだ。なんだ。」

とすぐみんな走って行ってのぞき込みました。

するとさ佐太郎は袖でそれをかくすようにして、急いで学校の裏の岩穴のところへ行きました。みんなはいよいよあとを追って行きました。

一郎がそれをのぞくと、思わず顔いろを変えました。

それは魚の毒もみにつかう山椒の粉で、それを使うと発破と同じように巡査に押さえられるのでした。ところが佐太郎はそれを岩穴の横の萱の中へかくして、知らない顔をして運動場へ帰りました。

そこでみんなはひそひそ、時間になるまでひそひそその話ばかりしていました。

その日も十時ごろからやっぱり昨日のように暑くなりました。みんなはもう授業の済むのばかり待っていました。

二時になって五時間目が終わると、もうみんないちもくさんに飛びだしました。佐太郎もまたざるをそっと袖でかくして、耕助だのみんなに囲まれて河原へ行きました。又三郎は嘉助と行きました。

みんなは町の祭りのときのガスのようなにおいの、むっとするねむの河原を急いで抜けて、いつものさいかち淵に着きました。すっかり夏のような立派な雲の峰が東でむくむく盛りあがり、さいかちの木は青く光って見えました。

みんな急いで着物をぬいで淵の岸に立つと、佐太郎が一郎の顔を見ながら言いました。

「ちゃんと一列にならべ。いいか。魚浮いて来たら泳いで行ってとれ。とったくらいやるぞ。いいか。」

小さな子どもらはよろこんで、顔を赤くして押しあったりしながらぞろっと淵を囲みました。

ぺ吉だの三四人はもう泳いで、さいかちの木の下まで行って待っていました。

佐太郎が、大威張りで、上流の瀬に行ってざるをじゃぶじゃぶ水で洗いました。

みんなしぃんとして、水を見つめて立っていました。

又三郎は水を見ないで向こうの雲の峰の上を通る黒い鳥を見ていました。一郎も河原に座って石をこちこちたたいていました。

ところが、それからよほどたっても魚は浮いて来ませんでした。

佐太郎はたいへんまじめな顔で、きちんと立って水を見ていました。昨日発破をかけたときなら、もう十匹もとっていたんだとみんなは思いました。

またずいぶんしばらくみんなしぃんとして待ちました。けれどもやっぱり、魚は一匹も浮いて来ませんでした。

「さっぱり魚、浮かばなぃな。」

耕助がさけびました。佐太郎はびくっとしましたけれども、まだ一心に水を見ていました。

「魚さっぱり浮かばなぃな。」

ぺ吉がまた向こうの木の下で言いました。するともう、みんなはがやがや言い出して、みんな水に飛び込んでしまいました。

佐太郎はしばらくきまり悪そうに、しゃがんで水を見ていましたけれど、とうとう立って、

「鬼っこしないか。」

と言った。

「する、する。」

みんなはさけんで、じゃんけんをするために、水の中から手を出しました。泳いでいたものは、急いでせいの立つところまで行って手を出しました。

一郎も河原から来て手を出しました。そして一郎ははじめに、昨日あの変な鼻のとがった人の上って行った崖の下の、青いぬるぬるした粘土のところを根っこにきめました。そこに取りついていれば、鬼は押さえることができないというのでした。それから、*はさみ無しのひとりまけかちで、じゃんけんをしました。

ところが悦治はひとりはさみを出したので、みんなにうんとはやされたほかに鬼になった。悦治は、くちびるを紫色にして河原を走って、喜作を押さえたので鬼はふたりになりました。それからみんなは、砂っぱの上や淵を、あっちへ行ったり、こっちへ来たり、押さえたり押さえられたり、何べんも鬼っこをしました。

しまいにとうとう又三郎ひとりが鬼になりました。又三郎はまもなく吉郎をつかまえました。

みんなはさいかちの木の下にいてそれを見ていました。すると又三郎が、

「吉郎君、きみは上流から追って来るんだよ、いいか。」

と言いながら、じぶんはだまって立って見ていました。

吉郎は口をあいて手をひろげて、上流から粘土の上を追って来ました。

みんなは淵へ飛び込むしたくをしました。一郎は楊の木にのぼりました。そのとき吉郎が、あの上流の粘土が足についていたために、みんなの前ですべってころんでしまいました。

みんなは、わあわあさけんで、吉郎をはねこえたり、水に入ったりして、上流の青い粘土の根に上がってしまいました。

「又三郎、来。」

嘉助は立って、口を大きくあいて、手をひろげて、又三郎をばかにしました。すると又三郎は、さっきからよっぽど怒っていたと見えて、

「ようし、見ていろよ。」

と言いながら、本気になってざぶんと水に飛び込んで、一生けん命、そっちのほうへ泳いで行きました。

又三郎の髪の毛が赤くてばしゃばしゃしているのに、あんまりながく水につかってくちびるも

すこし紫色なので、子どもらはすっかりこわがってしまいました。

第一、その粘土のところはせまくて、みんなが入れなかったのに、それにたいへんつるつるすべる坂になっていましたから、下のほうの四、五人などは上の人につかまるようにして、やっと川へすべり落ちるのをふせいでいたのでした。一郎だけが、いちばん上で落ちついて、さあみんな、とかなんとか相談らしいことをはじめました。みんなもそこで頭をあつめて聞いています。又三郎はぼちゃぼちゃ、もう近くまで行きました。

みんなはひそひそはなしていいます。すると又三郎は、いきなり両手でみんなへ水をかけ出した。みんなが、ばたばた防いでいましたら、だんだん粘土がすべって来て、なんだかすこうし下へずれたようになりました。

又三郎はよろこんで、いよいよ水をはねとばしました。

すると、みんなはぼちゃんぼちゃんと一度に水にすべって落ちました。又三郎は、それを片っぱしからつかまえました。一郎もつかまりました。嘉助がひとり、上をまわって泳いで逃げましたら、又三郎はすぐに追いついて押さえたほかに、腕をつかんで四、五へんぐるぐる引っぱりまわしました。嘉助は水を飲んだと見えて、霧をふいてごほごほむせて、

「おいらもうやめた。こんな鬼っこもうしない。」

と言いました。小さな子どもらはみんな砂利に上がってしまいました。

又三郎はひとりさいかちの木の下に立ちました。

ところが、そのときはもう空がいっぱいの黒い雲で、楊も変に白っぽくなり、山の草はしんしんとくらくなり、そこらはなんとも言われない恐ろしい景色にかわっていました。

そのうちに、いきなり上の野原のあたりで、ごろごろごろと雷が鳴り出しました。と思うと、まるで山つなみのような音がして、一ぺんに夕立がやって来ました。風までひゅうひゅう吹きだしました。

淵の水には、大きなぶちぶちがたくさんできて、水だか石だかわからなくなってしまいました。みんなは河原から着物をかかえて、ねむの木の下へ逃げこみました。すると三郎もなんだかはじめてこわくなったと見えて、さいかちの木の下からどぼんと水へ入ってみんなのほうへ泳ぎだしました。

するとだれともなく

「雨はざっこざっこ雨三郎

風はどっこどっこ又三郎。」

とさけんだものがありました。

みんなもすぐ声をそろえて叫びました。

「雨はざっこざっこ雨三郎

風はどっこどっこ又三郎。」

すると又三郎はまるであわてて、何かに足をひっぱられるように淵からとびあがって、いちもくさんにみんなのところに走ってきて、がたがたふるえながら、

「いまさけんだのはおまえらだちかい。」

とききました。

「そでない、そでない。」

みんなはいっしょにさけびました。

ぺ吉がまたひとり出て来て、

「そでない。」

と言いました。

又三郎は気味悪そうに川のほうを見ましたが、色のあせたくちびるを、いつものようにきっとかんで、

「なんだい。」

と言いましたが、からだはやはりがくがくふるっていました。

そしてみんなは、雨のはれ間を待って、めいめいのうちへ帰ったのです。

九月十二日、第十二日、

「どっどど　どどうど　どどうど　どどう
青いくるみも、吹きとばせ
すっぱいかりんも吹きとばせ
どっどど　どどうど　どどうど　どどう
どっどど　どどうど　どどうど　どどう」

先ころ三郎から聞いたばかりのあの歌を一郎は夢の中でまたきいたのです。

びっくりしてはね起きて見ると、外ではほんとうにひどく風が吹いて、林はまるでほえるよう、あけがた近くの青黒いうすあかりが、障子や棚の上のちょうちん箱や、家じゅういっぱいでした。一郎はすばやく帯をして、そして下駄をはいて土間をおり、馬屋の前を通ってくぐりをあけましたら、風がつめたい雨の粒といっしょにどうっと入って来ました。

馬屋のうしろのほうで何か戸がばたっと倒れ、馬はぶるっと鼻を鳴らしました。一郎は風が胸の底までしみ込んだように思って、はあと強く息を吐きました。そして外へかけだしました。外はもうよほど明るく、土はぬれておりました。家の前の栗の木の列は変に青く白く見えて、それがまるで風と雨とで今洗濯をするとでもいうように激しくもまれていました。

青い葉も幾枚も吹き飛ばされ、ちぎられた青い栗のいがは黒い地面にたくさん落ちていました。

空では雲がけわしいはい色に光り、どんどんどんどん北のほうへ吹きとばされていました。

遠くのほうの林はまるで海が荒れているように、ごとんごとんと鳴ったりざっと聞こえたりするのでした。

一郎は顔いっぱいに冷たい雨の粒を投げつけられ、風に着物をもって行かれそうになりながら、だまってその音をききすまし、じっと空を見上げました。

すると胸がさらさらと波をたてるように思いました。けれどもまたじっとその鳴ってほえてうなって、かけて行く風をみていますと、今度は胸がどかどかとなってくるのでした。

昨日まで丘や野原の空の底に澄みきってしんとしていた風が、今朝、夜あけ方にわかにいっせいにこう動き出して、どんどんどんどんタスカロラ海床の北のはじをめがけて行くことを考えますと、もう一郎は顔がほてり、息もはあ、はあ、なって自分までがいっしょに空を翔けて行くような気持ちになって、胸をいっぱいはって、息をふっと吹きました。

「ああひで風だ。今日はたばこも粟もすっかりやらえる。」

と一郎のおじいさんがくぐりのところに立って、じっと空を見ています。一郎は急いで井戸からバケツに水をいっぱいくんで台所をぐんぐんふきました。

それから金だらいを出して顔をぶるぶる洗うと、戸棚から冷たいごはんと味噌をだして、まるで夢中でざくざく食べました。

「一郎、いまお汁できるから少し待ってだらよ。何して今朝そったに早く学校へ行がなぃやなぃがべ。」

お母さんは馬にやる（一字分空白）を煮るかまどに木を入れながらききました。

「うん。又三郎は飛んでったがもしれなぃもや。」

「又三郎って何だてや。鳥こだてが。」

「うん。又三郎っていうやづよ。」

一郎は急いでごはんをしまうと、椀をこちこち洗って、それから台所の釘にかけてある油合羽を着て、下駄は持ってはだしで嘉助をさそいに行きました。

嘉助はまだ起きたばかりで、

「いまごはん食べて行ぐがら。」

と言いましたので、一郎はしばらく馬屋の前で待っていました。

まもなく嘉助は小さい簑を着て出てきました。

はげしい風と雨にぐしょぬれになりながらふたりはやっと学校へ来ました。

昇降口から入って行きますと教室はまだしいんとしていましたが、ところどころの窓のすきまから雨が板に入って板はまるでざぶざぶしていました。一郎はしばらく教室を見まわしてから、

「嘉助、ふたりして水掃ぐべな。」

と言ってしゅろほうきをもって来て水を窓の下の穴へはき寄せていました。

するともうだれか来たのかというように奥から先生が出てきましたが、ふしぎなことは先生があたりまえの単衣をきて赤いうちわをもっているのです。

「たいへん早いですね。あなたがたふたりで教室の掃除をしているのですか。」

先生がききました。

「先生お早うございます。」

一郎が言いました。

「先生お早うございます。」

と嘉助も言いましたが、すぐ、

「先生、又三郎今日来るのすか。」

とききました。

先生はちょっと考えて、

「又三郎って高田さんですか。ええ、高田さんは昨日お父さんといっしょにもうほかへ行きまし

た。日曜なのでみなさんにご挨拶するひまがなかったのです。」

「先生飛んで行ったのすか。」

嘉助がききました。

「いいえ、お父さんが会社から電報で呼ばれたのです。お父さんはもいちどちょっとこっちへ戻られるそうですが、高田さんはやっぱり向こうの学校に入るのだそうです。向こうにはお母さんもおられるのですから。」

「何して会社で呼ばったべす。」

一郎がききました。

「ここのモリブデンの鉱脈は当分手をつけないことになったためなそうです。」

「そうだなぃな。やっぱりあいづは風の又三郎だったな。」

嘉助が高くさけびました。

宿直室のほうで何かごとごと鳴る音がしました。先生は赤いうちわをもって急いでそっちへ行きました。

ふたりはしばらくだまったまま、相手がほんとうにどう思っているか探るように顔を見合わせたまま立ちました。

風はまだやまず、窓ガラスは雨つぶのために曇りながら、まだがたがた鳴りました。

XIII. 一

# セロひきのゴーシュ

ゴーシュは町の活動写真館でセロ*をひく係りでした。けれどもあんまり上手でないというひょうばんでした。上手でないどころではなく実は仲間の楽手*のなかではいちばん下手でしたから、いつでも楽長*にいじめられるのでした。

ひるすぎみんなは楽屋に円くならんで今度の町の音楽会へ出す第六交響曲の練習をしていました。

トランペットは一生けん命歌っています。

ヴァイオリンも二いろ風のように鳴っています。

クラリネットもボーボーとそれに手伝っています。

ゴーシュも口をりんと結んで目を皿のようにして楽譜を見つめながら、もう一心にひいています。

にわかにぱたっと楽長が両手を鳴らしました。みんなぴたりと曲をやめてしんとしました。楽長がどなりました。

「セロがおくれた。トォテテ　テテテイ　ここからやり直し。はいっ。」

みんなは今のところの少し前のところからやり直しました。ゴーシュは顔をまっ赤にしてひたいにあせを出しながら、やっといま言われたところを通りました。ほっと安心しながら、つづけてひいていますと楽長がまた手をぱっとうちました。

「セロっ。糸が合わない。こまるなあ。ぼくはきみにドレミファを教えてまでいるひまはないんだがなあ。」

みんなは気の毒そうにしてわざとじぶんの譜をのぞきこんだり、じぶんの楽器をはじいて見たりしています。ゴーシュはあわてて糸を直しま

した。これはじつはゴーシュも悪いのですがセロもずいぶん悪いのでした。

「今の前の小節から。はいっ。」

　みんなはまたはじめました。ゴーシュも口をまげて一生けん命です。そしてこんどはかなり進みました。いいあんばいだと思っていると楽長がおどすような形をして、またぱたっと手をうちました。またかとゴーシュはどきっとしましたが、ありがたいことにはこんどは別の人でした。ゴーシュはそこでさっきじぶんのときみんながしたように、わざとじぶんの譜へ目を近づけて何か考えるふりをしていました。

「ではすぐ今の次。はいっ。」

　そらと思ってひき出したかと思うと、いきなり楽長が足をどんとふんでどなり出しました。

「だめだ。まるでなっていない。このへんは曲の心臓なんだ。それがこんながさがさしたことで。諸君。えんそうまでもうあと十日しかないんだよ。音楽をせんもんにやっているぼくらが、あの*金ぐつ鍛冶だのさとう屋の*でっちなんかの寄り集まりに負けてしまったら、いったいわれわれの面目はどうなるんだ。おいゴーシュ君。きみにはこまるんだがなあ。表情ということがまるでできてない。おこるも喜ぶも感情というものがさっぱり出ないんだ。それにどうしてもぴたっと外の楽器と合わないもんなあ。いつでもきみだけ、とけたくつのひもを引きずってみんなのあとをついてあるくようなんだ、こまるよ、しっかりしてくれないとねえ。*光きあるわが金星音楽団がきみ一人のために悪評をとるようなことでは、みんなへもまったく気の毒だからな。では今日は練習はここまで、休んで六時にはかっきりボックス*へ入ってくれたまえ。」

　みんなはおじぎをして、それからたばこをくわえてマッチをすったり、どこかへ出て行ったりしました。ゴーシュはそのそまつな箱みたいなセロをかかえて、かべの方へ向いて口をまげてぼろぼろなみだをこぼしましたが、気をとり直してじぶんだけたったひとり、いまやったところをはじめからしずかにもいちどひきはじめました。

　そのばんおそくゴーシュは何かおおきな黒いものをしょってじぶんの家へ帰ってきました。家といってもそれは町はずれの川ばたにあるこわれた水車小屋で、ゴーシュはそこにたった一人ですんでいて、午前は小屋のまわりの小さな畑でトマトのえだをきったりキャベジの虫をひろったりして、ひるすぎになるといつも出て行っていたのです。ゴーシュがうちへ入ってあかりをつけると、さっきの黒い包みをあけました。それは何でもない、あの夕方のごつごつしたセロでした。ゴーシュはそれをゆかの上にそっと置くと、いきなりたなからコップをとってバケツの水をごくごくのみました。

　それから頭を一つふっていすへかけると、まるでとらみたいないきおいでひるの譜をひきはじめました。譜をめくりながらひいては考え、考えてはひき、一生けん命しまいまで行くと、またはじめからなんべんもなんべんも、ごうごうごうごうごうごうひきつづけました。

夜中もとうにすぎて、しまいはもうじぶんがひいているのかもわからないようになって、顔もまっ赤になり目もまるで血走ってとても物すごい顔つきになり、いまにもたおれるかと思うように見えました。

そのとき、だれかうしろの扉をとんとんとたたくものがありました。

「ホーシュ君か。」

ゴーシュはねぼけたようにさけびました。ところがすうと扉をおしてはいって来たのは、いままで五、六ぺん見たことのある大きな三毛ねこでした。

ゴーシュの畑からとった半分じゅくしたトマトをさも重そうに持って来てゴーシュの前におろして言いました。

「ああくたびれた。なかなか運ぱんはひどいやな。」

「何だと。」

ゴーシュがききました。

「これおみやです。たべてください。」

三毛ねこが言いました。

ゴーシュはひるからのむしゃくしゃを一ぺんにどなりつけました。

「だれがきさまにトマトなど持ってこいと言った。第一おれがきさまらのもってきたものなど食うか。それからそのトマトだっておれの畑のやつだ。何だ、赤くもならないやつをむしって。いままでもトマトのくきをかじったり、けちらしたりしたのはおまえだろう。行ってしまえ。ねこめ。」

するとねこはかたをまるくして目をすぼめてはいましたが口のあたりでにやにやわらって言いました。

「先生、そうおこりになっちゃ、おからだにさわります。それよりシューマンの*トロメライをひいてごらんなさい。きいてあげますから。」

「生意気なことを言うな。ねこのくせに。」

セロひきはしゃくにさわって、このねこのやつどうしてくれようとしばらく考えました。

「いやごえんりょはありません。どうぞ。わたしはどうも先生の音楽をきかないとねむられないんです。」

「生意気だ。生意気だ。生意気だ。」

ゴーシュはすっかりまっ赤になって、ひるま楽長のしたように足ぶみしてどなりましたが、にわかに気を変えて言いました。

「ではひくよ。」

ゴーシュは何と思ったか扉にかぎをかってまどもみんなしめてしまい、それからセロをとりだしてあかしを消しました。すると外から二十日すぎの月のひかりが室のなかへ半分ほどはいってきました。

「何をひけと。」

「トロメライ、ロマチックシューマン作曲。」

ねこは口をふいてすまして言いました。

「そうか。トロメライというのはこういうのか。」

セロひきは何と思ったか、まずはんけちを引きさいてじぶんの耳のあなへぎっしりつめました。

それからまるであらしのようないきおいで『インドのとらがり』という譜をひきはじめました。

　するとねこはしばらく首をまげて聞いていましたが、いきなりパチパチパチッと目をしたかと思うとぱっと扉の方へ飛びのきました。そしていきなりどんと扉へからだをぶっつけましたが扉はあきませんでした。ねこはさあこれはもう*一世一代の失敗をしたというふうにあわてだして目やひたいからぱちぱち火花を出しました。するとこんどは口のひげからも鼻からも出ましたから、ねこはくすぐったがって、しばらくくしゃみをするような顔をして、それからまたさあこうしてはいられないぞというようにはせあるきだしました。ゴーシュはすっかりおもしろくなって、ますますいきおいよくやり出しました。

「先生もうたくさんです。たくさんですよ。ご生ですからやめてください。これからもう先生の*タクトなんかとりませんから。」

「だまれ。これからとらをつかまえるところだ。」

　ねこはくるしがってはねあがってまわったり、かべにからだをくっつけたりしましたが、かべについたあとはしばらく青くひかるのでした。しまいは、ねこはまるで風車のようにぐるぐるぐるぐるゴーシュをまわりました。

　ゴーシュもすこしぐるぐるして来ましたので、「さあこれでゆるしてやるぞ。」と言いながらようようやめました。

　するとねこもけろりとして、

「先生、こんやのえんそうはどうかしてますね。」

と言いました。

セロひきはまたぐっとしゃくにさわりましたが何気ないふうでまきたばこを一本だして口にくわい、それからマッチを一本とって、

「どうだい。ぐあいをわるくしないかい。したを出してごらん。」

ねこはばかにしたようにとがった長いしたをベロリと出しました。

「ははあ、すこしあれたね。」

セロひきは言いながら、いきなりマッチをしたでシュッとすってじぶんのたばこへつけました。さあねこはおどろいたの何の、したを風車のようにふりまわしながら入り口の扉へ行って頭でどんとぶっつかってはよろよろとして、またもどって来てどんとぶっつかってはよろよろ、またもどって来てまたぶっつかってはよろよろ、にげみちをこさえようとしました。

ゴーシュはしばらくおもしろそうに見ていましたが、

「出してやるよ。もう来るなよ。ばか。」

セロひきは扉をあけてねこが風のようにかやのなかを走って行くのを見てちょっとわらいました。それから、やっとせいせいしたというようにぐっすりねむりました。

次のばんもゴーシュがまた黒いセロの包みをかついで帰ってきました。そして水をごくごくの

むと、そっくりゆうべのとおりぐんぐんセロをひきはじめました。十二時は間もなくすぎ一時もすぎ二時もすぎてもゴーシュはまだやめませんでした。それからもう何時だかもわからず、ひいているかもわからずごうごうやっていますと、だれか屋根うらをこっこっとたたくものがあります。

「ねこ、まだこりないのか。」

ゴーシュがさけびますと、いきなり天じょうのあなからぼろんと音がして一ぴきのはいいろの鳥がおりて来ました。ゆかへとまったのを見るとそれはかっこうでした。

「鳥まで来るなんて。何の用だ。」

ゴーシュが言いました。

「音楽を教わりたいのです。」

かっこう鳥はすまして言いました。

ゴーシュは笑って、

「音楽だと。おまえの歌は、かっこう、かっこうというだけじゃあないか。」

するとかっこうが大へんまじめに、

「ええ、それなんです。けれどもむずかしいですからねえ。」

と言いました。

「むずかしいもんか。おまえたちのはたくさんなくのがひどいだけで、なきようは何でもないじゃないか。」

「ところがそれがひどいんです。たとえばかっこうとこうなくのと、かっこうとこうなくのとでは聞いていてもよほどちがうでしょう。」

「ちがわないね。」

「ではあなたにはわからないんです。わたしらのなかまなら、かっこうと一万言えば一万みんなちがうんです。」

「かってだよ。そんなにわかってるなら何もおれのところへ来なくてもいいではないか。」

「ところがわたしはドレミファを正確にやりたいんです。」

「ドレミファもくそもあるか。」

「ええ、外国へ行く前にぜひ一度いるんです。」

「外国もくそもあるか。」

「先生どうかドレミファを教えてください。わたしはついてうたいますから。」

「うるさいなあ。そら三べんだけひいてやるから、すんだらさっさと帰るんだぞ。」

ゴーシュはセロを取り上げてボロンボロンと糸を合わせてドレミファソラシドとひきました。

するとかっこうは、あわてて羽をばたばたしました。

「ちがいます、ちがいます。そんなんでないんです。」

「うるさいなあ。ではおまえやってごらん。」

「こうですよ。」

かっこうはからだをまえに曲げてしばらくかまえてから、

「かっこう」

と一つなきました。

「何だい。それがドレミファかい。おまえたちには、それではドレミファも第六交響楽も同じなんだな。」

「それはちがいます。」

「どうちがうんだ。」

「むずかしいのは、これをたくさんつづけたのがあるんです。」

「つまりこうだろう。」

セロひきはまたセロをとって、かっこう　かっこう　かっこう　かっこう　かっこうとつづけてひきました。

するとかっこうはたいへんよろこんで、とちゅうからかっこう　かっこう　かっこう　かっこうとついてさけびました。それも、もう一生けん命からだをまげていつまでもさけぶのです。

ゴーシュはとうとう手がいたくなって「こら、いいかげんにしないか。」と言いながらやめま

した。するとかっこうは残念そうに目をつりあげて、まだしばらくないていましたがやっと、

「……かっこう　かくう　かっ　かっ　かっ　かっ　か」

と言ってやめました。

　ゴーシュがすっかりおこってしまって、

「こら、とり、もう用がすんだらかえれ。」

と言いました。

「どうかもういっぺんひいてください。あなたのはいいようだけれどもすこしちがうんです。」

「何だと、おれがきさまに教わってるんではないんだぞ。帰らんか。」

「どうか、たったもう一ぺんおねがいです。どうか。」

　かっこうは頭を何べんもこんこん下げました。

「では、これっきりだよ。」

　ゴーシュは弓をかまえました。かっこうは「くっ」とひとつ息をして
「では、なるべくながくおねがいいたします。」

といってまた一つおじぎをしました。

「いやになっちまうなあ。」

　ゴーシュはにが笑いしながらひきはじめました。するとかっこうは、またまるで本気になって

「かっこう　かっこう　かっこう」

とからだをまげてじつに一生けん命さけびました。ゴーシュははじめはむしゃくしゃしていましたが、いつまでもつづけてひいているうちにふっと何だかこれは鳥の方がほんとうのドレミファにはまっているかなという気がしてきました。どうもひけばひくほどかっこうの方がいいような気がするのでした。

「えい、こんなばかなことしていたらおれは鳥になってしまうんじゃないか。」

とゴーシュはいきなりぴたりとセロをやめました。

　するとかっこうはどしんと頭をたたかれたようにふらふらっとして、それからまたさっきのように
「かっこう　かっこう　かっこう　かっ　かっ　かっ　かっ　かっ」

と言ってやめました。それからうらめしそうにゴーシュを見て
「なぜやめたんですか。ぼくらならどんな意気地ないやつでも、のどから血が出るまではさけぶんですよ。」

と言いました。

「何を生意気な。こんなばかなまねをいつまでしていられるか。もう出て行け。見ろ。夜があけるんじゃないか。」

ゴーシュはまどを指さしました。

東のそらがぼうっと銀いろになって、そこをまっ黒な雲が北の方へどんどん走っています。

「ではお日さまの出るまでどうぞ。もう一ぺん。ちょっとですから。」

かっこうはまた頭を下げました。

「だまれっ。いい気になって。このばか鳥め。出て行かんと、むしって朝飯に食ってしまうぞ。」

ゴーシュはどんとゆかをふみました。

するとかっこうはにわかにびっくりしたように、いきなりまどをめがけて飛び立ちました。そしてガラスにはげしく頭をぶっつけてばたっと下へ落ちました。

「何だ、ガラスへばかだなあ。」

ゴーシュはあわてて立ってまどをあけようとしましたが元来このまどはそんなにいつでもするする開くまどではありませんでした。ゴーシュがまどのわくをしきりにがたがたしているうちに、またかっこうがばっとぶっつかって下へ落ちました。見るとくちばしのつけねからすこし血が出ています。

「いまあけてやるから待っていろったら。」

ゴーシュがやっと二寸ばかりまどをあけたとき、かっこうは起きあがって何が何でもこんどこそというようにじっとまどの向こうの東のそらをみつめて、あらんかぎりの力をこめたふうでぱっと飛びたちました。もちろんこんどは前よりひどくガラスにつきあたって、かっこうは下へ落ちたまましばらく身動きもしませんでした。つかまえてドアから飛ばしてやろうとゴーシュが手を出しましたら、いきなりかっこうは目をひらいて飛びのきました。そしてまたガラスへ飛びつきそうにするのです。ゴーシュは思わず足を上げてまどをばっとけりました。ガラスは二、三まい物すごい音してくだけ、まどはわくのまま外へ落ちました。そのがらんとなったまどのあとを、かっこうが矢のように外へ飛びだしました。そしてもう

どこまでもどこまでもまっすぐに飛んで行って、とうとう見えなくなってしまいました。ゴーシュはしばらくあきれたように外を見ていましたが、そのまままたおれるように室のすみへころがってねむってしまいました。

次のばんもゴーシュは夜中すぎまでセロをひいてつかれて水を一ぱいのんでいますと、また扉をこつこつとたたくものがあります。

今夜は何が来てもゆうべのかっこうのように、はじめからおどかして追いはらってやろうと思ってコップをもったまま待ちかまえておりますと、扉がすこしあいて一ぴきのたぬきの子がはいってきました。ゴーシュはそこでその扉をもう少し広くひらいておいてどんと足をふんで、

「こら、たぬき、おまえはたぬきじるということを知っているかっ。」

とどなりました。するとたぬきの子はぼんやりした顔をしてきちんとゆかへすわったまま、どうもわからないというように首をまげて考えていましたが、しばらくたって

「たぬきじるってぼく知らない。」

と言いました。ゴーシュはその顔を見て思わずふき出そうとしましたが、まだ無理にこわい顔をして、

「では教えてやろう。たぬきじるというのはな、おまえのようなたぬきをな、キャベジや塩とまぜてくたくたとにておれさまの食うようにしたものだ。」

と言いました。するとたぬきの子はまたふしぎそうに、

「だってぼくのお父さんがね、ゴーシュさんはとてもいい人でこわくないから行って習えと言ったよ。」

と言いました。そこでゴーシュもとうとう笑い出してしまいました。

「何を習えと言ったんだ。おれはいそがしいんじゃないか。それにねむいんだよ。」

たぬきの子はにわかにいきおいがついたように一足前へ出ました。

「ぼくは小だいこの係りでねえ。セロへ合わせてもらって来いと言われたんだ。」

「どこにも小だいこがないじゃないか。」

「そら、これ。」

たぬきの子はせなかからぼうきれを二本出しました。

「それでどうするんだ。」

「ではね、『ゆかいな馬車屋』をひいてください。」

「何だ『ゆかいな馬車屋』ってジャズか。」

「ああこの譜だよ。」

たぬきの子はせなかからまた一まいの譜をとり出しました。ゴーシュは手にとってわらい出しました。

「ふう、変な曲だなあ。よし、さあひくぞ。おまえは小だいこをたたくのか。」

ゴーシュはたぬきの子がどうするのかと思って、ちらちらそっちを見ながらひきはじめました。

するとたぬきの子はぼうをもってセロのこま*の下のところを、ひょうしをとってぽんぽんたたきはじめました。それがなかなかうまいので、ひいているうちにゴーシュはこれはおもしろいぞと思いました。

おしまいまでひいてしまうと、たぬきの子はしばらく首をまげて考えました。

それからやっと考えついたというように言いました。

「ゴーシュさんはこの二番目の糸をひくときは、きたいにおくれるねえ。なんだかぼくがつまずくようになるよ。」

ゴーシュははっとしました。たしかにその糸はどんなに手早くひいてもすこしたってからでないと音が出ないような気がゆうべからしていたのでした。

「いや、そうかもしれない。このセロは悪いんだよ。」

とゴーシュはかなしそうに言いました。するとたぬきは気の毒そうにしてまたしばらく考えていましたが、

「どこが悪いんだろうなあ。ではもう一ぺんひいてくれますか。」

「いいともひくよ。」

ゴーシュははじめました。たぬきの子はさっきのようにとんとんたたきながら、ときどき頭をまげてセロに耳をつけるようにしました。そしておしまいまで来たときは今夜もまた東がぼうと明るくなっていました。

「あ、夜が明けたぞ。どうもありがとう。」

たぬきの子は大へんあわてて譜やぼうきれをせなかへしょってゴムテープでぱちんととめて、おじぎを二つ三つすると急いで外へ出て行ってしまいました。

ゴーシュはぼんやりしてしばらくゆうべのこわれたガラスからは

いってくる風をすっていましたが、町へ出て行くまでねむって元気をとりもどそうと急いでねどこへもぐりこみました。

次のばんもゴーシュは夜通しセロをひいて明け方近く思わずつかれて楽器をもったままうとうとしていますと、まただれか扉をこつこつとたたくものがあります。それもまるで聞こえるか聞こえないかのくらいでしたが毎ばんのことなのでゴーシュはすぐ聞きつけて「おはいり。」と言いました。すると戸のすきまからはいって来たのは一ぴきの野ねずみでした。そして大へんちいさなこどもをつれてちょろちょろとゴーシュの前へ歩いてきました。そのまた野ねずみのこどもときたら、まるでけしごむのくらいしかないのでゴーシュはおもわずわらいました。すると野ねずみは何をわらわれたろうというようにきょろきょろしながらゴーシュの前に来て、青いくりの実を一つぶ前においてちゃんとおじぎをして言いました。

「先生、この子があんばいがわるくて死にそうでございますが先生お慈悲になおしてやってくださいまし。」

「おれが医者などやれるもんか。」

ゴーシュはすこしむっとして言いました。すると野ねずみのお母さんは下を向いてしばらくだまっていましたが、また思い切ったように言いました。

「先生、それはうそでございます。先生は毎日あんなに上手にみんなの病気をなおしておいでになるではありませんか。」

「何のことだかわからんね。」

「だって先生、先生のおかげで、うさぎさんのおばあさんもなおりましたし、たぬきさんのお父さんもなおりましたし、あんな意地悪のみみずくまでなおしていただいたのに、この子ばかりお助けをいただけないとはあんまり情けないことでございます。」

「おいおい、それは何かの間ちがいだよ。おれはみみずくの病気なんどなおしてやったことはないからな。もっともたぬきの子はゆうべ来て楽隊のまねをして行ったがね。はははん。」

ゴーシュはあきれてその子ねずみを見おろしてわらいました。

すると野ねずみのお母さんは泣きだしてしまいました。

「ああこの子はどうせ病気になるならもっと早くなればよかった。さっきまであれくらいごうごうと鳴らしておいでになったのに、病気になるといっしょにぴたっと音がとまって、もうあとはいくらおねがいしても鳴らしてくださらないなんて。何てふしあわせな子どもだろう。」

ゴーシュはびっくりしてさけびました。

「何だと、ぼくがセロをひけばみみずくやうさぎの病気がなおると。どういうわけだ。それは。」

野ねずみは目をかた手でこすりこすり言いました。

「はい、ここらのものは病気になると、みんな先生のおうちのゆか下にはいってなおすのでございます。」

「するとなおるのか。」

「はい。からだじゅうとても血のまわりがよくなって大へんいい気持ちで、すぐになおる方もあればうちへ帰ってからなおる方もあります。」

「ああそうか。おれのセロの音がごうごうひびくと、それがあんまの代わりになっておまえたちの病気がなおるというのか。よし、わかったよ。やってやろう。」

ゴーシュはちょっとギウギウと糸を合わせて、それからいきなり野ねずみのこどもをつまんでセロのあなから中へ入れてしまいました。

「わたしもいっしょについて行きます。どこの病院でもそうですから。」

おっかさんの野ねずみはきちがいのようになってセロに飛びつきました。

「おまえさんもはいるかね。」

セロひきは、おっかさんの野ねずみをセロのあなからくぐ*してやろうとしましたが顔が半分しかはいりませんでした。

野ねずみはばたばたしながら中のこどもにさけびました。

「おまえそこはいいかい。落ちるときいつも教えるように足をそろえてうまく落ちたかい。」

「いい。うまく落ちた。」

こどものねずみはまるで蚊のような小さな声でセロの底で返事しました。

「だいじょうぶさ。だから泣き声出すなというんだ。」

ゴーシュはおっかさんのねずみを下におろして、それから弓をとって何とかラプソディ*とかいうものをごうごうがあがあひきました。するとおっかさんのねずみはいかにも心配そうにその音のぐあいをきいていましたが、とうとうこらえ切れなくなったふうで、

「もうたくさんです。どうか出してやってください。」

と言いました。

「なあんだ、これでいいのか。」

ゴーシュはセロをまげて、あなのところに手をあてて待っていましたら間もなくこどものねずみが出てきました。ゴーシュは、だまってそれをおろしてやりました。見るとすっかり目をつぶってぶるぶるぶるぶるふるえていました。

「どうだったの。いいかい、気分は。」

こどものねずみはすこしもへんじもしないで、まだしばらく目をつぶったままぶるぶるぶるぶるふるえていましたが、にわかに起きあがって走りだした。

「ああよくなったんだ。ありがとうございます。ありがとうございます。」

おっかさんのねずみもいっしょに走っていましたが、まもなくゴーシュの前に来てしきりにお

じぎをしながら、

「ありがとうございます、ありがとうございます。」

と十ばかり言いました。

　ゴーシュは何がな、かわいそうになって、

「おい、おまえたちはパンはたべるのか。」

とききました。

　すると野ねずみはびっくりしたようにきょろきょろあたりを見まわしてから、

「いえ、もうおパンというものは小麦の粉をこねたりむしたりしてこしらえたもので、ふくふくふくらんでいておいしいものなそうでございますが、そうでなくてもわたしどもはおうちの戸だなへなど参ったこともございませんし、ましてこれくらいお世話になりながらどうしてそれを運びになんど参れましょう。」

と言いました。

「いや、そのことではないんだ。ただたべるのかときいたんだ。ではたべるんだな。ちょっと待てよ。そのはらの悪いこどもへやるからな。」

　ゴーシュはセロをゆかへ置いて戸だなからパンを一つまみむしって野ねずみの前へ置きました。

　野ねずみはもうまるでばかのようになって泣いたり笑ったりおじぎをしたりしてから大じそう

にそれをくわえてこどもをさきに立てて外へ出て行きました。

「ああ。ねずみと話するのもなかなかつかれるぞ。」

ゴーシュはねどこへどっかりたおれて、すぐぐうぐうねむってしまいました。

それから六日目のばんでした。金星音楽団の人たちは町の公会堂のホールのうらにあるひかえ室へみんなぱっと顔をほてらしてめいめい楽器をもって、ぞろぞろホールの舞台から引きあげて来ました。しゅびよく第六交響曲を仕上げたのです。ホールでは、はくしゅの音がまだあらしのように鳴っております。楽長はポケットへ手をつっこんで、はくしゅなんかどうでもいいというように、のそのそみんなの間を歩きまわっていましたが、じつはどうしてうれしさでいっぱいなのでした。みんなはたばこをくわえてマッチをすったり楽器をケースへ入れたりしました。

ホールではまだぱちぱち手が鳴っています。それどころではなく、いよいよそれが高くなって何だかこわいような手がつけられないような音になりました。大きな白いリボンをむねにつけた司会者がはいって来ました。

「アンコールをやっていますが、何かみじかいものでもきかせてやってくださいませんか。」

すると楽長がきっとなって答えました。

「いけませんな。こういう大物のあとへ何を出したってこっちの気のすむようには行くもんでないんです。」

「では楽長さん、出てちょっとあいさつしてください。」

「だめだ。おい、ゴーシュ君、何か出てひいてやってくれ。」

「わたしがですか。」

ゴーシュはあっけにとられました。

「きみだ、きみだ。」

ヴァイオリンの一番の人がいきなり顔をあげて言いました。

「さあ出て行きたまえ。」

楽長が言いました。みんなもセロをむりにゴーシュにもたせて扉をあけると、いきなり舞台へゴーシュをおし出してしまいました。ゴーシュがそのあなのあいたセロをもってじつにこまってしまって舞台へ出ると、みんなはそら見ろというように一そうひどく手をたたきました。わあとさけんだものもあるようでした。

「どこまでひとをばかにするんだ。よし見ていろ。インドのとらがりをひいてやるから。」

ゴーシュはすっかり落ちついて舞台のまん中へ出ました。

それからあのねこの来たときのように、まるでおこった象のようないきおいでとらがりをひきました。ところがちょう衆はしいんとなって一生けん命聞いています。ゴーシュはどんどんひきました。ねこがせつながってぱちぱち火花を出したところもすぎました。扉へからだを何べんも

ぶっつけたところもすぎました。

曲が終わるとゴーシュはもうみんなの方などは見もせず、ちょうどそのねこのようにすばやくセロをもって楽屋へにげこみました。すると楽屋では楽長はじめ仲間がみんな火事にでもあったあとのように目をじっとして、ひっそりとすわりこんでいます。ゴーシュはやぶれかぶれだと思って、みんなの間をさっさとあるいて行って向こうの長いすへどっかりとからだをおろして足を組んですわりました。

するとみんなが一ぺんに顔をこっちへ向けてゴーシュを見ましたが、やはりまじめでべつにわらっているようでもありませんでした。

「こんやは変なばんだなあ。」

ゴーシュは思いました。ところが楽長は立って言いました。

「ゴーシュ君、よかったぞお。あんな曲だけれどもここではみんなかなり本気になって聞いてたぞ。一週間か十日の間にずいぶん仕上げたなあ。十日前とくらべたらまるで赤んぼうと兵隊だ。やろうと思えばいつでもやれたんじゃないか、きみ。」

仲間もみんな立って来て
「よかったぜ。」

とゴーシュに言いました。

「いや、からだがじょうぶだからこんなこともできるよ。ふつうの人なら死んでしまうからな。」

楽長が向こうで言っていました。

そのばんおそくゴーシュは自分のうちへ帰って来ました。

そしてまた水をがぶがぶのみました。それからまどをあけて、いつかかっこうの飛んで行ったと思った遠くのそらをながめながら、

「ああ、かっこう。あのときはすまなかったなあ。おれは、おこったんじゃなかったんだ。」

と言いました。

XIV.

# 銀河鉄道の夜

## 一、午後の授業

「ではみなさんは、そういうふうに川だといわれたり、乳の流れたあとだといわれたりしていたこのぼんやりと白いものがほんとうは何かご承知ですか。」

先生は、黒板につるした大きな黒い星座の図の、上から下へ白くけぶった*銀河帯のようなところを指しながら、みんなに問いをかけました。

カムパネルラが手をあげました。それから四、五人手をあげました。ジョバンニも手をあげようとして、急いでそのままやめました。たしかにあれがみんな星だと、いつか雑誌で読んだのでしたが、このごろはジョバンニはまるで毎日教室でもねむく、本を読むひまも読む本もないので、なんだかどんなこともよくわからないという気持ちがするのでした。

ところが先生は早くもそれを見つけたのでした。

「ジョバンニさん。あなたはわかっているのでしょう。」

ジョバンニは勢いよく立ちあがりましたが、立って見るともうはっきりとそれを答えることができないのでした。ザネリが前の席から振りかえって、ジョバンニを見てくすっと笑いました。ジョバンニはもうどぎまぎしてまっ赤になってしまいました。先生がまた言いました。

「大きな望遠鏡で銀河をよっく調べると、銀河は大体何でしょう。」

やっぱり星だとジョバンニは思いましたが、今度もすぐに答えることができませんでした。

先生はしばらく困ったようすでしたが、目をカムパネルラの方へ向けて、

「ではカムパネルラさん。」

と名指しました。するとあんなに元気に手をあげたカムパネルラが、やはりもじもじ立ち上がったままやはり答えができませんでした。

先生は意外なようにしばらくじっとカムパネルラを見ていましたが、急いで「では。よし。」と言いながら、自分で星図を指しました。

「このぼんやりと白い銀河を大きないい望遠鏡で見ますと、もうたくさんの小さな星に見えるのです。ジョバンニさんそうでしょう。」

ジョバンニはまっ赤になってうなずきました。けれどもいつかジョバンニの目の中にはなみだがいっぱいになりました。そうだぼくは知っていたのだ、もちろんカムパネルラも知っている、それはいつかカムパネルラのお父さんの博士の家でカムパネルラといっしょに読んだ雑誌の

中にあったのだ。それどこでなくカムパネルラは、その雑誌を読むと、すぐお父さんの書斎から巨きな本を持ってきて、ぎんがというところをひろげ、まっ黒な頁いっぱいに白い点々のあるうつくしい写真を二人でいつまでも見たのでした。それをカムパネルラが忘れるはずもなかったのに、すぐに返事をしなかったのは、このごろぼくが、朝にも午後にも仕事がつらく、学校に出てももうみんなともはきはき遊ばず、カムパネルラともあんまり物を言わないようになったので、カムパネルラがそれを知って気の毒がってわざと返事

をしなかったのだ、そう考えるとたまらないほど、自分もカムパネルラもあわれなような気がするのでした。

先生はまた言いました。

「ですから、もしもこの天の川がほんとうに川だと考えるなら、その一つ一つの小さな星はみんなその川のそこの砂や砂利の粒にもあたるわけです。またこれを巨きな乳の流れと考えるなら、もっと天の川とよく似ています。つまりその星はみな、乳の中にまるで細かに浮かんでいる脂油の球にもあたるのです。そんなら何がその川の水にあたるかといいますと、それは真空という光をある速さで伝えるもので、太陽や地球もやっぱりその中に浮かんでいるのです。つまりは私どもも天の川の水の中にすんでいるわけです。そしてその天の川の水の中から四方を見ると、ちょうど水が深いほど青く見えるように、天の川の底の深く遠いところほど星がたくさん集まって見え、したがって白くぼんやり見えるのです。この模型をごらんなさい。」

先生は中にたくさん光る砂の粒の入った大きな両面の凸レンズを指しました。

「天の川の形はちょうどこんななのです。この一々の光る粒がみんな私どもの太陽と同じように自分で光っている星だと考えます。私どもの太陽がこのほぼ中ごろにあって地球がそのすぐ近くにあるとします。みなさんは夜にこのまん中に立ってこのレンズの中を見まわすとしてごらんなさい。こっちの方はレンズが薄いのでわずかの光る粒すなわち星しか見えないのでしょう。こっちやこっちの方はガラスが厚いので、光る粒すなわち星がたくさん見え、その遠いのはぼうっと白く見えるという、これがつまり今日の銀河の説なのです。そんならこのレンズの大きさがどれくらいあるか、またその中のさまざまの星についてはもう時間ですからこの次の理科の時間にお話しします。では今日はその銀河のお祭りなのですからみなさんは外へ出てよく空をごらんなさい。ではここまでです。本やノートをおしまいなさい。」

そして教室中はしばらく机のふたをあけたりしめたり本を重ねたりする音がいっぱいでしたが、まもなくみんなはきちんと立って礼をすると教室を出ました。

## 二、活版所

ジョバンニが学校の門を出るとき、同じ組の七、八人は家へ帰らずカムパネルラをまん中にして校庭の隅の桜の木のところに集まっていました。それは今夜の星祭りに青いあかりをこしらえて川へ流す烏瓜を取りに行く相談らしかったのです。

けれどもジョバンニは手を大きく振って、どしどし学校の門を出てきました。すると町の家々では、今夜の銀河の祭りにいちいの葉の玉をつるしたり、ひのきの枝にあかりをつけたり、いろいろ仕度をしているのでした。

　家へは帰らず、ジョバンニが町を三つ曲がってある大きな活版所に入って、すぐ入り口の計算台にいた、だぶだぶの白いシャツを着た人におじぎをしてジョバンニは靴をぬいで上がりますと、突き当たりの大きな扉をあけました。中にはまだ昼なのに電燈がついてたくさんの輪転器がばたりばたりとまわり、きれで頭をしばったりラムプシェードをかけたりした人たちが、何か歌うように読んだり数えたりしながらたくさん働いておりました。

　ジョバンニはすぐ入り口から三番目の高い卓子に座った人のところへ行っておじぎをしました。その人はしばらく棚をさがしてから、

「これだけ拾って行けるかね。」

と言いながら、一枚の紙切れを渡しました。ジョバンニはその人の卓子の足もとから一つの小さな平たい函をとりだして向こうの電燈のたくさんついた、たてかけてある壁の隅のところへしゃがみ込むと、小さなピンセットでまるであわ粒ぐらいの活字を次から次と拾いはじめました。青い胸あてをした人がジョバンニのうしろを通りながら、

「よう、虫めがね君、おはよう。」

と言いますと、近くの四、五人の人たちが声も立てずこっちも向かずにつめたく笑いました。

　ジョバンニは何べんも目をぬぐいながら活字をだんだん拾いました。

六時がうってしばらくたったころ、ジョバンニは拾った活字をいっぱいに入れた平たい箱をもういちど手にもった紙切れと引き合わせてから、さっきの卓子の人へ持ってきました。その人はだまってそれを受け取ってかすかにうなずきました。

ジョバンニはおじぎをすると扉をあけて、さっきの計算台のところに来ました。するとさっきの白服を着た人がやっぱりだまって小さな銀貨を一つジョバンニに渡しました。ジョバンニはにわかに顔いろがよくなって威勢よくおじぎをすると、台の下に置いたかばんを持っておもてへ飛びだしました。それから元気よく口笛を吹きながらパン屋へ寄って、パンの塊を一つと角砂糖を一袋買いますと、一目散に走りだしました。

## 三、家

ジョバンニが勢いよく帰ってきたのは、ある裏町の小さな家でした。その三つならんだ入り口の一番左側には空き箱に紫いろのケールやアスパラガスが植えてあって、小さな二つの窓には日おおいが下りたままになっていました。

「お母さん。今帰ったよ。具合悪くなかったの。」

ジョバンニは靴をぬぎながら言いました。

「ああ、ジョバンニ、お仕事がひどかったろう。今日は涼しくてね。わたしはずうっと具合がいいよ。」

ジョバンニは玄関を上がって行きますと、ジョバンニのお母さんがすぐ入り口の室に白いきれをかぶって寝んでいたのでした。ジョバンニは窓をあけました。

「お母さん。今日は角砂糖を買ってきたよ。牛乳に入れてあげようと思って。」

「ああ、おまえ先におあがり。あたしはまだほしくないんだから。」

「お母さん。姉さんはいつ帰ったの。」

「ああ三時ころ帰ったよ。みんな*そこらをしてくれてね。」

「お母さんの牛乳は来ていないんだろうか。」

「来なかったろうかねえ。」

「ぼく行って取ってこよう。」

「あああたしはゆっくりでいいんだからおまえ先におあがり、姉さんがね、トマトで何かこしらえてそこへ置いて行ったよ。」

「ではぼく食べよう。」

ジョバンニは窓のところからトマトの皿を取ってパンといっしょにしばらくむしゃむしゃ食べ

ました。

「ねえお母さん。ぼくお父さんはきっと間もなく帰ってくると思うよ。」

「あああたしもそう思う。けれどもおまえはどうしてそう思うの。」

「だって今朝の新聞に今年は北の方の漁は大へんよかったと書いてあったよ。」

「ああだけどねえ、お父さんは漁へ出ていないかもしれない。」

「きっと出ているよ。お父さんが監獄へ入るようなそんな悪いことをしたはずがないんだ。この前お父さんが持ってきて学校へ寄贈した巨きなかにの甲らだのとなかいの角だの、今だってみんな標本室にあるんだ。六年生なんか授業のとき、先生がかわるがわる教室へ持って行くよ。一昨年修学旅行で（以下数文字分空白）

「お父さんはこの次はおまえにらっこの上着を持ってくると言ったねえ。」

「みんながぼくにあうとそれを言うよ。ひやかすように言うんだ。」

「おまえに悪口を言うの。」

「うん、けれどもカムパネルラなんか決して言わない。カムパネルラはみんながそんなことを言うときは気の毒そうにしているよ。」

「あの人はうちのお父さんとはちょうどおまえたちのように小さいときからのお友達だったそうだよ。」

「ああだからお父さんはぼくをつれてカムパネルラの家へもつれて行ったよ。あのころはよかったなあ。ぼくは学校から帰る途中、たびたびカムパネルラの家に寄った。カムパネルラの家にはアルコールラムプで走る汽車があったんだ。レールを七つ組み合わせると円くなってそれに電柱や信号標もついていて信号標のあかりは汽車が通るときだけ青くなるようになっていたんだ。いつかアルコールがなくなったとき石油をつかったら、缶がすっかりすすけたよ。」

「そうかねえ。」

「今も毎朝新聞をまわしに行くよ。けれどもいつでも家中まだしぃんとして

いるからな。」

「早いからねえ。」

「ザウエルという犬がいるよ。しっぽがまるでほうきのようだ。ぼくが行くと鼻を鳴らしてついてくるよ。ずうっと町の角までついてくる。もっとついてくることもあるよ。今夜はみんなで烏瓜のあかりを川へ流しに行くんだって。きっと犬もついて行くよ。」

「そうだ。今晩は銀河のお祭りだねえ。」

「うん。ぼく牛乳を取りながら見てくるよ。」

「ああ行っておいで。川へは入らないでね。」

「ああぼく岸から見るだけなんだ。一時間で行ってくるよ。」

「もっと遊んでおいで。カムパネルラさんと一緒なら心配はないから。」

「ああきっと一緒だよ。お母さん、窓をしめておこうか。」

「ああ、どうか。もう涼しいからね。」

ジョバンニは立って窓をしめ、お皿やパンの袋を片づけると、勢いよく靴をはいて、

「では一時間半で帰ってくるよ。」

と言いながら暗い戸口を出ました。

## 四、ケンタウル祭の夜

ジョバンニは、口笛を吹いているようなさびしい口付きで、ひのきのまっ黒にならんだ町の坂を下りてきたのでした。

坂の下に大きな一つの街燈が、青白く立派に光って立っていました。ジョバンニが、どんどん電燈の方へ下りて行きますと、今までばけもののように、長くぼんやり、うしろへ引いていたジョバンニの影ぼうしは、だんだん濃く黒くはっきりなって、足をあげたり手を振ったり、ジョバンニの横の方へまわって来るのでした。

（ぼくは立派な機関車だ。ここは勾配だから速いぞ。ぼくは今その電燈を通り越す。そうら、今度はぼくの影法師はコムパスだ。あんなにくるっとまわって、前の方へ来た。）

とジョバンニが思いながら、大またにその街燈の下を通り過ぎたとき、いきなり昼間のザネリが、新しいえりのとがったシャツを着て電燈の向こう側の暗い小路から出てきて、ひらっとジョバンニとすれちがいました。

「ザネリ、烏瓜流しに行くの。」ジョバンニがまだそう言ってしまわないうちに、

「ジョバンニ、お父さんから、らっこの上着が来るよ。」

その子が投げつけるようにうしろからさけびました。

ジョバンニは、ばっと胸がつめたくなり、そこら中きぃんと鳴るように思いました。

「何だい。ザネリ。」

とジョバンニは高くさけび返しましたが、もうザネリは向こうのひばの植わった家の中へ入っていました。

「ザネリはどうしてぼくがなんにもしないのにあんなことを言うのだろう。走るときはまるでねずみのようなくせに。ぼくがなんにもしないのにあんなことを言うのはザネリがばかなからだ。」

ジョバンニは、せわしくいろいろのことを考えながら、さまざまのあかりや木の枝で、すっかりきれいに飾られた町を通って行きました。時計屋の店には明るくネオン燈がついて、一秒ごとに石でこさえたふくろうの赤い目が、くるっくるっと動いたり、いろいろな宝石が海のような色をした厚いガラスの盤に載って星のようにゆっくりめぐったり、また向こう側から、銅の人馬がゆっくりこっちへまわってきたりするのでした。そのまん中に円い黒い＊星座早見が青いアスパラガスの葉で飾ってありました。

ジョバンニはわれを忘れて、その星座の図に見入りました。

それは昼学校で見たあの図よりはずうっと小さかったのですが、その日と時間に合わせて盤をまわすと、そのとき出ている空がそのままだ円形の中にめぐってあらわれるようになっており、やはりそのまん中には上から下へかけて銀河がぼうっとけむったような帯になってその下の方では

星座早見

かすかに爆発して湯気でもあげているように見えるのでした。またそのうしろには三本のあしのついた小さな望遠鏡が黄いろに光って立っていましたし、いちばんうしろの壁には空中の星座をふしぎなけものやへびや魚や瓶の形に書いた大きな図がかかっていました。ほんとうにこんなようなさそりだの勇士だの空にぎっしりいるだろうか、ああぼくはその中をどこまでも歩いてみたいと思ってたりしてしばらくぼんやり立っていました。

それからにわかにお母さんの牛乳のことを思いだして、ジョバンニはその店をはなれました。そしてきゅうくつな上着の肩を気にしながら、それでもわざと胸を張って大きく手を振って町を通って行きました。

空気は澄みきって、まるで水のように通りや店の中を流れましたし、街燈はみなまっ青なもみやならの枝で包まれ、電気会社の前の六本のプラタヌスの木などは、中にたくさんの豆電燈がついて、ほんとうにそこらは人魚の都のように見えるのでした。子どもらは、みんな新しい折のついた着物を着て、*星めぐりの口笛を吹いたり、

「*ケンタウルス、露をふらせ。」とさけんで走ったり、青い*マグネシヤの花火を燃やしたりして、たのしそうに遊んでいるのでした。けれどもジョバンニは、いつかまた深く首を垂れて、そこらのにぎやかさとはまるでちがったことを考えながら、牛乳屋の方へ急ぐのでした。

ジョバンニは、いつか町はずれのポプラの木が幾本も幾本も、高く星空に浮かんでいるところ

に来ていました。その牛乳屋の黒い門を入り、牛の匂いのするうすくらい台所の前に立って、ジョバンニは帽子をぬいで「今晩は、」と言いましたら、家の中はしぃんとしてだれもいたようではありませんでした。

「今晩は、ごめんなさい。」

ジョバンニはまっすぐに立ってまたさけびました。するとしばらくたってから、年老った女の人が、どこか具合が悪いようにそろそろと出てきて、何か用かと口の中で言いました。

「あの、今日、牛乳がぼくんとこへ来なかったので、もらいにあがったんです。」

ジョバンニが一生けん命勢いよく言いました。

「今だれもいないでわかりません。あしたにしてください。」

その人は、赤い目の下のとこをこすりながら、ジョバンニを見おろして言いました。

「おっかさんが病気なんですから今晩でないと困るんです。」

「ではもう少したってから来てください。」

その人はもう行ってしまいそうでした。

「そうですか。ではありがとう。」

ジョバンニは、おじぎをして台所から出ました。

十字になった町のかどを、曲がろうとしましたら、向こうの橋へ行く方の雑貨店の前で、黒い影やぼんやり白いシャツが入り乱れて、六、七人の生徒らが、口笛を吹いたり笑ったりして、めいめい烏瓜のあかりを持ってやってくるのを見ました。その笑い声も口笛も、みんな聞きおぼえのあるものでした。ジョバンニの同級の子どもらだったのです。ジョバンニは思わずどきっとして戻ろうとしましたが、思い直して、一そう勢いよくそっちへ歩いて行きました。

「川へ行くの。」ジョバンニが言おうとして、少しのどがつまったように思ったとき、

「ジョバンニ、らっこの上着が来るよ。」

さっきのザネリがまたさけびました。

「ジョバンニ、らっこの上着が来るよ。」

すぐみんなが、続いてさけびました。ジョバンニはまっ赤になって、もう歩いているかもわからず、急いで行きすぎようとしましたら、その中にカムパネルラがいたのです。カムパネルラは気の毒そうに、だまって少し笑って、怒らないだろうかというようにジョバンニの方を見ていました。

ジョバンニは、にげるようにその目を避け、そしてカムパネルラの背の高い形が過ぎて行って間もなく、みんなはてんでに口笛を吹きました。町かどを曲がるとき、振りかえって見ましたら、ザネリがやはり振りかえって見ていました。そしてカムパネルラもまた、高く口笛を吹いて向こうにぼんやり橋の方へ歩いて行ってしまったのでした。ジョバンニは、なんとも言えずさびしく

なって、いきなり走りだしました。すると耳に手をあてて、わああと言いながら片足でぴょんぴょん跳んでいた小さな子どもらは、ジョバンニが面白くかけるのだと思ってわあいとさけびました。まもなくジョバンニは黒い丘の方へ急ぎました。

## 五、天気輪の柱

牧場のうしろはゆるい丘になって、その黒い平らな頂上は、北の大熊星の下に、ぼんやりふだんよりも低くつらなって見えました。

ジョバンニは、もう露の降りかかった小さな林のこみちを、どんどんのぼって行きました。まっくらな草や、いろいろな形に見えるやぶのしげみの間を、その小さなみちが、一すじ白く星あかりに照らし出されてあったのです。草の中には、ぴかぴか青光を出す小さな虫もいて、ある葉は青くすかし出され、ジョバンニは、さっきみんなの持って行った烏瓜のあかりのようだとも思いました。

そのまっ黒な、松やならの林を越えると、にわかにがらんと空がひらけて、天の川がしらしらと南から北へわたっているのが見え、また頂の、*天気輪の柱も見わけられたのでした。つりがねそうか野ぎくかの花が、そこらいちめんに、夢の中からでもかおりだしたというように咲き、鳥が一ぴき、丘の上を鳴き続けながら通って行きました。

ジョバンニは、頂の天気輪の柱の下に来て、どかどかするからだを、つめたい草に投げました。

町のあかりは、暗の中をまるで海の底のお宮の景色のようにともり、子どもらの歌う声や口笛、きれぎれのさけび声もかすかに聞こえてくるのでした。風が遠くで鳴り、丘の草もしずかにそよぎ、ジョバンニの汗でぬれたシャツもつめたく冷やされました。ジョバンニは町のはずれから遠く黒くひろがった野原を見わたしました。

そこから汽車の音が聞こえてきました。その小さな列車の窓は一列小さく赤く見え、その中にはたくさんの旅人が、苹果をむいたり、笑ったり、いろいろなふうにしていると考えますと、ジョバンニは、もう何とも言えずかなしくなって、また目を空にあげました。

ああ、あの白い空の帯がみんな星だというぞ。

ところがいくら見ていても、その空は昼先生の言ったような、がらんとしたつめたいとこだとは思われませんでした。それどころでなく、見れば見るほど、そこは小さな林や牧場やらある野原のように考えられて仕方なかったのです。そしてジョバンニは青い琴*の星が、三つにも四つにもなって、ちらちらまたたき、あしが何べんも出たり引っ込んだりして、とうとうきのこのように長くのびるのを見ました。またすぐ目の下の町までがやっぱりぼんやりしたたくさんの星の集まりか一つの大きなけむりかのように見えるように思いました。

## 六、銀河ステーション

そしてジョバンニはすぐうしろの天気輪の柱がいつかぼんやりした三角標の形になって、しばらく蛍のように、ぺかぺか消えたりともったりしているのを見ました。それはだんだんはっきりして、とうとうりんと動かないようになり、濃い鋼青の空の野原に立ちました。今新しく灼いたばかりの青い鋼の板のような、空の野原に、まっすぐにすきっと立ったのです。

するとどこかで、ふしぎな声が、銀河ステーション、銀河ステーションという声がしたと思うといきなり目の前が、ぱっと明るくなって、まるで億万の蛍いかの火を一ぺんに化石させて、空中に沈めたという具合、またダイアモンド会社で、ねだんがやすくならないために、わざととれないふりをして、かくしておいた金剛石を、だれかがいきなりひっくりかえして、ばらまいたというふうに、目の前がさあっと明るくなって、ジョバンニは、思わず何べんも目をこすってしまいました。

気がついてみると、さっきから、ごとごとごとごと、ジョバンニの乗っている小さな列車が走りつづけていたのでした。ほんとうにジョバンニは、夜の軽便鉄道の、小さな黄いろの電燈のならんだ車室に、窓から外を見ながら座っていたのです。車室の中は、青い天鵞絨を張った腰かけが、まるでがら空きで、向こうのねずみいろのワ*ニスを塗った壁には、真鍮の大きなぼたんが二つ光っているのでした。

すぐ前の席に、ぬれたようにまっ黒な上着を着た背の高い子どもが、窓から頭を出して外を見ているのに気がつきました。そしてその子どもの肩のあたりが、どうも見たことのあるような気がして、そう思うと、もうどうしてもだれだかわかりたくてたまらなくなりました。いきなりこっちも窓から顔を出そうとしたとき、にわかにその子どもが頭を引っ込めて、こっちを見ました。

それはカムパネルラだったのです。

ジョバンニが、カムパネルラ、きみは前からここにいたのと言おうと思ったとき、カムパネルラが、

「みんなはね、ずいぶん走ったけれども遅れてしまったよ。ザネリもね、ずいぶん走ったけれども追いつかなかった。」

と言いました。

ジョバンニは、（そうだ、ぼくたちは今、いっしょにさそって出かけたのだ。）と思いながら、

「どこかで待っていようか。」

と言いました。するとカムパネルラは、

「ザネリはもう帰ったよ。お父さんがむかいにきたんだ。」

カムパネルラは、なぜかそう言いながら、少し顔いろが青ざめて、どこか苦しいというふうでした。するとジョバンニも、なんだかどこかに、何か忘れたものがあるというような、おかしな気持ちがしてだまってしまいました。

ところがカムパネルラは、窓から外をのぞきながら、もうすっかり元気が直って、勢いよく言いました。

「ああしまった。ぼく、水筒を忘れてきた。ス

ケッチ帳も忘れてきた。けれど構わない。もうじき白鳥の停車場だから。ぼく、白鳥を見るなら、ほんとうにすきだ。川の遠くを飛んでいたって、ぼくはきっと見える。」

そして、カムパネルラは、円い板のようになった地図を、しきりにぐるぐるまわして見ていました。まったくその中に、白くあらわされた天の川の左の岸に沿って一条の鉄道線路が、南へ南へとたどって行くのでした。そしてその地図の立派なことは、夜のようにまっ黒な盤の上に、一々の停車場や三角標、泉水や森が、青や橙や緑や、うつくしい光でちりばめられてありました。

ジョバンニはなんだかその地図をどこかで見たように思いました。

「この地図はどこで買ったの。黒曜石でできてるねえ。」

ジョバンニが言いました。

「銀河ステーションで、もらったんだ。君もらわなかったの。」

「ああ、ぼく銀河ステーションを通ったろうか。今ぼくたちのいるとこ、ここだろう。」

ジョバンニは、白鳥と書いてある停車場のしるしの、すぐ北を指しました。

「そうだ。おや、あの河原は月夜だろうか。」

そっちを見ますと、青白く光る銀河の岸に、銀いろの空のすすきが、もうまるでいちめん、風にさらさらさらさら、ゆられて動いて、波を立てているのでした。

「月夜でないよ。銀河だから光るんだよ。」

　ジョバンニは言いながら、まるではね上がりたいくらい愉快になって、足をこつこつ鳴らし、窓から顔を出して、高く高く星めぐりの口笛を吹きながら一生けん命のびあがって、その天の川の水を、見きわめようとしましたが、はじめはどうしてもそれが、はっきりしませんでした。けれどもだんだん気をつけて見ると、そのきれいな水は、ガラスよりも水素よりもすきとおって、ときどき目の加減か、ちらちら紫いろのこまかな波を立てたり、虹のようにぎらっと光ったりしながら、声もなくどんどん流れて行き、野原にはあっちにもこっちにも、燐光の三角標が、うつくしく立っていたのです。遠いものは小さく、近いものは大きく、遠いものは橙や黄いろではっきりし、近いものは青白く少しかすんで、あるいは三角形、あるいは四辺形、あるいは電や鎖の形、さまざまにならんで、野原いっぱい光っているのでした。ジョバンニは、まるでどきどきして、頭をやけに振りました。するとほんとうに、そのきれいな野原中の青や橙や、いろいろかがやく三角標も、てんでに息をつくように、ちらちらゆれたりふるえたりしました。

「ぼくはもう、すっかり天の野原に来た。」

　ジョバンニは言いました。

「それにこの汽車、石炭をたいていないねえ。」

　ジョバンニが左手をつき出して窓から前の方を見ながら言いました。

「アルコールか電気だろう。」

カムパネルラが言いました。

ごとごとごとごと、その小さなきれいな汽車は、空のすすきの風にひるがえる中を、天の川の水や、三角点の青白い微光の中を、どこまでもどこまでもと、走って行くのでした。

「ああ、りんどうの花が咲いている。もうすっかり秋だねえ。」

カムパネルラが、窓の外を指さして言いました。

線路のへりになったみじかい芝草の中に、月長石ででも刻まれたような、すばらしい紫のりんどうの花が咲いていました。

「ぼく、飛び下りて、あいつをとって、また飛び乗ってみせようか。」

ジョバンニは胸をおどらせて言いました。

「もうだめだ。あんなにうしろへ行ってしまったから。」

カムパネルラが、そう言ってしまうかしまわないうち、次のりんどうの花が、いっぱいに光って過ぎて行きました。

と思ったら、もう次から次から、たくさんの黄いろな底をもったりんどうの花のコップが、わくように、雨のように、目の前を通り、三角標の列は、けむるように燃えるように、いよいよ光って立ったのです。

## 七、北十字とプリオシン海岸

「おっかさんは、ぼくをゆるしてくださるだろうか。」

いきなり、カムパネルラが、思い切ったというように、少しどもりながら、急きこんで言いました。

ジョバンニは、（ああ、そうだ、ぼくのおっかさんは、あの遠い一つのちりのように見える橙いろの三角標のあたりにいらっしゃって、今ぼくのことを考えているんだった。）と思いながら、ぼんやりしてだまっていました。

「ぼくはおっかさんが、ほんとうに幸になるなら、どんなことでもする。けれども、いったいどんなことが、おっかさんの一番の幸なんだろう。」

カムパネルラは、なんだか、泣きだしたいのを、一生けん命こらえているようでした。

「きみのおっかさんは、なんにもひどいことないじゃないの。」

ジョバンニはびっくりしてさけびました。

「ぼくわからない。けれども、だれだって、ほんとうにいいことをしたら、一番幸せなんだねえ。だから、おっかさんは、ぼくをゆるしてくださると思う。」

カムパネルラは、なにかほんとうに決心しているように見えました。

にわかに、車の中が、ぱっと白く明るくなりました。見ると、もうじつに、金剛石や草の露やあらゆる立派さをあつめたような、きらびやかな銀河の河どこの上を水は声もなく形もなく流れ、その流れのまん中に、ぼうっと青白く後光の射した一つの島が見えるのでした。その島の平らな頂に、立派な目もさめるような、白い十字架が立って、それはもう凍った北極の雲で*鋳たといったらいいか、すきっとした金いろの*円光をいただいて、しずかに永久に立っているのでした。

「*ハルレヤ、ハルレヤ。」

前からもうしろからも声が起こりました。振りかえって見ると、車室の中の旅人たちは、みなまっすぐに着物のひだを垂れ、黒いバイブルを胸にあてたり、水晶の珠数をかけたり、どの人もつつましく指を組み合わせて、そっちにいのっているのでした。思わず二人もまっすぐに立ちあがりました。カムパネルラの頬は、まるで熟した苹果のあかしのようにうつくしくかがやいて見えました。

そして島と十字架とは、だんだんうしろの方へうつって行きました。

向こう岸も、青白くぼうっと光ってけむり、時々、やっぱりすすきが風にひるがえるらしく、さっとその銀いろがけむって、息でもかけたように見え、また、たくさんのりんどうの花が、草をかくれたり出たりするのは、やさしい*きつね火のように思われました。

それもほんのちょっとの間、川と汽車との間は、すすきの列でさえぎられ、白鳥の島は、二度ばかり、うしろの方に見えましたが、じきもうずうっと遠く小さく、絵のようになってしまい、またすすきがざわざわ鳴って、とうとうすっかり見えなくなってしまいました。ジョバンニのうしろには、いつから乗っていたのか、背の高い、黒いかつぎ*をしたカトリックふうの尼さんが、まん円な緑の瞳を、じっとまっすぐに落として、まだ何かことばか声かが、そっちから伝わってくるのを、つつしんで聞いているというように見えました。旅人たちはしずかに席に戻り、ふたりも胸いっぱいのかなしみに似た新しい気持ちを、何気なくちがった語で、そっと話し合ったのです。

「もうじき白鳥の停車場だねえ。」

「ああ、十一時かっきりには着くんだよ。」

早くも、シグナルの緑のあかりと、ぼんやり白い柱とが、ちらっと窓の外を過ぎ、それから硫黄のほのおのようなくらいぼんやりした転*てつ機の前のあかりが窓の下を通り、汽車はだんだんゆるやかになって、間もなくプラットホームの一列の電燈が、うつくしく規則正しくあらわれ、それがだんだん大きくなってひろがって、二人はちょうど白鳥停車場の、大きな時計の前に来てとまりました。

さわやかな秋の時計の盤面には、青く灼かれたはがねの二本の針が、くっきり十一時を指しました。みんなは、一ぺんに下りて、車室の中はがらんとなってしまいました。

〔二十分停車〕と時計の下に書いてありました。

「ぼくたちも降りてみようか。」

ジョバンニが言いました。

「降りよう。」

二人は一度にはねあがってドアを飛びだして改札口へかけていきました。ところが改札口には、明るい紫がかった電燈が、一つ点いているばかり、だれもいませんでした。そこら中を見ても、駅長や赤帽*らしい人の、影もなかったのです。

二人は、停車場の前の水晶細工のように見えるいちょうの木に囲まれた、小さな広場に出ました。そこから幅の広いみちが、まっすぐに銀河の青光の中へ通っていました。

先に降りた人たちは、もうどこへ行ったか一人も見えませんでした。二人がその白い道を、肩をならべて行きますと、二人の影は、ちょうど四方に窓のある室の中の、二本の柱の影のように、また二つの車輪の輻*のように幾本も幾本も四方へ出るのでした。そして間もなく、あの汽車から見えたきれいな河原に来ました。

カムパネルラは、そのきれいな砂を一つまみ、掌にひろげ、指できしきしさせながら、夢のように言っているのでした。

「この砂はみんな水晶だ。中で小さな火が燃えている。」

「そうだ。」

どこでぼくは、そんなこと習ったろうと思いながら、ジョバンニもぼんやり答えていました。

河原の小石は、みんなすきとおって、たしかに水晶や黄玉や、またくしゃくしゃの*しゅう曲をあらわしたのや、また*稜から霧のような青白い光を出す鋼玉やらでした。ジョバンニは、走ってそのなぎさに行って、水に手をひたしました。けれどもあやしいその銀河の水は、水素よりももっとすきとおっていたのです。それでもたしかに流れていたことは、二人の手首の、水にひたったとこが、少し水銀いろに浮いたように見え、その手首にぶっつかってできた波は、うつくしい燐光をあげて、ちらちらと燃えるように見えたのでもわかりました。

川上の方を見ると、すすきのいっぱいに生えている崖の下に、白い岩が、まるで運動場のように平らに川に沿って出ているのでした。そこに小さな五、六人の人かげが、何か掘り出すか埋めるかしているらしく、立ったりかがんだり、時々なにかの道具が、ピカッと光ったりしました。

「行ってみよう。」

二人は、まるで一度にさけんで、そっちの方へ走りました。その白い岩になったところの入り口に、〔*プリオシン海岸〕という、瀬戸物のつるつるした標札が立って、向こうのなぎさには、ところどころ、細い鉄のらん干も植えられ、木製のきれいなベンチも置いてありました。

「おや、変なものがあるよ。」

カムパネルラが、不思議そうに立ちどまって、岩から黒い細長い先のとがったくるみの実のようなものを拾いました。

「くるみの実だよ。そら、たくさんある。流れてきたんじゃない。岩の中に入ってるんだ。」

「大きいね、このくるみ、倍あるね。こいつは少しもいたんでない。」

「早くあすこへ行ってみよう。きっと何か掘ってるから。」

二人は、ぎざぎざの黒いくるみの実を持ちながら、またさっきの方へ近寄って行きました。左手のなぎさには、波がやさしい稲妻のように燃えて寄せ、右手の崖には、いちめん銀や貝殻でこさえたようなすすきの穂がゆれたのです。

だんだん近づいて見ると、一人の背の高い、ひどい近眼鏡をかけ、長靴をはいた学者らしい人が、手帳に何かせわしそうに書きつけながら、つるはしをふりあげたり、[*]スコープをつかったりしている、三人の助手らしい人たちに夢中でいろいろ指図をしていました。

「そこのその突起を壊さないように。スコープを使いたまえ、スコープを。おっと、も少し遠くから掘って。いけない、いけない。なぜそんな乱暴をするんだ。」

見ると、その白い柔らかな岩の中から、大きな大きな青白いけものの骨が、横に倒れてつぶれたというふうになって、半分以上掘り出されていました。そして気をつけて見ると、そこらには、ひづめの二つある足あとのついた岩が、四角に十ばかり、きれいに切り取られて番号がつけられてありました。

「君たちは参観かね。」

その大学士らしい人が、眼鏡をきらっとさせて、こっちを見て話しかけました。

「くるみがたくさんあったろう。それはまあ、ざっと百二十万年ぐらい前のくるみだよ。ごく新しい方さ。ここは百二十万年前、第三紀のあとのころは海岸でね、この下からは貝がらも出る。今、川の流れているとこに、そっくり塩水が寄せたり引いたりもしていたのだ。このけものかね、これはボスといってね、おいおい、そこつるはしはよしたまえ。ていねいにのみでやってくれたまえ。ボスといってね、今の牛の先祖で、昔はたくさんいたさ。」

「標本にするんですか。」

「いや、証明するに要るんだ。ぼくらからみると、ここは厚い立派な地層で、百二十万年ぐらい前にできたという証拠もいろいろあがるけれども、ぼくらとちがったやつからみてもやっぱりこんな地層に見えるかどうか、あるいは風か水やがらんとした空かに見えやしないかということなのだ。わかったかい。けれども、おいおい。そこもスコープではいけない。そのすぐ下に肋骨が埋もれてるはずじゃないか。」

大学士はあわてて走って行きました。

「もう時間だよ。行こう。」

カムパネルラが地図と腕時計とをくらべながら言いました。

「ああ、ではわたくしどもは失礼いたします。」

ジョバンニは、ていねいに大学士におじぎしました。

「そうですか。いや、さよなら。」

大学士は、また忙しそうに、あちこち歩きまわって監督をはじめました。二人は、その白い岩の上を、一生けん命汽車におくれないように走りました。そしてほんとうに、風のように走れたのです。息も切れずひざもあつくなりませんでした。

こんなにしてかけるなら、もう世界中だってかけれると、ジョバンニは思いました。

そして二人は前のあの河原を通り、改札口の電燈がだんだん大きくなって、間もなく二人は、もとの車室の席に座って、今行ってきた方を窓から見ていました。

## 八、鳥を捕る人

「ここへかけてもようございますか。」

がさがさした、けれども親切そうな、大人の声が、二人のうしろで聞こえました。

それは、茶いろの少しぼろぼろの外とうを着て、白いきれでつつんだ荷物を、二つに分けて肩にかけた、赤ひげの背中のかがんだ人でした。

「ええ、いいんです。」

ジョバンニは、少し肩をすぼめて挨拶しました。その人は、ひげの中でかすかに微笑いながら、荷物をゆっくり網棚にのせました。ジョバンニは、なにか大へんさびしいようなかなしいような気がして、だまって正面の時計を見ていましたら、ずうっと前の方で、ガラスの笛のようなものが鳴りました。汽車はもう、しずかにうごいていたのです。カムパネルラは、車室の天井を、あちこち見ていました。その一つのあかりに黒い甲虫がとまって、その影が大きく天井にうつっていたのです。赤ひげの人は、何かなつかしそうに笑いながら、ジョバンニやカムパネルラのようすを見ていました。汽車はもうだんだん速くなって、すすきと川と、かわるがわる窓の外から光りました。

赤ひげの人が、少しおずおずしながら、二人に聞きました。

「あなた方は、どちらへいらっしゃるんですか。」

「どこまでも行くんです。」

ジョバンニは、少しきまり悪そうに答えました。

「それはいいね。この汽車は、じっさい、どこまでも行きますぜ。」

「あなたはどこへ行くんです。」

カムパネルラが、いきなり、けんかのようにたずねましたので、ジョバンニは、思わず笑いました。すると、向こうの席にいた、とがった帽子をかぶり、大きな鍵を腰に下げた人も、ちらっとこっちを見て笑いましたので、カムパネルラも、つい顔を赤くして笑いだしてしまいました。ところがその人は別に怒ったでもなく、頬をぴくぴくしながら返事しました。

「わっしはすぐそこで降ります。わっしは、鳥をつかまえる商売でね。」

「何鳥ですか。」

「鶴や雁です。さぎも白鳥もです。」

「鶴はたくさんいますか。」

「いますとも、さっきから鳴いてまさあ。聞かなかったのですか。」

「いいえ。」

「今でも聞こえるじゃありませんか。そら、耳をすまして聴いてごらんなさい。」

二人は目をあげ、耳をすましました。ごとごと鳴る汽車のひびきと、すすきの風との間から、ころんころんと水のわくような音が聞こえてくるのでした。

「鶴、どうしてとるんですか。」

「鶴ですか、それともさぎですか。」

「さぎです。」

ジョバンニは、どっちでもいいと思いながら答えました。

「そいつはな、雑作ない。さぎというものは、みんな天の川の砂が*こごって、ぼおっとできるもんですからね、そして始終川へ帰りますからね、川原で待っていて、さぎがみんな、あしをこういうふうにして下りてくるとこを、そいつが地べたへつくかつかないうちに、ぴたっと押さえちまうんです。するともう、さぎは、かたまって安心して死んじまいます。あとはもう、わかり切ってまさあ。押し葉にするだけです。」

「さぎを押し葉にするんですか。標本ですか。」

「標本じゃありません。みんな食べるじゃありませんか。」

「おかしいねえ。」

カムパネルラが首をかしげました。

「おかしいも不審もありませんや。そら。」

その男は立って、網棚から包みをおろして、手早くくるくると解きました。

「さあ、ごらんなさい。今とってきたばかりです。」

「ほんとうにさぎだねえ。」

二人は思わずさけびました。まっ白な、あのさっきの北の十字架のように光るさぎのからだが、十ばかり、少し平べったくなって、黒いあしをちぢめて、浮き彫りのようにならんでいたのです。

「目をつぶってるね。」

カムパネルラは、指でそっと、さぎの三日月形の白いつぶった目にさわりました。頭の上のやりのような白い毛もちゃんとついていました。

「ね、そうでしょう。」

鳥捕りは風呂敷を重ねて、またくるくると包んでひもでくくりました。だれがいったいここらでさぎなんぞ食べるだろうとジョバンニは思いながら聞きました。

「さぎはおいしいんですか。」

「ええ、毎日注文があります。しかし雁の方が、もっと売れます。雁の方がずっと柄がいいし、第一手数がありませんからな。そら。」

鳥捕りは、また別の方の包みを解きました。すると黄と青白とまだらになって、なにかのあかりのように光る雁が、ちょうどさっきのさぎのように、くちばしをそろえて、少し平べったくなって、ならんでいました。

「こっちはすぐ食べられます。どうです、少しおあがりなさい。」

鳥捕りは、黄いろな雁のあしを、軽くひっぱりました。するとそれは、チョコレートででもできているように、すっときれいにはなれました。

「どうです。少し食べてごらんなさい。」

鳥捕りは、それを二つにちぎってわたしました。ジョバンニは、ちょっと食べてみて、(なんだ、やっぱりこいつはお菓子だ。チョコレートよりも、もっとおいしいけれども、こんな雁が飛んでいるもんか。この男は、どこかそこらの野原の菓子屋だ。けれどもぼくは、この人をばかにしながら、この人のお菓子を食べているのは、大へん気の毒だ。)と思いながら、やっぱりぽくぽくそれを食べていました。

「も少しおあがりなさい。」

鳥捕りがまた包みを出しました。ジョバンニは、もっと食べたかったのですけれども、「ええ、ありがとう。」と言って遠慮しましたら、鳥捕りは、今度は向こうの席の、鍵を持った人に出しました。

「いや、商売ものをもらっちゃすみませんな。」

その人は、帽子をとりました。

「いいえ、どういたしまして。どうです、今年の渡り鳥の景気は。」

「いや、すてきなもんですよ。一昨日の第二限ころなんか、なぜ燈台のあかりを、規則以外に間（一字分空白）させるかって、あっちからもこっちからも、電話で故障が来ましたが、なあに、こっちがやるんじゃなくて、渡り鳥どもが、まっ黒にかたまって、あかしの前を通るのですから仕方ありませんや。わたしぁ、べらぼうめ、そんな苦情は、おれのとこへ持って来たって仕方がねえや、ばさばさのマントを着て、あしと口との途方もなく細い大将へやれって、こう言ってやりましたがね、はっは。」

すすきがなくなったために、向こうの野原から、ぱっとあかりが射してきました。

「さぎの方はなぜ手数なんですか。」

カムパネルラは、さっきから、聞こうと思っていたのです。

「それはね、さぎを食べるには、」

鳥捕りは、こっちに向き直りました。

「天の川の水あかりに、十日もつるして置くかね、そうでなけぁ、砂に三、四日うずめなけぁいけないんだ。そうすると、水銀がみんな蒸発して、食べられるようになるよ。」

「こいつは鳥じゃない。ただのお菓子でしょう。」

やっぱりおなじことを考えていたとみえて、カムパネルラが思い切ったというように、たずねました。鳥捕りは、何か大へんあわてたふうで、「そうそう、ここで降りなけぁ。」と言いながら、立って荷物をとったと思うと、もう見えなくなっていました。

「どこへ行ったんだろう。」

二人は顔を見合わせましたら、燈台守りは、にやにや笑って、少しのびあがるようにしながら、二人の横の窓の外をのぞきました。二人もそっちを見ましたら、たった今の鳥捕りが、黄いろと青白の、うつくしい燐光を出す、いちめんの河原はこぐさの上に立って、まじめな顔をして両手をひろげて、じっと空を見ていたのです。

「あすこへ行ってる。ずいぶん奇体だねえ。きっとまた鳥をつかまえるとこだねえ。汽車が走って行かないうちに、早く鳥が降りるといいな。」

と言った途端、がらんとした桔梗いろの空から、さっき見たようなさぎが、まるで雪の降るように、ぎゃあぎゃあさけびながら、いっぱいに舞い降りてきました。するとあの鳥捕りは、すっかり注文通りだというようにほくほくして、両足をかっきり六十度に開いて立って、さぎのちぢめて降りて来る黒いあしを両手で片っ端から押さえて、布の袋の中に入れるのでした。するとさぎは、蛍のように、袋の中でしばらく、青くぺかぺか光ったり消えたりしていましたが、おしまいとうとう、みんなぼんやり白くなって、目をつぶるのでした。ところが、捕まえられる鳥よりは、捕まえられないで無事に天の川の砂の上に降りるものの方が多かったのです。それは見ていると、あしが砂へつくや否や、まるで雪のとけるように、縮まって平べったくなって、間もなく熔鉱炉から出た銅の汁のように、砂や砂利の上にひろがり、しばらくは鳥の形が、砂についているのでしたが、それも二、三度明るくなったり暗くなったりしているうちに、もうすっかりまわりと同じいろになってしまうのでした。

　鳥捕りは二十ぴきばかり、袋に入れてしまうと、急に両手をあげて、兵隊が鉄砲弾にあたって、死ぬときのような形をしました。と思ったら、もうそこに鳥捕りの形はなくなって、かえって、

「ああせいせいした。どうもからだにちょうど合うほど稼いでいるくらい、いいことはありませんな。」

という聞きおぼえのある声が、ジョバンニのとなりにしました。見ると鳥捕りは、もうそこでとってきたさぎを、きちんとそろえて、一つずつ重ね直しているのでした。

「どうしてあすこから、いっぺんにここへ来たんですか。」

　ジョバンニが、なんだかあたりまえでないような、あたりまえのような、おかしな気がして問いました。

「どうしてって、来ようとしたから来たんです。ぜんたいあなた方は、どちらからおいでですか。」

ジョバンニは、すぐ返事しようと思いましたけれども、さあ、ぜんたいどこから来たのか、もうどうしても考えつきませんでした。カムパネルラも、頬をまっ赤にして何か思い出そうとしているのでした。

「ああ、遠くからですね。」

鳥捕りは、わかったというように雑作なくうなずきました。

## 九、ジョバンニの切符

「もうここらは白鳥区のおしまいです。ごらんなさい。あれが名高いアルビレオ*の観測所です。」

窓の外の、まるで花火でいっぱいのような、天の川のまん中に、黒い大きな建物が四棟ばかり立って、その一つの平屋根の上に、目もさめるような、青宝玉と黄玉の大きな二つのすきとおった球が、輪になってしずかにくるくるとまわっていました。黄いろのがだんだん向こうへまわって行って、青い小さいのがこっちへ進んでき、間もなく二つのはじは、重なり合って、きれいな緑いろの両面凸レンズの形をつくり、それもだんだん、まん中がふくらみだして、とうとう青いのは、すっかりトパーズの正面に来ましたので、緑の中心と黄いろな明るい環とができました。それがまただんだん横へ外れて、前のレンズの形を逆に繰り返し、とうとうすっとはなれて、サファイアは向こうへめぐり、黄いろのはこっちへ進み、またちょうどさっきのようなふうになりました。銀河の形もなく音もない水にかこまれて、ほんとうにその黒い測候所がねむっているように、しずかに横たわったのです。

「あれは、水の速さをはかる器械です。水も……。」鳥捕りが言いかけたとき、

「切符を拝見いたします。」

三人の席の横に、赤い帽子をかぶった背の高い車掌が、いつかまっすぐに立っていて言いました。鳥捕りは、だまってかくしから、小さな紙切れを出しました。車掌はちょっと見て、すぐ目をそらして、（あなた方のは？）というように、指を動かしながら、手をジョバンニたちの方へ出しました。

「さあ、」

ジョバンニは困って、もじもじしていましたら、カムパネルラは、わけもないというふうで、小さなねずみいろの切符を出しました。ジョバンニは、すっかりあわててしまって、もしか上着のポケットにでも、入っていたかと思いながら、手を入れてみましたら、何か大きなたたんだ紙切れにあたりました。こんなもの入っていたろうかと思って、急いで出してみましたら、それは

四つに折ったはがきぐらいの大きさの緑いろの紙でした。車掌が手を出しているもんですから何でも構わない、やっちまえと思って渡しましたら、車掌はまっすぐに立ち直ってていねいにそれを開いて見ていました。そして読みながら上着のぼたんやなんかしきりに直したりしていましたし、燈台看守も下からそれを熱心にのぞいていましたから、ジョバンニはたしかにあれは証明書か何かだったと考えて少し胸が熱くなるような気がしました。

「これは三次空間の方からお持ちになったのですか。」

車掌がたずねました。

「何だかわかりません。」

もう大丈夫だと安心しながらジョバンニはそっちを見あげてくつくつ笑いました。

「よろしゅうございます。南十字へ着きますのは、次の第三時ころになります。」

車掌は紙をジョバンニに渡して向こうへ行きました。

カムパネルラは、その紙切れが何だったか待ち兼ねたというように急いでのぞきこみました。ジョバンニもまったく早く見たかったのです。ところがそれはいちめん黒い唐草のような模様の中に、おかしな十ばかりの字を印刷したものでだまって見ていると、何だかその中へ吸い込まれてしまうような気がするのでした。すると鳥捕りが横からちらっとそれを見てあわてたように言いました。

「おや、こいつは大したもんですぜ。こいつはもう、ほんとうの天上へさえ行ける切符だ。天上どこじゃない、どこでも勝手にあるける通行券です。こいつをお持ちになれぁ、なるほど、こんな不完全な幻想第四次の銀河鉄道なんか、どこまでも行けるはずでさあ、あなた方大したもんですね。」

「何だかわかりません。」

ジョバンニが赤くなって答えながらそれをまたたたんでかくしに入れました。そしてきまりが悪いのでカムパネルラと二人、また窓の外をながめていましたが、その鳥捕りの時々大したもんだというようにちらちらこっちを見ているのがぼんやりわかりました。

「もうじき鷲の停車場だよ。」

カムパネルラが向こう岸の、三つならんだ小さな青白い三角標と地図とを見くらべて言いました。

ジョバンニはなんだかわけもわからずに、にわかにとなりの鳥捕りが気の毒でたまらなくなりました。さぎをつかまえてせいせいしたとよろこんだり、白いきれでそれをくるくる包んだり、人の切符をびっくりしたように横目で見てあわててほめだしたり、そんなことを一々考えていると、もうその見ず知らずの鳥捕りのために、ジョバンニの持っているものでも食べるものでもなんでもやってしまいたい、もうこの人のほんとうの幸になるなら自分があの光る天の川の河原に立って百年つづけて立って鳥をとってやってもいいというような気がして、どうしてももうだまっていられなくなりました。ほんとうにあなたのほしいものは一体何ですか、と聞こうとして、それではあんまり出し抜けだから、どうしようかと考えて振りかえって見ましたら、そこにはもうあの鳥捕りがいませんでした。網棚の上には白い荷物も見えなかったのです。また窓の外で足をふんばって空を見上げてさぎをとる支度をしているのかと思って、急いでそっちを見ましたが、外はいちめんのうつくしい砂子と白いすすきの波ばかり、あの鳥捕りの広い背中もとがった帽子も見えませんでした。

「あの人どこへ行ったろう。」

　カムパネルラもぼんやりそう言っていました。

「どこへ行ったろう。一体どこでまたあうのだろう。ぼくはどうしても少しあの人に物を言わなかったろう。」

「ああ、ぼくもそう思っているよ。」

「ぼくはあの人が邪魔なような気がしたんだ。だからぼくは大へんつらい。」

　ジョバンニはこんな変てこな気持ちは、ほんとうにはじめてだし、こんなこと今まで言ったこともないと思いました。

「何だか苹果の匂いがする。ぼく今苹果のこと考えたためだろうか。」

　カムパネルラが不思議そうにあたりを見まわしました。

「ほんとうに苹果の匂いだよ。それから野茨の匂いもする。」

ジョバンニもそこらを見ましたがやっぱりそれは窓からでも入って来るらしいのでした。今秋だから野茨の花の匂いのするはずはないとジョバンニは思いました。

そしたらにわかにそこに、つやつやした黒い髪の六つばかりの男の子が赤いジャケツのぼたんもかけず、ひどくびっくりしたような顔をして、がたがたふるえてはだしで立っていました。となりには黒い洋服をきちんと着た背の高い青年が一ぱいに風に吹かれているけやきの木のような姿勢で、男の子の手をしっかりひいて立っていました。

「あら、ここどこでしょう。まあ、きれいだわ。」

青年のうしろにも一人、十二ばかりの目の茶いろな可愛らしい女の子が黒い外とうを着て青年の腕にすがって不思議そうに窓の外を見ているのでした。

「ああ、ここは*ランカシャイヤだ。いや、*コンネクテカット州だ。いや、ああ、ぼくたちは空へ来たのだ。わたしたちは天へ行くのです。ごらんなさい。あのしるしは天上のしるしです。もうなんにもこわいことありません。わたくしたちは神さまに召されているのです。」

黒服の青年はよろこびにかがやいてその女の子に言いました。けれどもなぜかまた額に深くしわを刻んで、それに大へんつかれているらしく、無理に笑いながら男の子をジョバンニのとなりに座らせました。

それから女の子にやさしくカムパネルラのとなりの席を指さしました。女の子はすなおにそこへ座って、きちんと両手を組み合わせました。

「ぼくおおねえさんのとこへ行くんだよう。」

腰かけたばかりの男の子は顔を変にして燈台看守の向こうの席に座ったばかりの青年に言いました。青年は何とも言えず悲しそうな顔をして、じっとその子の、ちぢれてぬれた頭を見ました。女の子は、いきなり両手を顔にあててしくしく泣いてしまいました。

「お父さんやきくよ、ねえさんはまだいろいろお仕事があるのです。けれどももうすぐあとからいらっしゃいます。それよりも、おっかさんはどんなに永く待っていらっしゃったでしょう。わたしの大事なタダシは今どんな歌を歌っているだろう、雪の降る朝にみんなと手をつないでぐるぐるにわとこのやぶをまわってあそんでいるだろうかと考えたりほんとうに待って心配していらっしゃるんですから、早く行っておっかさんにお目にかかりましょうね。」

「うん、だけどぼく、船に乗らなけぁよかったなあ。」

「ええ、けれど、ごらんなさい、そら、どうです、あの立派な川、ね、あすこはあの夏中、ツインクル、ツインクル、リトル、スター　を歌ってやすむとき、いつも窓からぼんやり白く見えていたでしょう。あすこですよ。ね、きれいでしょう、あんなに光っています。」

泣いていた姉もハンケチで目をふいて外を見ました。青年は教えるようにそっと姉弟にまた言いました。

「わたしたちはもうなんにもかなしいことないのです。わたしたちはこんないいとこを旅して、じき神さまのとこへ行きます。そこならもうほんとうに明るくて匂いがよくて立派な人たちでいっぱいです。そしてわたしたちの代わりにボートへ乗れた人たちは、きっとみんな助けられて、心配して待っているめいめいのお父さんやお母さんや自分のお家へやら行くのです。さあ、もうじきですから元気を出しておもしろく歌って行きましょう。」

青年は男の子のぬれたような黒い髪をなで、みんなをなぐさめながら、自分もだんだん顔いろがかがやいてきました。

「あなた方はどちらからいらっしゃったのですか。どうなすったのですか。」

さっきの燈台看守がやっと少しわかったように青年にたずねました。青年はかすかに笑いました。

「いえ、氷山にぶっつかって船が沈みましてね、わたしたちはこちらのお父さんが急な用で二か月前一足先に本国へお帰りになったのであとから発ったのです。私は大学へ入っていて、家庭教師にやとわれていたのです。ところがちょうど十二日目、今日か昨日のあたりです、船が氷山にぶっつかって一ぺんに傾きもう沈みかけました。月のあかりはどこかぼんやりありましたが、霧が非常に深かったのです。ところがボートは*左舷の方半分はもうだめになっていましたから、とてもみんなは乗り切らないのです。もうそのうちにも船は沈みますし、私は必死となって、どうか小さな人たちを乗せてくださいとさけびました。近くの人たちはすぐみちを開いてそして子どもたちのためにいのってくれました。けれどもそこからボートまでのところにはまだまだ小さな子どもたちや親たちやなんかいて、とても押しのける勇気がなかったのです。それでも私はどうしてもこの方たちをお助けするのが私の義務だと思いましたから前にいる子どもらを押しのけようとしました。けれどもまたそんなにして助けてあげるよりはこのまま神のお前にみんなで行く方がほんとうにこの方たちの幸福だとも思いました。それからまたその神にそむく罪は私一人でしょってぜひとも助けてあげようと思いました。けれどもどうして見ているとそれができないのでした。子どもらばかりボートの中へはなしてやってお母さんが狂気のようにキスを送りお父さんがかなしいのをじっとこらえてまっすぐに立っているなどとてももう腸もちぎれるようでした。そのうち船はもうずんずん沈みますから、私はもうすっかり覚悟してこの人たち二人を抱いて、浮かべるだけは浮かぼうとかたまって船の沈むのを待っていました。だれが投げたかライフ*ブイが一つ飛んできましたけれども滑ってずうっと向こうへ行ってしまいました。私は一生けん命で甲板の格子になったところをはなして、三人それにしっかりとりつきました。どこからともなく（*約二字分空白）番の声があがりました。たちまちみんなはいろいろな国語で一ぺんにそれを歌いました。そのときにわかに大きな音がして私たちは水に落ちました。もう渦に入ったと思いながらしっかりこの人たちをだいて、それからぼうっとしたと思ったら、もうここへ来ていたのです。この方たちのお母さんは一昨年没くなられました。ええボートはきっと助かったにちがいありません、何せよほど熟練な水夫たちが漕いですばやく船からはなれていましたから。」

そこらから小さな嘆息やいのりの声が聞こえ、ジョバンニもカムパネルラも今まで忘れていたいろいろのことをぼんやり思い出して、目が熱くなりました。

（ああ、その大きな海はパシフィック[*]というのではなかったろうか。その氷山の流れる北のはての海で、小さな船に乗って、風や凍りつく潮水や、烈しい寒さとたたかって、だれかが一生けん命はたらいている。ぼくはその人にほんとうに気の毒でそしてすまないような気がする。ぼくはその人の幸のためにいったいどうしたらいいのだろう。）ジョバンニは首を垂れて、すっかりふさぎ込んでしまいました。

「なにが幸せかわからないです。ほんとうにどんなつらいことでもそれがただしいみちを進む中でのできごとなら、とうげの上りも下りもみんなほんとうの幸福に近づく一あしずつですから。」

燈台守りがなぐさめていました。

「ああそうです。ただ一番の幸に至るために、いろいろのかなしみもみんなおぼしめし[*]です。」

青年がいのるようにそう答えました。

そしてあの姉弟はもうつかれてめいめいぐったり席によりかかってねむっていました。さっきのあのはだしだった足にはいつか白い柔らかな靴をはいていたのです。

ごとごとごとごと、汽車はきらびやかな燐光の川の岸を進みました。向こうの方の窓を見ると、野原はまるで幻燈のようでした。百も千もの大小さまざまの三角標、その大きなものの上には赤い点々をうった測量旗も見え、野原のはてはそれらがいちめん、たくさんたくさん集まってぼおっと青白い霧のよう、そこからかまたはもっと向こうからかときどきさまざまの形のぼんやりした狼煙のようなものが、かわるがわるきれいな桔梗いろの空にうちあげられるのでした。じつにそのすきとおったきれいな風は、ばらの匂いでいっぱいでした。

「いかがですか。こういう苹果はおはじめてでしょう。」

向こうの席の燈台看守がいつか黄金と紅でうつくしくいろどられた大きな苹果を落とさないように両手でひざの上にかかえていました。

「おや、どっから来たのですか。立派ですねえ。ここらではこんな苹果ができるのですか。」

青年はほんとうにびっくりしたらしく、燈台看守の両手にかかえられた一もりの苹果を目を細くしたり首をまげたりしながら、われを忘れてながめていました。

「いや、まあおとりください。どうか、まあおとりください。」

青年は一つとってジョバンニたちの方をちょっと見ました。

「さあ、向こうの坊ちゃんがた。いかがですか。おとりください。」

ジョバンニは坊ちゃんと言われたので少ししゃくにさわってだまっていましたが、カムパネルラは「ありがとう、」と言いました。すると青年は自分でとって一つずつふたりに送ってよこしましたので、ジョバンニも立ってありがとうと言いました。

燈台看守はやっと両腕があいたので、今度は自分で一つずつねむっている姉弟のひざにそっと置きました。

「どうもありがとう。どこでできるのですか。こんな立派な苹果は。」

青年はつくづく見ながら言いました。

「この辺ではもちろん農業はいたしますけれども、たいていひとりでにいいものができるような約束になっております。農業だってそんなに骨は折れはしません。たいてい自分の望む種子さえ播けばひとりでにどんどんできます。米だってパシフィック辺のように殻もないし十倍も大きくて匂いもいいのです。けれどもあなたがたのいらっしゃる方なら農業はもうありません。苹果だってお菓子だってかすが少しもありませんから、みんなその人その人によってちがったわずかのいいかおりになって、毛あなからちらけてしまうのです。」

にわかに男の子がぱっちり目をあいて言いました。

「ああぼく今お母さんの夢を見ていたよ。お母さんがね立派な戸棚や本のあるところにいてね、ぼくの方を見て手を出してにこにこにこにこ笑ったよ。ぼくおっかさん。苹果を拾ってきてあげましょうか言ったら目がさめちゃった。ああここさっきの汽車の中だねえ。」

「その苹果がそこにあります。このおじさんにいただいたのですよ。」

青年が言いました。

「ありがとうおじさん。おや、かおるねえさんまだねてるねえ、ぼくおこしてやろう。ねえさん。ごらん、苹果をもらったよ。おきてごらん。」

姉は笑って目をさまし、まぶしそうに両手を目にあててそれから苹果を見ました。男の子はまるでパイを食べるようにもうそれを食べていました。またせっかくむいたそのきれいな皮も、くるくるコルク抜きのような形になって床へ落ちるまでの間にはすうっと、灰いろに光って蒸発してしまうのでした。

二人は苹果を大切にポケットにしまいました。

川下の向こう岸に青く茂った大きな林が見え、その枝には熟してまっ赤に光る円い実がいっぱい、その林のまん中に高い高い三角標が立って、森の中からは*オーケストラベルや*ジロフォンにまじって何ともいえずきれいな音いろが、とけるように浸みるように風につれて流れてくるのでした。

青年はぞくっとしてからだをふるうようにしました。だまってその譜を聞いていると、そこらにいちめん黄いろやうすい緑の明るい野原か敷物かがひろがり、またまっ白なろうのような露が太陽のおもてをかすめて行くように思われました。

「まあ、あの烏。」

カムパネルラのとなりのかおると呼ばれた女の子がさけびました。

「からすでない。みんなかささぎだ。」

カムパネルラがまた何気なくしかるようにさけびましたので、ジョバンニはまた思わず笑い、女の子はきまり悪そうにしました。まったく河原の青白いあかりの上に、黒い鳥がたくさんたくさんいっぱいに列になってとまってじっと川の微光を受けているのでした。

「かささぎですねえ、頭のうしろのとこに毛がぴんと延びてますから。」

青年は*とりなすように言いました。

向こうの青い森の中の三角標はすっかり汽車の正面に来ました。そのとき汽車のずうっとうしろの方からあの聞きなれた（約二字分空白）番の讃美歌のふしが聞こえてきました。よほどの人数に合唱しているらしいのでした。青年はさっと顔いろが青ざめ、立って一ぺんそっちへ行きそうにしましたが、思いかえしてまた座りました。かおる子はハンケチを顔にあててしまいました。ジョバンニまで何だか鼻が変になりました。けれどもいつともなくだれともなくその歌は歌いだされ、だんだんはっきり強くなりました。思わずジョバンニもカムパネルラも一緒に歌いだしたのです。そして青いかんらんの森が見えない天の川の向こうにさめざめと光りながら、だんだんうしろの方へ行ってしまい、そこから流れて来るあやしい楽器の音ももう汽車のひびきや風の音にすりへらされて、ずうっとかすかになりました。

「あ孔雀がいるよ。」

「ええたくさんいたわ。」

女の子がこたえました。

ジョバンニはその小さく小さくなっていまはもう一つの緑いろの貝ぼたんのように見える森の上にさっさっと青白く時々光ってその孔雀がはねをひろげたりとじたりする光の反射を見ました。

「そうだ、孔雀の声だってさっき聞こえた。」

カムパネルラがかおる子に言いました。

「ええ、三十ぴきぐらいはたしかにいたわ。ハープのように聞こえたのはみんな孔雀よ。」

女の子が答えました。ジョバンニはにわかに何ともいえずかなしい気がして思わず、

「カムパネルラ、ここからはねおりて遊んで行こうよ。」

とこわい顔をして言おうとしたくらいでした。

川は二つにわかれました。そのまっくらな島のまん中に高い高いやぐらが一つ組まれて、その上に一人のゆるい服を着て赤い帽子をかぶった男が立っていました。そして両手に赤と青の旗を持って、空を見上げて信号しているのでした。ジョバンニが見ている間その人はしきりに赤い旗を振っていましたが、にわかに赤旗をおろしてうしろにかくすようにし青い旗を高く高くあげて、まるでオーケストラの指揮者のようにはげしく振りました。すると空中にざあっと雨のような音がして何かまっくらなものがいくかたまりもいくかたまりも鉄砲丸のように川の向こうの方へ飛んでいくのでした。ジョバンニは思わず窓からからだを半分出してそっちを見あげました。うつくしいうつくしい桔梗いろのがらんとした空の下を実に何万という小さな鳥どもが幾組も幾組もめいめいせわしくせわしく鳴いて通っていくのでした。

「鳥が飛んでいくな。」

ジョバンニが窓の外で言いました。

「どら、」

カムパネルラも空を見ました。そのときあのやぐらの上のゆるい服の男は、にわかに赤い旗をあげて、狂気のように振り動かしました。するとぴたっと鳥の群れは通らなくなり、それと同時にぴしゃぁんというつぶれたような音が川下の方で起こって、それからしばらくしいんとしました。と思ったら、あの赤帽の信号手がまた青い旗を振ってさけんでいたのです。

「今こそわたれわたり鳥、今こそわたれわたり鳥。」

その声もはっきり聞こえました。それといっしょにまた幾万という鳥の群れが空をまっすぐにかけたのです。二人の顔を出しているまん中の窓からあの女の子が顔を出してうつくしい頬をかがやかせながら空を仰ぎました。

「まあ、この鳥、たくさんですわねえ、あらまあ空のきれいなこと。」

女の子はジョバンニに話しかけましたけれどもジョバンニは生意気ないやだいと思いながらだまって口をむすんで空を見あげていました。女の子は小さくほっと息をしてだまって席へ戻りました。カムパネルラが気の毒そうに窓から顔を引っ込めて地図を見ていました。

「あの人、鳥へ教えてるんでしょうか。」

女の子がそっとカムパネルラにたずねました。

「わたり鳥へ信号してるんです。きっとどこからか狼煙があがるためでしょう。」

カムパネルラが少しおぼつかなそうに答えました。そして車の中はしぃんとなりました。ジョバンニはもう頭を引っ込めたかったのですけれども、明るいとこへ顔を出すのがつらかったので、だまってこらえてそのまま立って口笛を吹いていました。

（どうしてぼくはこんなにかなしいのだろう。ぼくはもっと心持ちをきれいに大きく持たなければいけない。あすこの岸のずうっと向こうにまるでけむりのような小さな青い火が見える。あれはほんとうにしずかでつめたい。ぼくはあれをよく見て心持ちをしずめるんだ。）ジョバンニは熱って痛いあたまを両手で押さえるようにしてそっちの方を見ました。

（ああほんとうにどこまでもどこまでもぼくといっしょに行く人はないだろうか。カムパネルラだってあんな女の子とおもしろそうに話しているしぼくはほんとうにつらいなあ。）ジョバンニの目はまたなみだでいっぱいになり、天の川もまるで遠くへ行ったようにぼんやり白く見えるだけでした。そのとき汽車はだんだん川からはなれて崖の上を通るようになりました。向こう岸もまた黒いいろの崖が川の岸を下流に下るにしたがってだんだん高くなっていくのでした。そしてちらっと大きなとうもろこしの木を見ました。その葉はぐるぐるにちぢれ、葉の下にはもううつくしい緑いろの大きな苞が赤い毛を吐いて真珠のような実もちらっと見えたのでした。それはだんだん数を増して来てもう今は列のように崖と線路との間にならび、思わずジョバンニが窓から顔を引っ込めて向こう側の窓を見ましたときは、うつくしい空の野原の地平線のはてまでその大きなとうもろこしの木がほとんどいちめんに植えられてさやさや風にゆらぎ、その立派なちぢれ

た葉の先からはまるで昼の間にいっぱい日光を吸った金剛石のように露がいっぱいについて赤や緑やきらきら燃えて光っているのでした。カムパネルラが「あれとうもろこしだねえ。」とジョバンニに言いましたけれどもジョバンニはどうしても気持ちがなおりませんでしたから、ただぶっきり棒に野原を見たまま「そうだろう。」と答えました。

そのとき汽車はだんだんしずかになっていくつかのシグナルと転てつ器のあかりを過ぎ小さな停車場にとまりました。

その正面の青白い時計はかっきり第二時を示しその振り子は風もなくなり汽車も動かず、しずかなしずかな野原の中にカチッカチッと正しく時を刻んでいくのでした。

そしてそのころなら汽車は「新世界交響楽」のように鳴りました。車の中ではあの黒服の丈高い青年もだれもみんなやさしい夢を見ているのでした。

（こんなしずかないいとこでぼくはどうしてもっと愉快になれないだろう。どうしてこんなに一人さびしいのだろう。けれどもカムパネルラなんかあんまりひどい、ぼくといっしょに汽車に乗っていながらまるであんな女の子とばかり話しているんだもの。ぼくはほんとうにつらい。）

ジョバンニはまた両手で顔を半分かくすようにして向こうの窓の外を見つめていました。すきとおったガラスのような笛が鳴って汽車はしずかに動きだし、カムパネルラもさびしそうに星めぐりの口笛を吹きました。

「ええ、ええ、もうこの辺はひどい高原ですから。」

うしろの方でだれか年寄りらしい人の今目がさめたというふうで、はきはき話している声がしました。

「とうもろこしだって棒で二尺も孔をあけておいて、そこへ播かないと生えないんです。」

「そうですか。川まではよほどありましょうかねえ、」

「ええええ河までは二千尺から六千尺あります。もうまるでひどい峡谷になっているんです。」

そうそうここはコロラドの高原じゃなかったろうか、ジョバンニは思わずそう思いました。カムパネルラはまださびしそうに一人口笛を吹き、女の子はまるで絹で包んだ苹果のような顔いろをしてジョバンニの見る方を見ているのでした。

突然とうもろこしがなくなって巨きな黒い野原がいっぱいにひらけました。新世界交響楽はいよいよはっきり地平線のはてからわき、そのまっ黒な野原の中を一人のインデアンが白い鳥の羽根を頭につけ、たくさんの石を腕と胸にかざり小さな弓に矢を番えて、一目散に汽車を追って来るのでした。

「あら、インデアンですよ。インデアンですよ。ごらんなさい。」

黒服の青年も目をさましました。

ジョバンニもカムパネルラも立ちあがりました。

「走って来るわ、あら、走って来るわ。追いかけているんでしょう。」

「いいえ、汽車を追ってるんじゃないんですよ。猟をするか踊るかしてるんですよ。」

青年は今どこにいるか忘れたというふうにポケットに手を入れて立ちながら言いました。まったくインデアンは半分は踊っているようでした。第一かけるにしても足のふみようがもっと*経済もとれ本気にもなれそうでした。にわかにくっきり白いその羽根は前の方へ倒れるようになりインデアンはぴたっと立ちどまってすばやく弓を空にひきました。そこから一羽の鶴がふらふらと落ちて来てまた走りだしたインデアンの大きくひろげた両手に落ちこみました。インデアンはうれしそうに立って笑いました。

そしてその鶴を持ってこっちを見ている影ももうどんどん小さく遠くなり電信柱の*碍子がきらっきらっと続いて二つばかり光ってまたとうもろこしの林になってしまいました。こっち側の窓を見ますと汽車はほんとうに高い高い崖の上を走っていて、その谷の底には川がやっぱり幅ひろく明るく流れていたのです。

「ええ、もうこの辺から下りです。何せ今度は一ぺんにあの水面までおりて行くんですから容易じゃありません。この傾斜があるもんですから汽車は決して向こうからこっちへは来ないんです。そら、もうだんだん早くなったでしょう。」

さっきの老人らしい声が言いました。

どんどんどん汽車は降りて行きました。崖のはじに鉄道がかかるときは川が明るく下にのぞけたのです。ジョバンニはだんだん心持ちが明るくなって来ました。汽車が小さな小屋の前を通って、その前にしょんぼり一人の子どもが立ってこっちを見ているときなどは、思わずほうとさけびました。

どんどんどん汽車は走って行きました。室中の人たちは半分うしろの方へ倒れるようになりながら腰かけにしっかりしがみついていました。ジョバンニは思わずカムパネルラと笑いました。もうそして天の川は汽車のすぐ横手を今までよほど激しく流れて来たらしく、ときどきちらちら光って流れているのでした。

うすあかい河原なでしこの花があちこち咲いていました。

汽車はようやく落ち着いたようにゆっくりと走っていました。向こうとこっちの岸に星の形とつるはしを書いた旗が立っていました。

「あれ何の旗だろうね。」

ジョバンニがやっとものを言いました。

「さあ、わからないねえ、地図にもないんだもの。鉄の舟がおいてあるねえ。」

「ああ。」

「橋をかけるとこじゃないんでしょうか。」

女の子が言いました。

「ああれ工兵の旗だねえ。*架橋演習をしてるんだ。けれど兵隊の形が見えないねえ。」

そのとき向こう岸ちかくの少し下流の方で見えない天の川の水がぎらっと光って柱のように高くはねあがり、どぉと烈しい音がしました。

「発破だよ、発破だよ。」

カムパネルラはこおどりしました。

その柱のようになった水は見えなくなり、大きな鮭や鱒がきらっきらっと白く腹を光らせて、空中にほうり出されて円い輪を描いてまた水に落ちました。ジョバンニはもうはねあがりたいくらい気持ちが軽くなって言いました。

「空の工兵大隊だ。どうだ、鱒やなんかがまるでこんなになってはねあげられたねえ。ぼくこんな愉快な旅はしたことない。いいねえ。」

「あの鱒なら近くで見たらこれくらいあるねえ、たくさん魚いるんだな、この水の中に。」

「小さなお魚もいるんでしょうか。」

女の子がはなしにつり込まれて言いました。

「いるんでしょう。大きなのがいるんだから小さいのもいるんでしょう。けれど遠くだから今小さいの見えなかったねえ。」

ジョバンニはもうすっかり機嫌が直って、面白そうに笑って女の子に答えました。

「あれきっと*双子のお星さまのお宮だよ。」

男の子がいきなり窓の外を指してさけびました。

右手の低い丘の上に小さな水晶ででもこさえたような二つのお宮がならんで立っていました。

「双子のお星さまのお宮って何だい。」

「あたし前になんべんもお母さんから聴いたわ。ちゃんと小さな水晶のお宮で二つならんでいるからきっとそうだわ。」

「話してごらん。双子のお星さまが何したっての。」

「ぼくも知ってらい。双子のお星さまが野原へ遊びにでてからすとけんかしたんだろう。」

「そうじゃないわよ。あのね、天の川の岸にね、おっかさんお話しなすったわ、……」

「それから*ほうき星がギーギーフーギーギーフーていって来たねえ。」

「いやだわ、たあちゃんそうじゃないわよ。それはべつの方だわ。」

「するとあすこに今笛を吹いているんだろうか。」

「今海へ行ってらあ。」

「行けないわよ。もう海からあがっていらっしゃったのよ。」

「そうそう。ぼく知ってらあ、ぼくお話しよう。」

川の向こう岸がにわかに赤くなりました。やなぎの木や何かもまっ黒にすかし出され見えない天の川の波もときどきちらちら針のように赤く光りました。まったく向こう岸の野原に大きなまっ赤な火が燃され、その黒いけむりは高く桔梗いろのつめたそうな天をも焦がしそうでした。ルビーよりも赤くすきとおり、リチウムよりもうつくしくよったようになって、その火は燃えているのでした。

「あれは何の火だろう。あんな赤く光る火は何を燃やせばできるんだろう。」

ジョバンニが言いました。

「*さそりの火だな。」

カムパネルラがまた地図と首っ引きして答えました。

「あら、さそりの火のことならあたし知ってるわ。」

「さそりの火って何だい。」

ジョバンニが聞きました。

「さそりがやけて死んだのよ。その火が今でも燃えてるってあたし何べんもお父さんから聴いたわ。」

「さそりって、虫だろう。」

「ええ、さそりは虫よ。だけどいい虫だわ。」

「さそりいい虫じゃないよ。ぼく博物館でアルコールにつけてあるの見た。尾にこんなかぎがあってそれでさされると死ぬって先生が言ったよ。」

「そうよ。だけどいい虫だわ、お父さんこう言ったのよ。むかしのバルドラの野原に一ぴきのさそりがいて小さな虫やなんか殺して食べて生きていたんですって。するとある日いたちに見つかって食べられそうになったんですって。さそりは一生けん命にげてにげたけど、とうとういたちに押さえられそうになったわ、そのときいきなり前に井戸があってその中に落ちてしまったわ、もうどうしてもあがられないでさそりはおぼれはじめたのよ。そのときさそりはこう言っておいのりしたというの、

ああ、わたしは今までいくつのものの命をとったかわからない、そしてそのわたしが今度いたちにとられようとしたときはあんなに一生けん命にげた。それでもとうとうこんなになってしまった。ああなんにもあてにならない。どうしてわたしはわたしのからだをだまっていたちにくれてやらなかったろう。そしたらいたちも一日生きのびたろうに。どうか神さま。わたしの心をごらんください。こんなにむなしく命をすてずどうかこの次にはまことのみんなの幸のためにわたしのからだをおつかいください。

って言ったというの。そしたらいつかさそりは自分のからだがまっ赤なうつくしい火になって燃えてよるのやみを照らしているのを見たって。今でも燃えてるってお父さんおっしゃったわ。ほんとうにあの火それだわ。」

「そうだ。見たまえ。そこらの三角標はちょうどさそりの形にならんでいるよ。」

ジョバンニはまったくその大きな火の向こうに三つの三角標がちょうどさそりの腕のように、こっちに五つの三角標がさそりの尾やかぎのようにならんでいるのを見ました。そしてほんとうにそのまっ赤なうつくしいさそりの火は、音なくあかるくあかるく燃えたのです。

その火がだんだんうしろの方になるにつれてみんなは何とも言えずにぎやかなさまざまの楽の音や草花の匂いのようなもの、口笛や人々のざわざわいう声やらを聞きました。それはもうじきちかくに町か何かがあってそこにお祭りでもあるというような気がするのでした。

「ケンタウル露をふらせ。」

いきなり今までねむっていたジョバンニのとなりの男の子が、向こうの窓を見ながらさけんでいました。

ああそこにはクリスマストリイのようにまっ青な唐檜かもみの木がたってその中にはたくさんのたくさんの豆電燈がまるで千の蛍でも集まったようについていました。

「ああ、そうだ、今夜ケンタウル祭だねえ。」

「ああ、ここはケンタウルの村だよ。」

カムパネルラがすぐ言いました。（以下原稿一枚？なし）

「ボール投げならぼく決してはずさない。」

　男の子が大威張りで言いました。

「もうじきサウザンクロスです。降りる支度をしてください。」

　青年がみんなに言いました。

「ぼくも少し汽車へ乗ってるんだよ。」

　男の子が言いました。カムパネルラのとなりの女の子はそわそわ立って支度をはじめましたけれども、やっぱりジョバンニたちとわかれたくないようなようすでした。

「ここでおりなけぁいけないのです。」

　青年はきちっと口を結んで男の子を見おろしながら言いました。

「いやだい。ぼくもう少し汽車へ乗ってから行くんだい。」

　ジョバンニがこらえかねて言いました。

「ぼくたちと一緒に乗って行こう。ぼくたちどこまでだって行ける切符持ってるんだ。」

「だけどあたしたちもうここで降りなけぁいけないのよ。ここ天上へ行くとこなんだから。」

　女の子がさびしそうに言いました。

「天上へなんか行かなくたっていいじゃないか。ぼくたちここで天上よりももっといいとこをこさえなけぁいけないってぼくの先生が言ったよ。」

「だっておっ母さんも行ってらっしゃるし、それに神さまがおっしゃるんだわ。」

「そんな神さま、うその神さまだい。」

「あなたの神さま、うその神さまよ。」

「そうじゃないよ。」

「あなたの神さまってどんな神さまですか。」

青年は笑いながら言いました。

「ぼくほんとうはよく知りません、けれどもそんなんでなしに、ほんとうのたった一人の神さまです。」

「ほんとうの神さまはもちろんたったひとりです。」

「ああ、そんなんでなしにたった一人のほんとうのほんとうの神さまです。」

「だからそうじゃありませんか。わたくしはあなた方が今にそのほんとうの神さまの前にわたくしたちとお会いになることをいのります。」

青年はつつましく両手を組みました。女の子もちょうどその通りにしました。みんなほんとうに別れが惜しそうで、その顔いろも少し青ざめて見えました。ジョバンニはあぶなく声をあげて泣きだそうとしました。

「さあもう仕度はいいんですか。じきサウザンクロスですから。」

ああそのときでした。見えない天の川のずうっと川下に青や橙やもうあらゆる光でちりばめられた十字架がまるで一本の木という風に川の中から立ってかがやき、その上には青白い雲がまるい環になって後光のようにかかっているのでした。汽車の中がまるでざわざわしました。みんなあの北の十字のときのようにまっすぐに立っておいのりをはじめました。あっちにもこっちにも子どもが瓜に飛びついたときのようなよろこびの声や何ともいいようない深いつつましいためいきの音ばかり聞こえました。そしてだんだん十字架は窓の正面になり、あの苹果の肉のような青白い環の雲もゆるやかにゆるやかにめぐっているのが見えました。

「ハルレヤハルレヤ。」

明るくたのしくみんなの声はひびきみんなはその空の遠くからつめたい空の遠くからすきとおった何ともいえずさわやかなラッパの声を聞きました。そしてたくさんのシグナルや電燈のあかりの中を汽車はだんだんゆるやかになり、とうとう十字架のちょうどま向かいに行ってすっかりとまりました。

「さあ、下りるんですよ。」

青年は男の子の手をひき、だんだん向こうの出口の方へ歩きだしました。

「じゃさよなら。」

女の子が振りかえって二人に言いました。

「さよなら。」

ジョバンニはまるで泣きだしたいのをこらえて怒ったようにぶっきり棒に言いました。女の子はいかにもつらそうに目を大きくしても一度こっちを振りかえって、それからあとはもうだまって出て行ってしまいました。汽車の中はもう半分以上も空いてしまい、にわかにがらんとしてさびしくなり風がいっぱいに吹き込みました。

そして見ていると、みんなはつつましく列を組んであの十字架の前の天の川のなぎさにひざまずいていました。そしてその見えない天の川の水をわたって一人の神々しい白い着

物の人が、手をのばしてこっちへ来るのを二人は見ました。けれどもそのときはもうガラスの呼ぶ子は鳴らされ汽車は動きだしと思ううちに銀いろの霧が川下の方からすうっと流れてきてもうそっちは何も見えなくなりました。ただたくさんのくるみの木が葉をさんさんと光らしてその霧の中に立ち、黄金の円光をもった電気りすが可愛い顔をその中からちらちらのぞいているだけでした。

そのときすうっと霧がはれかかりました。どこかへ行く街道らしく小さな電燈の一列についた通りがありました。それはしばらく線路に沿って進んでいました。そして二人がそのあかしの前を通って行くときはその小さな豆いろの火はちょうど挨拶でもするようにぽかっと消え二人が過ぎて行くときまた点くのでした。

振りかえって見ると、さっきの十字架はすっかり小さくなってしまい、ほんとうにもうそのまま胸にもつるされそうになり、さっきの女の子や青年たちがその前の白いなぎさにまだひざまずいているのかそれともどこか方角もわからないその天上へ行ったのか、ぼんやりして見分けられませんでした。

ジョバンニは、ああと深く息しました。

「カムパネルラ、またぼくたち二人きりになったねえ、どこまでもどこまでも一緒に行こう。ぼくはもうあのさそりのようにほんとうにみんなの幸のためならばぼくのからだなんか百ぺん灼いてもかまわない。」

「うん。ぼくだってそうだ。」

カムパネルラの目にはきれいななみだが浮かんでいました。

「けれどもほんとうの幸はいったい何だろう。」

ジョバンニが言いました。

「ぼくわからない。」

カムパネルラがぼんやり言いました。

「ぼくたちしっかりやろうねえ。」

ジョバンニが胸いっぱい新しい力がわくように、ふうと息をしながら言いました。

「あ、あすこ石炭袋だよ。空の孔だよ。」

カムパネルラが少しそっちを避けるようにしながら天の川の一とこを指さしました。ジョバンニはそっちを見てまるでぎくっとしてしまいました。天の川の一とこに大きなまっくらな孔がどおんとあいているのです。その底がどれほど深いかその奥に何があるかいくら目をこすってのぞいてもなんにも見えず、ただ目がしんしんと痛むのでした。ジョバンニが言いました。

「ぼくもうあんな大きな暗の中だってこわくない。きっとみんなのほんとうの幸をさがしに行く。どこまでもどこまでもぼくたち一緒に進んで行こう。」

「ああきっと行くよ。ああ、あすこの野原はなんてきれいだろう。みんな集まってるねえ。あすこがほんとうの天上なんだ。あっあすこにいるのぼくのお母さんだよ。」

カムパネルラはにわかに窓の遠くに見えるきれいな野原を指してさけびました。

ジョバンニもそっちを見ましたけれども、そこはぼんやり白くけむっているばかりどうしてもカムパネルラが言ったように思われませんでした。何とも言えずさびしい気がしてぼんやりそっちを見ていましたら、向こうの河岸に二本の電信柱がちょうど両方から腕を組んだように赤い腕木をつらねて立っていました。

「カムパネルラ、ぼくたち一緒に行こうねえ。」

ジョバンニがこう言いながら振りかえって見ましたら、その今までカムパネルラの座っていた席にもうカムパネルラの形は見えず、ジョバンニはまるで鉄砲丸のように立ちあがりました。そしてだれにも聞こえないように窓の外へからだを乗り出して、力いっぱいはげしく胸をうってさけび、それからもうのどいっぱい泣きだしました。もうそこらが一ぺんにまっくらになったように思いました。

ジョバンニは目をひらきました。もとの丘の草の中につかれてねむっていたのでした。胸は何だかおかしく熱り、頬にはつめたいなみだが流れていました。

ジョバンニはばねのようにはね起きました。町はすっかりさっきの通りに下でたくさんのあかりをつづってはいましたが、その光はなんだかさっきよりは熟したというふうでした。そしてたった今夢で歩いた天の川もやっぱりさっきの通りに白くぼんやりかかり、まっ黒な南の地平線の上ではことにけむったようになってその右にはさそり座の赤い星がうつくしくきらめき、空ぜんたいの位置はそんなに変わってもいないようでした。

ジョバンニは一さんに丘を走って下りました。まだ夕ごはんを食べないで待っているお母さんのことが胸いっぱいに思いだされたのです。どんどん黒い松の林の中を通ってそれからほの白い牧場の柵をまわってさっきの入り口から暗い牛舎の前へまた来ました。そこにはだれかが今帰ったらしく、さっきなかった一つの車が何かのたるを二つ乗っけて置いてありました。

「今晩は、」

ジョバンニはさけびました。

「はい。」

白い太いずぼんをはいた人がすぐ出てきて立ちました。

「何のご用ですか。」

「今日牛乳がぼくのところへ来なかったのですが。」

「あ、すみませんでした。」

その人はすぐ奥へ行って一本の牛乳瓶を持ってきて、ジョバンニに渡しながらまた言いました。

「ほんとうに、すみませんでした。今日は昼すぎうっかりして、子牛の柵をあけておいたもんですから、大将さっそく親牛のところへ行って半分ばかりのんでしまいましてね……。」

その人は笑いました。

「そうですか。ではいただいて行きます。」

「ええ、どうもすみませんでした。」

「いいえ。」

ジョバンニはまだ熱い乳の瓶を両方のてのひらで包むようにもって牧場の柵を出ました。

そしてしばらく木のある町を通って大通りへ出てまたしばらく行きますと、みちは十文字になってその右手の方、通りのはずれにさっきカムパネルラたちのあかりを流しに行った川へかかった大きな橋のやぐらが夜の空にぼんやり立っていました。

ところがその十字になった町かどや店の前に女たちが七、八人ぐらいずつ集まって橋の方を見ながら何かひそひそ話しているのです。それから橋の上にもいろいろなあかりがいっぱいなのでした。

ジョバンニはなぜかさあっと胸がつめたくなったように思いました。そしていきなり近くの人たちへ、「何かあったんですか。」とさけぶように聞きました。

「子どもが水へ落ちたんですよ。」

一人が言いますとその人たちはいっせいにジョバンニの方を見ました。ジョバンニはまるで夢中で橋の方へ走りました。橋の上は人でいっぱいで河が見えませんでした。白い服を着た巡査も出ていました。

ジョバンニは橋のたもとから飛ぶように下の広い河原へおりました。

その河原の水際に沿ってたくさんのあかりがせわしく上ったり下ったりしていました。向こう岸の暗い土手にも火が七つ八つ動いていました。そのまん中をもう烏瓜のあかりもない川が、わずかに音をたてて灰いろにしずかに流れていたのでした。

河原のいちばん下流の方へ*洲のようになって出たところに人の集まりがくっきりまっ黒に立っていました。ジョバンニはどんどんそっちへ走りました。するとジョバンニはいきなりさっきカムパネルラといっしょだったマルソに会いました。マルソがジョバンニに走り寄ってきました。

「ジョバンニ、カムパネルラが川へ入ったよ。」

「どうして、いつ。」

「ザネリがね、舟の上から烏瓜のあかりを水の流れる方へ押してやろうとしたんだ。そのとき舟

がゆれたもんだから水へ落っこったろう。するとカムパネルラがすぐ飛びこんだんだ。そしてザネリを舟の方へ押してよこした。ザネリはカトウにつかまった。けれどもあとカムパネルラが見えないんだ。」

「みんな探してるんだろう。」

「ああすぐみんな来た。カムパネルラのお父さんも来た。けれども見つからないんだ。ザネリは家へ連れられてった。」

ジョバンニはみんなのいるそっちの方へ行きました。そこに学生たち町の人たちに囲まれて青白いとがったあごをしたカムパネルラのお父さんが黒い服を着てまっすぐに立って、右手に持った時計をじっと見つめていたのです。

みんなもじっと河を見ていました。だれも一言も物をいう人もありませんでした。ジョバンニはわくわくわくわく足がふるえました。魚をとるときのアセチレンランプがたくさんせわしく行ったり来たりして、黒い川の水はちらちら小さな波をたてて流れているのが見えるのでした。

下流の方の川はばい一ぱい銀河が巨きく写って、まるで水のないそのままの空のように見えました。

ジョバンニはそのカムパネルラはもうあの銀河のはずれにしかいないというような気がして仕方なかったのです。

けれどもみんなはまだ、どこかの波の間から、「ぼくずいぶん泳いだぞ。」と言いながらカムパネルラが出てくるか、あるいはカムパネルラがどこかの人の知らない洲にでも着いて立っていて、だれかの来るのを待っているかというような気がして仕方ないらしいのでした。けれどもにわかにカムパネルラのお父さんがきっぱり言いました。

「もう駄目です。落ちてから四十五分たちましたから。」

ジョバンニは思わずかけよって博士の前に立って、ぼくはカムパネルラの行った方を知っています、ぼくはカムパネルラといっしょに歩いていたのですと言おうとしましたが、もうのどがつまって何とも言えませんでした。すると博士はジョバンニが挨拶に来たとでも思ったものですか、しばらくしげしげジョバンニを見ていましたが、

「あなたはジョバンニさんでしたね。どうも今晩はありがとう。」とていねいに言いました。

ジョバンニは何も言えずにただおじぎをしました。

「あなたのお父さんはもう帰っていますか。」

博士は堅く時計をにぎったまま、また聞きました。

ジョバンニはかすかに頭をふりました。

「いいえ。」

「どうしたのかなあ、ぼくには一昨日大へん元気な便りがあったんだが。今日あたりもう着くころなんだが。船が遅れたんだな。ジョバンニさん。あした放課後みなさんと家へ遊びに来てくだ

さいね。」

そう言いながら博士はまた川下の銀河のいっぱいにうつった方へじっと目を送りました。

ジョバンニはもういろいろなことで胸がいっぱいでなんにも言えずに博士の前をはなれて、早くお母さんに牛乳を持って行ってお父さんの帰ることを知らせようと思うと、もう一目散に河原を町の方へ走りました。

## 詩歌（しいか）

雨ニモマケズ
風ニモマケズ
雪ニモ夏ノ暑サニモマケヌ
丈夫ナカラダヲモチ
慾ハナク
決シテ瞋ラズ
イツモシヅカニワラッテヰル
一日ニ玄米四合ト
味噌ト少シノ

XV. 二

## 星めぐりの歌

あかいめだまの　さそり
ひろげた鷲の　つばさ
あおいめだまの　小いぬ
ひかりのへびの　とぐろ
オリオンは高く　うたい
つゆとしもとを　おとす

アンドロメダの　くもは
さかなのくちの　かたち
大ぐまのあしを　きたに
五つのばした　ところ
小熊のひたいの　うえは
そらのめぐりの　めあて

XVI.

一

## 永訣の朝

きょうのうちに
とおくへいってしまうわたくしのいもうとよ
みぞれがふっておもてはへんにあかるいのだ
（*あめゆじゅとてちてけんじゃ）
うすあかくいっそう*陰惨な雲から
みぞれはびちょびちょふってくる
（あめゆじゅとてちてけんじゃ）
青い*蓴菜のもようのついた
これらふたつのかけた陶椀に
おまえがたべるあめゆきをとろうとして
わたくしはまがったてっぽうだまのように
このくらいみぞれのなかに飛びだした
（あめゆじゅとてちてけんじゃ）
*蒼鉛いろの暗い雲から

みぞれはびちょびちょ沈(しず)んでくる
ああとし子(こ)
死(し)ぬといういまごろになって
わたくしをいっしょうあかるくするために
こんなさっぱりした雪(ゆき)のひとわんを
おまえはわたくしにたのんだのだ
ありがとうわたくしのけなげないもうとよ
わたくしもまっすぐにすすんでいくから
　（あめゆじゅとてちてけんじゃ）
はげしいはげしい熱(ねつ)やあえぎのあいだから
おまえはわたくしにたのんだのだ
　銀河(ぎんが)や太陽(たいよう)、気圏(きけん)などとよばれたせかいの
そらからおちた雪(ゆき)のさいごのひとわんを……
…ふたきれのみかげせきざいに

みぞれはさびしくたまっている
わたくしはそのうえにあぶなくたち
雪(ゆき)と水(みず)とのまっしろな*二相系(にそうけい)をたもち
すきとおるつめたい雫(しずく)にみちた
このつややかな松(まつ)のえだから
わたくしのやさしいいもうとの
さいごのたべものをもらっていこう
わたしたちがいっしょにそだってきたあいだ
みなれたちゃわんのこの藍(あい)のもようにも
もうきょうおまえはわかれてしまう
(*Ora Orade Shitori egumo)
ほんとうにきょうおまえはわかれてしまう
あぁあのとざされた病室(びょうしつ)の
くらいびょうぶやかやのなかに

やさしくあおじろく燃えている
わたくしのけなげないもうとよ
この雪はどこをえらぼうにも
あんまりどこもまっしろなのだ
あんなおそろしいみだれたそらから
このうつくしい雪がきたのだ
（うまれで*くるたて
　こんどはこたにわりゃのごとばかりで
　くるしまなあよにうまれてくる）
おまえがたべるこのふたわんのゆきに
わたくしはいまこころからいのる
どうかこれが天上のアイスクリームになって
おまえとみんなとに*聖い資糧をもたらすように
わたくしのすべてのさいわいをかけてねがう

XVII.

# 雨(あめ)ニモマケズ

雨(あめ)ニモマケズ
風(かぜ)ニモマケズ
雪(ゆき)ニモ夏(なつ)ノ暑(あつ)サニモマケヌ
丈夫(じょうぶ)ナカラダヲモチ
欲(よく)ハナク
決(けっ)シテ瞋(いか)ラズ
イツモシズカニワラッテイル

一日ニ玄米四合ト
味噌ト少シノ野菜ヲタベ
アラユルコトヲ
ジブンヲ*カンジョウニ入レズニ
ヨクミキキシワカリ
ソシテワスレズ
野原ノ松ノ林ノ蔭ノ
小サナ萓*ブキノ小屋ニイテ

東ニ病気ノコドモアレバ
行ッテ看病シテヤリ
西ニツカレタ母アレバ
行ッテソノ稲ノ束ヲ負イ
南ニ死ニソウナ人アレバ
行ッテコワガラナクテモイイトイイ
北ニケンカヤソショウガアレバ
ツマラナイカラヤメロトイイ

ヒデリノトキハナミダヲナガシ
サムサノナツハオロオロアルキ
ミンナニ*デクノボートヨバレ
ホメラレモセズ
クニモサレズ
ソウイウモノニ
ワタシハナリタイ

# 注釈

## 【どんぐりと山猫】 007

**とびどぐ**
飛び道具、遠くから相手を打つ武器、弓矢や鉄砲。

**もどってお出やるよ**
もどっていらっしゃいますよ。

**きたいな**
奇体な。風変わりな。ふしぎな。

**ぜんたい**
まったく。

**馬車別当**
馬車の馬の世話をする人。

**じんばおり**
武士がよろいの上に着た、そでなしの上着。

**おおように**
ゆったりと落ち着いて。

**しゅす**
織物のサテンのこと。

**押しっこのえらいひと**
押し合いの強い人。

**めっき**
全部黄金でなく、表面だけに金をかぶせたもの。

## 【注文の多い料理店】 023

**外とう**
防寒などのために服の上に着る外衣。

**下女**
こまごました仕事をする女の人。お手伝いさん。今は使わない言葉。

**みのぼうし**
カヤなどの植物を編んで作ったかぶりもの。

## 【月夜のでんしんばしら】 039

**硫黄**
黄みをおび、火をつけると青い炎をあげて燃える。

**シグナル**
信号機。

**エボレット**
肩章。

**亜鉛**
青みをおびた銀白色の金属。

**しゃっぽ**
つばのある帽子。本書の中でシャッポ、シャップとも表記あり。

**そびやかす**
肩先を、人を威圧するように高く上げる。

**うで木**
一端を柱などに取りつけてつき出した横木。

**工兵隊**
陸軍七兵科の一つで、道路や橋を作ったり、陣地を築いたりする部隊。

**竜騎兵**
近世ヨーロッパで銃を持った兵。

**びっこ**
片足が不自由で、歩くときにつり合いがとれないこと。今は使わない言葉。

**タール**
木炭や石炭から出る黒いネバネバした液体。

**とたん帽**
雨などでさびついたりしないよう亜鉛鉄板（トタン）でカバーしてある帽子。ここでは電信柱の天部。

**などてうで木をおろすべき**
どうしてうで木をおろそうか。いやおろさない。

**いかでおとさん**
どうしておとすだろうか。いやおとさない。

**しゃちほこばる**
いばってみせる。体をこわばらせる。

**サアベル**
西洋風の剣。

**尺**
尺貫法の長さの単位。1尺は約30センチメートル。

**てき弾兵**
手で投げる爆弾を扱う兵士のこと。

**カルクシャイヤ**
スコットランドのセルカークシャー県のことと言われている。

**兵営**
兵士の居住する所。

**勢力不滅の法則**
**熱力学第二則**
物理学の言葉。ここでは自分を偉く見せるために使う。

**火夫**
機関車の汽缶の火をたく人。

**【鹿踊りのはじまり】** 052

**ちぢれた雲**
空に白い小石をばらまいたような雲。

**鹿踊り**
獅子舞いの一種。岩手県や宮城県に伝わる伝統芸能。6〜12人一組で、角のついた鹿のつくりものをかぶり、胸の前の太鼓をたたいて踊る。

**糧**
食糧。

**栃**
ムクロジ科の高木。秋になると栗のような実をつける。

**こいづば鹿さ呉でやべか**
「これはシカにやってしまおうか」の方言。

**うめばちそう**
ニシキギ科の植物。夏から秋にかけて梅の花に似た白い小花をつける。

**口発破**
発破とは爆薬を仕掛けて、岩石などを爆破すること。口発破は食べ物に火薬を入れて、きつねをとる仕かけの一つ。

**なじょだた**
なじょは「どんな」の方言。なじょだたは「どうだった」の方言。

**番兵**
自分の陣地などを見張ったりする任務につく兵士。

**食っつがないが**
「食いつかないか」の方言。

**竿立ち**
前足をあげて、後ろ足で立ち上がること。

**息の音あ為ないがけあな**
「息の音はしなかったようだな」の方言。

**ごまざい**
ガガイモ。

**蝸牛**
ナメクジ。

**おれ歌、うだうはんて**
「おれが歌うから」の方言。

**めっけもの**
たまたま見つけたもの。

**すっこんすっこ**
おいしそうにのどをならして飲食するようす。

**ふんにゃふにゃ**
「ぐにゃぐにゃ」の方言。

**吠えるもさないば　泣ぐもさない**
「吠えもしないし泣きもしない」の方言。

**こんだ団子お食ばがりだじょ**
「今度は団子を食うばかりだぞ」の方言。

**はんぐはぐ**
もぐもぐと食べるようすの方言。

**愛どしおえどし**
「かわいらしい、かわいらしい」の方言。

**はせまわり**
駆け回る。走り回る。

**水脈**
船が通るのに適した深い水路。

**【雪わたり】** 068

**けだし**
思うに。まさしく。

**じょうるり**
三味線をばんそうにして、物語に節をつけて語るもの。

**なにわぶし**
三味線をばんそうとした大衆的な語りもの。

**幻灯会**
写真や絵を大きく幕に映し出して見せる会。

**ふうろう細工の**
手紙やびんを密封するときに、使うろうをとかすときの細工のこと。

**寒水石**
結晶質の石灰岩。白から緑灰色のしまもようがある。

**きぞう**
品物をおくること。

**そねまない**
にくんだり、ねたんだりしない。

**かくし**
ポケット。

**【やまなし】** 089

**クラムボン**
アメンボや、ミズスマシのことと思われる。

**やまなし**
バラ科の落葉高木。秋に2センチメートルくらいの実がなる。

**金剛石**
金属中もっともかたい石という意味で、ダイヤモンドのこと。

## 【よだかの星】 098

**間**
尺貫法の長さの単位。1間は約1・8メートル。

**しんねりと**
ねばるようす。ねっとりといやみそうに。

**口上**
口で言うあいさつのこと。

**大ぐま星**
北の空にほぼ一年中見える星。北斗七星を含む。

**大風に**
いばった様子で。

**ふいご**
金属の加工に使う、火を起こすための送風器。

**りん**
暗いところで青白く光るもの。マッチの材料。

## 【オツベルと象】 110

**いねこき器械**
稲のもみを稲穂からこき落とす器械。

**おっそろしない音**
とても大きな音。

**ふきがら**
たばこ（とくにきざみたばこ）のもえかす。

**やくざな**
やくに立たないということ。

**サンタマリア**
キリスト教の聖母マリアのこと。

**童子**
子どものことではあるが、ここでは仏教的な意味がある。

**ずいぶん目にあっている**
ひどい目に合っている。

**小手をかざして**
手を目の上にあげて、遠くをながめたりするときの動作。

## 【猫の事務所】 126

**官衙**
役所のこと。

**軽便鉄道**
レールの幅が狭く、小型の機関車や車両を用いる鉄道。

**ラシャ**
厚手の毛織物。

**ベーリング地方**
太平洋最北部の地域。

**大略**
だいたいの内容。

**大原簿**
写したものではない、もとの帳簿のこと。

**眼光けいけい**
目がするどく光り輝いている様子。

**骨おしみ**
苦労するのを嫌がること。

**気付け**
失神した者を回復させること。そのための薬。

**押しのめした**
強く押し倒すこと。

**ヤップ島**
太平洋西部、カロリン諸島西部の島。

**水葬**
遺体を海や川、湖に葬る葬儀法。

## 【なめとこ山の熊】 144

**なめとこ山**
岩手県にあった稗貫郡の山々の一つ（作者の呼称）。

**胆**
きものこと。

**すがめ**
片目がつぶれていたり、小さかったりすること。今は使わない言葉。

**けら**
植物を編んで作られた雨具のこと。

**はんばき**
すねあて。

**生蕃**
台湾の先住民の高山族のうち、山地に住み、原始的な生活をしていた人たち。今は使わない言葉。

**こいだり**
歩いて渡ったり。

**胄**
おひつじ座の星。

**唐金**
青銅のこと。

**まんつ、いいます**
「まず、いらないです」の方言。

**きせる**
きざみたばこを吸う道具。

**押しいただく**
礼儀正しく、物を顔の前にささげ持つ。

**おきの**
使用人の名前。

**切りこみ**
しおからのこと。

**きつねけん**
きつねと猟師とだんなのまねをして、じゃんけんのように勝ち負けを決める遊び。

**ふじつき**
藤の枝を地面において、枝と枝の間を別の枝で突く遊び。

**かっきり**
くっきり。

**びっこ**
対であるべきものの数や形がそろわないこと。今は使わない言葉。

**燐光**
青白いかすかな光。

**参の星**
オリオン座の三つ星のこと。

**回々教徒**
イスラム教徒。

**【グスコーブドリの伝記】** 161

**イーハトーブ**
作者が童話の中で描いたドリームランドとしての日本の岩手県のこと。

**消し炭**
まきの火を消し壺などで消して作った炭。

**こぶしの樹もまるで咲かず**
東北地方ではこぶしの花が少ないと、その年は作物が取れないと言われる。

**オリザ**
稲のこと。

**炉**
床を四角にきって、たき火を燃やして、暖をとったり、煮炊きをしたりする所。

**ほだ**
薪として使う木の切れ端。

**なんたらいうことをきかない**
「なんて聞き分けのない」の方言。

**山師張るときめた**
「成功するかどうか分からないが、あえてやってみる」の意味。

**百駄**
馬1頭に積める荷物の重さ。一駄は約120~135キログラム。

**指竿とり**
田に水を張ってかき混ぜるときに馬の口に棒をつけて引き回すこと。

**のるかそるか**
成功するか失敗するか。

**沼ばたけ**
稲の田んぼのこと。

**干ばつ**
ひでり。水がれ。

**まどろこくって**
遅く感じて。

**外輪山**
中央に火口があり、それを取り巻く外側の山。

**火山礫**
火山の噴出物で、大豆大からくるみくらいの溶岩の破片。

**潮汐発電所**
潮の干満によって起こる水位の差を利用して電気を起こす水力発電所。

**厩肥**
家畜の糞尿と藁を混ぜて作った肥料。

**甘藍**
キャベツ。

**測候所**
観測して、天気予報や警報を出す機関。

**大循環**
地球大気の大規模な運動。偏西風や貿易風など。

【風の又三郎】217

**雪袴**
保温や労働に適したはかまの一種。もんぺともいう。

**ちょうはあかぐり**
子どもが意味もなく仲間のあだ名をからかって言う言葉。

**なして泣いでら、うなかもたのが**
「どうして泣いているんだ、お前がいじめたのかい」の方言。

**入ってるづど先生にうんと叱らえるぞ**
「入っていると先生にうんと叱られるぞ」の方言。

**早ぐ出はって来**
「早く出ておいて」の方言。

**われ悪くてでひと撲いだなぁ**
「自分が悪いくせに、おれのことをなぐったな」の方言。

**うなだ**
「お前たち」の方言。うなは「お前」「君」。

**二百十日**
立春から210日めの日のこと。9月1日前後にあたる。稲の開花期のため、台風の災害に注意する時期。

**おがしやづ**
「おかしな奴」の方言。

**そだないでぁ**
「そうじゃないよ」の方言。

**呼ぶ子**
人を呼ぶ合図に吹く笛。

**権現さまの尾っぱ持ち**
権現さまとは、東北地方で獅子舞の頭をいう。獅子舞の後ろを持つ者のこと。

**わぁがない**
「駄目だよ」の方言。

**モリブデン**
銀白色の硬い金属。ステンレス鋼の材料に多く用いられる。

**そだら又三郎も掘るべが**
「それなら又三郎も掘るのかな」の方言。

**うなも残ってらば掃除してすけろ**
「お前も残っているなら掃除を手伝ってくれ」の方言。

**やんたじゃ**
「いやだい」の方言。

**棒かくし**
二組みに分かれて一方が棒をかくし、もう一方が棒をさがす遊び。

**じゃみ上がり**
鉄棒に片足をかけて両手で体を鉄棒にひきつけながら上がるやり方。

**臆せて**
こわがっておどおどして。

**きろきろ**
きょろきょろ。

**木ぺん取てわかんないな**
「鉛筆を取っては駄目だよ」の方言。

**なくしてしまったけなあ**
「なくしてしまったんじゃないか」の方言。

**置いて**
計算して。

**かなとわけ**
ふりがなと言葉の意味。

**唱歌**
歌をうたうこと。歌や曲、または昔の学校の授業の音楽にあたる科目の名前。

**待じでるべが**
「待ってるだろうか」の方言。

**うそこがないもな**
「うそは言わないもの」の方言。

**吹がせだらべも**
「吹かせているだろうさ」の方言。

**春日明神**
春日神社、春日権現ともいう。「明神さんの帯」は神社でお参りする時、鈴を鳴らす綱と一緒に下がっている布のこと。

**戻りに馬こ連れでてけろな**
「帰りには馬を連れて行ってくれ」の方言。

**仕舞がらな、うなだ遊ばならな**
「しまうからな、お前たち遊ぶならな」の方言。

**おらこったなものはずせだど**
「俺はこんなものなんか外せるぞ」の方言。

**出はるのだづじゃい**
「出るんだそうだよ」の方言。

**塩をけろづのだな**
「塩をくれというんだな」の方言。

**見っつけらえでがら**
「見つかるから」の方言。

**かいだり**
食べたり。

**くつわ**
たづなをつけるため馬の口にはめる金具。

**のっこり**
のっそり。

**集って**
まとまって。

**寸**
長さの単位。一寸は約3センチ。

**あべさ（あべ）**
「行こう」の方言。

**むぞやな**
「かわいそうに」の方言。

**わろ**
「子ども」の方言。

**下がったら**
「授業が終わったら」の方言。

**わがないじゃ。うなどさ教えるやないじゃ**
「駄目だよ。お前たち教えちゃ駄目じゃないか」の方言。

**専売局**
たばこ・塩・アルコールなど特定の商品の生産や販売を行った国の機関。

**まゆんだであ**
「つぐなわなくちゃいけないよ」の方言。

**いいと箇条をたてて**
「いいという理由を一つずつ」の方言。

**いたずらばりさな**
「いたずらばかりするじゃないか」の方言。

**転覆**
船などがひっくり返ること。

**あかし**
あかり。

**腹かけ**
職人の仕事着で、腹の部分に大きなポケットがあり、背部には細い共布で十文字にゆわえるようになっている。

**活動写真**
映画。

**生けす**
魚などを生かしておくために水の中に作った囲い。生簀。

**脚絆**
すねに巻きつけるように作ったもめんの布で、旅行や労働・防寒に用いる。

**はさみ無しのひとりまけかち**
グーとパーだけのじゃんけんで、だれか一人だけ違うとその人の勝ちになるというもの。

**鳥こだてが**
「鳥のことかい」の方言。

**【セロひきのゴーシュ】** 296

**セロ**
チェロのこと。

**楽手**
演奏者。

**楽長**
指揮者。

**金ぐつ鍛冶**
馬の蹄鉄を作る人。

**でっち**
店に住み込んで働いている少年。

**光き**
輝くような名誉。誉れ。

**ボックス**
劇場のオーケストラボックスのこと。

**トロメライ**
トロイメライ。シューマンのピアノ曲（子供の情景）の第七曲。

**一世一代**
生きているうちに、ただ一度と言う位大変な。

**タクトをとる**
指揮をする。拍子を取る。

**こま**
チェロの胴元との間に挟んで、弦を支えるもの。

**くぐす**
くぐらせる。

**ラプソディ**
形式に囚われない、派手な器楽曲。

**【銀河鉄道の夜】** 327

**銀河帯**
星が川のように集まった白い光の帯。天の川と呼ばれている。

**活版所**
印刷所。

**輪転器**
高速で大量に印刷できる機械。

**活字**
活版印刷に用いる字型のこと。小さな金属の四角柱の正面に文字が突起しているもの。

**そこらをして**
家の中の掃除や用事をして。

**まわしに行く**
くばりに行く。

**星座早見**
どの星座が、空のどの位置に、何日の何時ごろに見えるかを知るのに用いるもの。

**星めぐり**
作者が作詞作曲した「星めぐりの歌」（418ページ）のこと。

**ケンタウルス**
日本では初夏の南の空に見えるケンタウルス座。ケンタウルスはギリシャ神話に登場する怪物で、上半身が人の姿、下半身が馬の形をしている。

**マグネシヤ**
マグネシウムのこと。

**天気輪の柱**
花崗岩でできた柱の中心をくり抜いて、くるくるまわる鉄の輪をはめ込んだもの（作者の造語）。飢饉で死んだ人々の供養のためのものといわれた。

**琴の星**
琴座。夏の北の空に見える星座。

**三角標**
四角錐の形をした、測量地点の位置を確認するもの。

**ワニス**
家具などのつや出し、湿気を防ぐために使われる塗料。

**白鳥**
白鳥座のこと。秋、北の空の銀河の中に見える星座。

**三角点**
三角測量によって、地球上での位置が定められる点。

**月長石**
半透明で青白い長石の一種。ムーンストーン。

**鋳る**
金属を溶かし、型に注ぎ込み、目的の形にすること。

**円光**
光の輪。後光。

**ハルレヤ**
ハレルヤ。喜びや感謝を表す、キリスト教の言葉。

**きつね火**
真夜中に現れる、不思議な火の玉。

**かつぎ**
婦人が外出するときに、頭に被る布。

**転てつ機**
線路の分かれ目に設けてある装置。ポイント。

**赤帽**
乗客の手荷物を運ぶ人。

**輻**
車輪を支えているたくさんの棒。

**しゅう曲**
波のように曲がった形。

**稜**
かどばって、とがった部分。

**プリオシン海岸**
イギリス海岸を天上に移したもののこと。作者は北上川の西岸をイギリス海岸と呼び、そこから連想された。

**スコープ**
ここではスコップのこと。

**ここって**
かたまって。

**燈台守り**
灯台の番人。

**アルビレオ**
白鳥座のくちばしにあたる星。

**三次空間**
作者の考えた現実の世界。

**南十字**
南十字星。

**幻想第四次**
作者の考えた夢の世界。

**鷲**
鷲座。

**砂子**
砂。

**ランカシャイヤ**
イギリスのランカシャー州。

**コンネクテカット州**
アメリカのコネチカット州。

**左舷**
船尾から船首に向かって左側の船端。

**ライフブイ**
救命用の浮き袋。

**（約二字分空白）番**
賛美歌の番号のことを示している。

**パシフィック**
太平洋のこと。

**おぼしめし**
お考え。

**狼煙**
合図のために上げる煙や火。

**オーケストラベル**
金属製の鐘を管状にして、ピアノの鍵盤の順番と同様に並べて吊るした楽器。

**ジロフォン**
シロフォン。木琴。

**とりなす**
事態が好転するように、うまくとりはからうこと。

**経済もとれ**
無駄をなくすこともできるし。

**碍子**
電線を支えるための器具。

**架橋演習**
橋をかける練習。

**双子のお星さま**
双子座。

**ほうき星**
太陽系の中にあって、太陽に近づくと、ほうきの形に見えるガスとチリの尾をひく星。

**さそりの火**
蠍座の首星。アンタレスのこと。

**石炭袋**
南十字星の近くにある、暗黒星雲。コールサック。

**洲**
海、川、湖などの底に砂や土が積もり、水の上に出ているところ。

**【永訣の朝】** 420

**あめゆじゅとてちてけんじゃ**
「雨雪を取ってきてください」の方言。「雨雪を取ってきて賢治兄さん」の方言とする解釈もあります。

**隠惨**
暗くてむごたらしい。

**蓴菜**
スイレン科の植物で、だ円形の葉を水面に浮かべる。

**蒼鉛いろ**
赤みのある銀白色。作者の造語とする解釈もあります。その場合は銀白色不透明。

**二相系**
二つの形。

**Ora Orade Shitori egumo**
「私は、私で一人で（死んで）行く」の方言。

**うまれでくるたて**
**こんどはこたにわりゃのごとばかりで**
「また人に生まれてくるときは、こんなにじぶんのことばかりで」の方言。

**聖い資糧**
聖なる食べ物。

**【雨ニモマケズ】** 424

**カンジョウニ入レズニ**
お金や物の数を数える中に入れないこと。

**萱ブキ**
ススキやチガヤなどを材料にして家の屋根を仕上げること。

**デクノボー**
役に立たない人のことを悪くいう言葉。

参考文献『定本　宮澤賢治語彙辞典』（筑摩書房）

| 年代 | 宮沢賢治の生涯 | 世の中の動き |
| --- | --- | --- |
| 明治<br>1896年 0歳 | 岩手県稗貫郡里川口村（現・花巻市）に、父・政次郎、母・イチの長男として生まれる。実家は質・古着商。 | 明治三陸津波、陸奥大地震起こる |
| 1898年 2歳 | 妹・トシ生まれる。 | |
| 1903年 7歳 | 花巻川口尋常高等小学校に入学。 | |
| 1904年 8歳 | 弟・清六生まれる。この翌年から童話を好んで読む。 | 日露戦争勃発 |
| 1909年 13歳 | 盛岡中学校に入学し、寄宿舎に入る。このころ、近くの野山での鉱物・植物採集に熱中する。 | |
| 1911年 15歳 | 中学の先輩、石川啄木の『一握の砂』発刊に刺激され、短歌をたくさん詠む。 | 岩手軽便鉄道設立 |
| 大正<br>1914年 18歳 | 盛岡中学校を卒業。 | 第一次世界大戦勃発 |
| 1915年 19歳 | 盛岡高等農林学校（現・岩手大学農学部）に入学、寄宿舎に入る。 | |
| 1916年 20歳 | 農林学校の特待生になる。 | |
| 1917年 21歳 | 同人誌「アザリア」第一号を発行。 | ロシア革命勃発 |
| 1918年 22歳 | 盛岡高等農林学校を卒業。<br>地質学研究のため、研究生として残る。この年から童話の創作を始める。 | 第一次世界大戦終結。米騒動起こる |
| 1919年 23歳 | 郡立農蚕業講習所の講師を委嘱される。 | |
| 1920年 24歳 | 盛岡高等農林学校研究生を修了。 | |
| 1921年 25歳 | 上京し、多くの童話を書く。妹・トシが病気との報せで帰郷する。<br>郡立稗貫農学校（現・県立花巻農業高等学校）の教諭になり、英語や化学の授業を受け持つ。<br>「雪わたり」発表。 | |
| 1922年 26歳 | 妹・トシ死去。大変なショックを受ける。「永訣の朝」執筆（推定）。 | ソビエト社会主義共和国連邦成立 |
| 1923年 27歳 | 「やまなし」発表。 | 関東大震災起こる |

| 年 | 出来事 | 社会 |
|---|---|---|
| 1924年　28歳 | 詩集『春と修羅』を自費出版。「永訣の朝」発表。<br>童話集『注文の多い料理店』を杜陵出版部（現・(株)光原社）・東京光原社より刊行。<br>「どんぐりと山猫」発表。<br>「注文の多い料理店」発表。<br>「月夜のでんしんばしら」発表。<br>「鹿踊りのはじまり」発表。 | |
| 1926年　30歳 | 「オツベルと象」発表。「猫の事務所」発表。<br>花巻農学校を退職。羅須地人協会を設立。東京でエスペラント語、オルガンを習う。「農民芸術概論綱要」を執筆。 | |
| 昭和 | | |
| 1929年　33歳 | このころから体が弱り、病床で過ごすことが多くなる。 | |
| 1930年　34歳 | 病状がやや回復する。 | 世界恐慌起こる |
| 1931年　35歳 | 東北砕石工場技師になり、宣伝販売を受け持つ。上京中に発熱。遺書を書く。 | 昭和恐慌起こる<br>東北地方、冷害により大凶作 |
| 1932年　36歳 | 「グスコーブドリの伝記」発表。 | |
| 1933年　37歳 | 急性肺炎で死去。<br>「よだかの星」（生前未発表作品／執筆推定・1921年頃）。<br>「なめとこ山の熊」（生前未発表作品／執筆推定・1927年頃）。<br>「風の又三郎」（生前未発表作品／執筆推定・1931〜1933年頃）。<br>「セロひきのゴーシュ」（生前未発表作品）。<br>「銀河鉄道の夜」（生前未発表作品／執筆推定・1924〜1933年頃）。<br>「星めぐりの歌」（生前未発表作品）。<br>「雨ニモマケズ」（生前未発表作品／執筆推定・1931年頃）。 | 日本、国際連盟脱退。昭和三陸津波起こる |

## 解説

### どんぐりと山猫　007

山猫から葉書を受け取った一郎は山でどんぐりたちの争いを解決しますが、家に帰るとお礼にもらった黄金のどんぐりは茶色のどんぐりに変わっていました。山猫たちの住む世界も優劣を競う点で一郎の住む日常と変わりません。しかし山猫から葉書が届かなくなった一郎は「出頭すべし」と書いてもいい、と言えばよかったと思います。理にかなった意見をひるがえしてでも葉書を待つ一郎は、山猫たちの住む世界の色鮮やかな異世界に心ひかれたのでしょう。そこには一郎の日常のさみしさも関係していました。馬車の中で一郎は「黄金のどんぐり」を見ます。山猫は「とぼけたかおつきで、遠くを見」ます。この間の沈黙と時間の推移にこのお話の魅力があります。

### 注文の多い料理店　023

人は予期しない事態に直面したとき、目の前で起こっていることを正常なものだと考えがちです。そうした思い込みに欲深さが加わり、二人の紳士は山中の料理店の扉を次々に押し開いて入っていきます。この童話を通して読者は食べる側にある人間が食べられる側になったときの恐怖を想像することになります。生きものの命を粗末にし、自分勝手にふるまう若い紳士たちは、猫の親分に食べられそうになります。紳士たちは泣くばかり。紳士を助けたのは飼い犬でした。しかし一度助けられた紳士たちは懲りることなくおみやげに「山鳥」を買って帰ります。〈猫による罰〉と〈犬による救い〉のあと、彼らの心の姿が顔の形に刻みこまれるお話です。

### 月夜のでんしんばしら　039

「ドッテテドッテテ、ドッテテド」から始まるリズミカルな歌や、「明るくなった、わあい」と結末で子どもが喜ぶ姿など、にぎやかで明るい感じを与えますが、一方で電信柱は軍隊の行進のイメージで表され、疲れた兵士の姿を描きだすことで、不気味でおそろしい暗いものも感じさせます。恭一は、汽車を見、電気を見、電信のことを知ります。恭一が見たものは、恭一が歩く速度を超えていくものばかりです。大正時代には大規模な水力発電が可能となり、日本全国に電気を送る電信柱が立てられました。エネルギー産業は軍隊にも必要でした。有用なはずの電気が、危険なものに変わっていく時代の転換点を、この童話は正確に捉えています。

### 鹿踊りのはじまり　052

「鹿踊りの、ほんとうの精神」とは何でしょう。神の使いとされる鹿のめぐりは〈聖なる空間〉を作り出しています。鹿のめぐりは、太陽の運行をまねた〈再生〉を意味します。鹿たちの独唱は、淋しい色合いを増していきますが、再び「はげしくはげしくまわ」ります。自然とのかかわりを失った人間が、もう一度、自然から大切なものを得たいと思う切なる願いが、鹿の踊りを真似ることにつながり、その願いが鹿踊りの「ほんとうの精神」となったのでしょう。さらに太陽に祈りを捧げる鹿のけいけんな態度に、宗教ほんらいの姿を見、そこに回帰することが大切だと賢治は考えたように思います。鹿たちが姿を消す結末の美しい表現にも注目して下さい。

### 雪わたり　068

　雪がこおって、いつもは歩けないところも歩けるようになる小正月の十五夜の晩、四郎とかん子は狐の幻灯会に招待されます。大人になると、狐も人も嘘をつき、ねたみ、そねむようになるのでしょうか。このお話の狐の子と人の子は、相手を信じ、寄りそおうとする感情をもっています。結末で狐の子が流す「キラキラ」した涙は、人に信用されないことを残念に思っていた狐が、自分たちの団子を食べてくれた喜びを示すものですが、それは子どもの心の美しさを表すものでもありました。子どもは半人前で、経験を積んで大人になるという発想は本作にはありません。幻灯会は子どもが子どもであること、相手を信じ、思いやることの大切さを確認する場でした。

### やまなし 089

この愛すべきお話は、造語や色彩語に注目し、「五月」「十二月」の対比的構成に着目するのがよいでしょう。かわせみの飛来とやまなしの落下の比較から、死と生、不安と平安、喪失と成熟といった意味が読みとれます。「五月」「十二月」の各場面は、〈兄弟の会話〉→〈侵入者〉→〈父の助言〉→〈流れる存在〉の構成をとります。〈侵入者〉は〈兄弟の会話〉を断ち切るように登場します。子蟹に不満は残りますが、代わりに出来事の真相を知ることから免れます。子蟹はいわば〈無垢〉のまま残されるわけです。父蟹が樺の花ややまなしに感嘆するのは、なぜ魚が消えたかを理解し、自分たちもまた他の生き物を食べていることを知っているからでしょう。

### よだかの星 098

哲学者の梅原猛さんは「近代日本文学が生みえたもっとも美しい、もっとも深い、もっとも高い精神の表現」だと、この童話を評します。よだかは、生まれつきの姿や名前を蔑む周りの〈暴力〉と、生きていくために他の命を食べる自身の〈暴力〉を重ね、そうした状況から離れようとします。よだかは、飛翔と落下を繰り返し、最後は他力に頼らず、自力で天をめざします。語り手は、結末部のよだかの心中は語りません。しかし最後に「今でもまだ燃えています」と結び、物語世界と私たちの時間をつなぎます。今も輝き続けるよだかの星は、永遠の生命の証です。飛翔するよだかの強烈なイメージは、われわれの生をより高いところへ導いてくれるように思います。

### オツベルと象 110

オツベルからひどい目に合わされた白象が仲間に救い出されるお話です。大正末期の社会状況は賢治に労働問題への関心を抱かせました。オツベルは結末で象の一団に押しつぶされます。過酷な労働を強いる者は罰を受けるのですが、白象は救出されたあと「さびしくわらって」仲間に礼を言います。このさびしい笑いに、プロレタリア文学（働く人の立場から書かれた文学）とは一線を画す賢治の思いが込められています。オツベルの死を通してきびしい社会の現実を知り、そうした社会と無縁でいられなくなった白象は、これ以降、デクノボー的な自己犠牲の道を選びとっていくのではないでしょうか。無垢な白象が聖なる白象へと生まれ変わる仏教的なお話を賢治は描きたかったのかもしれません。

## 猫の事務所　126

同じ雑誌に同時期に発表された「オツベルと象」とともに、大正期後半、きびしさを増した社会状況や労働環境、人と人の関係のむずかしさなど賢治流に描いた童話です。猫たちが主人公として登場しますが、人間の社会のお話と考えてよいでしょう。弱いものをいじめ、泣いているものを無視する猫の事務所は、獅子のひと言で廃止されます。いじめが平気で行われる社会を改めるために登場するのが、獅子です。しかし、この童話の大事なところは結末の「ぼくは半分獅子に同感です」と語る「半分」の意味を考える点にあります。事務所を廃止しただけでは、問題は解決しません。賢治は、人間の心を変えることが大事だと考えたのでしょう。

## なめとこ山の熊　144

昭和のはじめに書かれたこのお話は、家族を養うために仕方なく熊をとってきた猟師の小十郎が、熊との出会いを通して熊殺しを仕方ないと考えてきた思いを改めていく童話です。小十郎は、母熊が子熊に正しいことを教える、愛にあふれた場面や、約束を守ってみずから命を投げ出す熊の態度を見て、自分の家族のために熊の命を奪ってきたことが、当たり前ではなかったことに気づいていくのです。人間の都合で殺されてよい生きものはないでしょう。このようなことに気づいたのち、小十郎は、結末で生きものの命をうばってきた苦悩から解放されます。母子熊のエピソードと対象される荒物屋のエピソードがもつ意味についても考えてみてください。

## グスコーブドリの伝記　161

この童話では、文学の中の科学が大事なものとして捉えられています。ブドリにとっては森の自然に抱かれ、家族とともに暮らした子ども時代がもっとも幸福な時代でした。その幸福を奪ったのは天候不順がもたらした冷害でした。子どもに食べ物を残すため、自ら森に入っていった父母の思いを引き継ぐように、ブドリは、他の多くの家族がブドリの家族と同じような悲しい目に合わないよう行動します。ブドリの生き方から、人生の前に立ちはだかる種々の困難や自然の脅威を乗り越える努力や経験、学びの大切さ、人のために働くことの大切さを読者は理解します。ブドリの自己犠牲は、科学では説明できない人間の心の深さを表しています。

風の又三郎　217

子どもが大人になりゆく成長過程のおわりに、未知なるものと出会うことで、より鮮やかで濃密な子どもの時間を生きる童話です。本作の結末では、村童である一郎と嘉助の間で高田三郎の正体が何であるか探りあいが行われます。二人の胸のうちでは、高田三郎は風の又三郎でした。しかしそれを疑う心も芽生えていました。高田三郎の〈風の歌〉は、子どもが信じるものを成長とともに疑いだす大人の意識の芽を吹き飛ばせと歌っていたようにも思います。風の又三郎との交流を通して深まる子どもの輝かしい時間は、凶作や農村不況にあえぐ現実世界の不穏な空気をふまえて創られました。夏のおわり、高田三郎の突然の転校によって、子どもたちの夢の世界は結晶化します。

セロひきのゴーシュ　296

このお話は賢治の晩年に書かれました。ゴーシュが小動物との交流を通してセロ（チェロ）を見事に演奏するお話です。問題を指摘するだけの楽長と違い、動物たちは具体的な交流を通し、改善のプロセスに立ち合います。ゴーシュは、リズム・速度・旋律・音階・音色・音の重なりなどを習うだけでなく、自身のおごりをなくし、音楽に対する信頼や自分に対する自信を得ます。また血が出るまで叫ぶ姿勢や、人の助けをかりずに自分の力で窮地を脱する姿勢を学びました。結末の「おこったんじゃなかったんだ」というゴーシュの言葉は、かっこうから自分の「意気地ない」態度を思い知らされ、やりきれない思いを抱いたから発せられたものでしょう。

銀河鉄道の夜〈第四次稿〉　327

賢治童話が特徴的に描いたのは、他の命を奪って生きていかなければならない、生き物の悲しさと、そこからの解放の道すじでした。それは童話のための設定ではなく、賢治の実感に基づく、おさえようのない思いの表れでした。自分の命を犠牲にして他の命を救うエピソードは、ザネリを救おうとしておぼれたカンパネルラや、沈没船に残った青年と姉弟や、自分の体を他の命のためにくれてやろうと思ったさそりの話として登場します。主人公ジョバンニも鳥捕りを気の毒に思い、同じ思いを抱きます。ここに描かれた、みんなの幸いのために身を投げ出そうという数々のエピソードは、生き物の悲しい宿命を、なんとかして変えたいと願う賢治の思いを美しく昇華したものとなっています。

## 星めぐりの歌　418

今でもよく耳にし、歌われるこの作品は、賢治が作詞作曲をしました。一番ではさそり座やわし座などの星座の特徴が示され、二番では冬の星座のオリオンが露や霜を降らすさまなどが示され、三番では北極星の位置を探す方法が示されています。文学的想像力と科学的知識がたくみに重ねあわされた歌です。賢治が弟や妹に読み聞かせた『双子の星』という、初期のころに書かれた童話の中にもこの歌は登場します。

## 永訣の朝　420

この詩は、二つ違いの妹トシとの永遠の別れをうたったものです。この詩には大正11年11月27日の日付が附されています。この日は療養中のトシが24歳で亡くなった日です。「あめゆじゅとてちてけんじゃ（雪をとってきてください）」と言われ、鉄砲玉のように家を飛び出す賢治。トシの言った言葉の意味を自分の一生を明るくするために言われたものと捉えようとする賢治。その後、賢治は大事な遺言を書き残すかのようにトシの言葉を二つ書き記した後、この雪が「天上のアイスクリーム」となり「おまえとみんな」への「聖い資糧」となることを祈ります。その祈りは、「わたくしのすべてのさいわいをかけてねがう」強いものでした。

## 雨ニモマケズ　424

1931年、35歳の賢治は東北砕石工場技師となり、農地改良に役立つ石灰を売り歩きますが、上京中に発熱します。花巻へ戻った賢治は自宅で病に伏し、11月3日、手帳に書いたのが「雨ニモマケズ」です。それ以前、1926年に花巻農学校を退職した賢治は、農民の肥料相談や設計などにあたっていましたが、過労から肺炎となり、健康を害していました。この詩は、賢治が理想に生きようとし、その願いが維持できそうになくなった命のおわりを意識したときに書かれたものです。この詩は、そうありたいと願う賢治自身を励ますように書かれています。デクノボーと呼ばれ、褒められもせず、苦にもされず、人のために尽くす自身の姿をせつなく思い描きました。

花巻農学校教諭時代の賢治（28歳ごろ）。

# 永久の未完成

小埜裕二（上越教育大学教授）

この本では、読みやすい、平易でおもしろいものをはじめに置きました。また、賢治童話の移りかわりが分かるような並びを意識し、長いお話は後ろに置くようにしました。

大正10（1921）年、25歳の宮沢賢治は、みんなの幸いを願うおもいをお話（法華経文学）の中に書き表すことを人生の使命としました。ふるさとの岩手県花巻を出た賢治は、東京で、多くの童話を書きます。この本のはじめに置いたお話は、このころに書かれたものです。童話の中の自然と人生には、賢治が願う光りかがやく理想の世界が映し出されています。

同じ年、賢治は、最愛の妹トシの看病のため再び花巻にもどり、農学校の先生になりますが、次の年、トシを亡くします。その体験は賢治の考えや生きる姿に変化を与えました。生きるために命のやりとりをするような、生きものの悲しいありよう〈賢治はこれを〈修羅〉と呼びました〉から脱け出そう、人びとを救い出そうと願った「よだかの星」のようなお話は、人の死を安らかに受け入れようとするお話に変わっていきます。

大正のおわりごろ、賢治は社会問題が深刻化する世の中に目をむけ、「オツベルと象」や「猫の事務所」のようなお話を書き、社会をささえる人びとの心を変えることを考えるようになります。その後、賢治は農学校の先生をやめ、東北地方のきびしい自然の中を生きる農民に寄りそいます。このことは、理想の実現を願う賢治にとって、だいじな選択でした。

賢治は、昭和8（1933）年、37歳でその生涯を閉じました。賢治の一生をふりかえると、みんなの幸いを願って多くのことを学び、働き、童話や詩を書くことで、人びとに多くの光を与えたことが分かります。

賢治は「永久の未完成これ完成である」ということばをのこしています。このことばは、大願を成しとげるために努力を惜しまず、模索しつづけた賢治の生き方をよく表しています。

この本のお話には生前未発表の作品も多くあります。賢治にとって、書いたものを錬りあげていくことも、理想に近づくための方法でした。完成を願って没頭することが生きることであり、創作がおわって農民とともに土に立つことが生きることでした。

生かされていることの喜び、生きていることの喜びを、賢治はことばに表しました。賢治の願ったことを、この本の中からみなさんが見つけ出してくださることを願います。

（二〇二五年二月）

宮沢賢治

1896年岩手県花巻市に生まれる。盛岡高等農林学校農学科第二部卒業。10代の頃から短歌を詠みはじめ、多くの詩や童話の作品を残した。生前に、詩集『春と修羅』、童話集『注文の多い料理店』を刊行。また羅須地人協会を設立し、農民の生活の向上のために尽くしたが、1933年急性肺炎のため37歳で永眠。

日下明

イラストレーター・グラフィックデザイナー。大阪市在住。主に、グラフィックデザインや書籍の挿画などを手がける。挿画に『A BOWL FULL OF PEACE』（著・Caren Stelson, Lerner Publishing Group）、『はかりきれない世界の単位』（著・米澤敬、創元社）がある。また、絵と音と言葉のユニット「repair」（絵とトロンボーンを担当、ピアノと言葉は谷口有佳）としても活動。

小埜裕二

上越教育大学教授。金沢大学文学部、筑波大学大学院文芸・言語研究科博士課程において日本近代文学を専攻。宮沢賢治、小川未明など大正・昭和期の小説や童話を研究。著書に『童話論宮沢賢治―純化と浄化』（蒼丘書林）ほか編著も多数。

写真提供・協力
宮沢賢治記念館
林風舎

# 愛蔵版　宮沢賢治童話集

発行日　二〇二五年三月二五日　初版第一刷発行

著　宮沢賢治
絵　日下明
監修　小埜裕二
装丁　サイトヲヒデユキ

発行者　岸達朗
発行　株式会社世界文化社
〒一〇二―八一八七　東京都千代田区九段北四―二―二九
TEL　〇三―三二六二―六六三二（編集部）
TEL　〇三―三二六二―五一一五（販売部）

印刷　株式会社東京印書館
製版ディレクション　細野仁
製本　株式会社大観社


Printed in Japan
ISBN978-4-418-25815-4

# 宮沢賢治作品に寄せて

## 特別収録

音楽ユニットtrePairによる、宮沢賢治の三作品に寄せたオリジナル楽曲が聴けます。二次元コードを読み取り、お楽しみください。